**ARGUMENTAÇÃO E
DISCURSO POLÍTICO**

ARGUMENTAÇÃO E DISCURSO POLÍTICO
Haquira Osakabe

Martins Fontes
São Paulo 2002

Copyright © 1999, Livraria Martins Fontes Editora Ltda.,
São Paulo, para a presente edição.

1ª edição
fevereiro de 1979
Kairós Livraria e Editora
2ª edição
setembro de 1999
2ª tiragem
agosto de 2002

Revisão gráfica
Marise Simões Leal
Ivete Batista dos Santos
Produção gráfica
Geraldo Alves
Paginação/Fotolitos
Studio 3 Desenvolvimento Editorial

Dados Internacionais de Catalogação na Publicação (CIP)
(Câmara Brasileira do Livro, SP, Brasil)

Osakabe, Haquira, 1939-
Argumentação e discurso político / Haquira Osakabe. – 2ª ed. – São Paulo : Martins Fontes, 1999.

Bibliografia.
ISBN 85-336-1131-5

1. Análise do discurso 2. Oratória I. Título.

99-3782   CDD-401.41

Índices para catálogo sistemático:
1. Análise do discurso : Comunicação : Linguagem   401.41

Todos os direitos desta edição para a língua portuguesa reservados à
Livraria Martins Fontes Editora Ltda.
Rua Conselheiro Ramalho, 330/340 01325-000 São Paulo SP Brasil
Tel. (11) 3241.3677 Fax (11) 3105.6867
e-mail: info@martinsfontes.com.br http://www.martinsfontes.com.br

A Elenira Nazareth
Para
Sarah Ortiz Capellari
Antônio Cândido
Jean Peytard e
Isaac Nicolau Salum

pelo que sempre me confiaram.

À família e aos amigos de sempre.

Agradecimentos à Fundação de Amparo à Pesquisa do Estado de São Paulo, que me proporcionou a oportunidade de conhecer os trabalhos nas Universidades de Besançon e Paris.

Índice

Apresentação da 2.ª edição **1**
Introdução **5**
PARTE I
Capítulo 1 Preliminares **45**
Capítulo 2 O problema das condições de produção **51**
  1. O jogo do discurso: a estratégia e as imagens **51**
  2. O jogo do discurso: os atos de linguagem **55**
  3. O jogo do discurso: imagens e atos **65**
  4. Análise do jogo: direções teóricas **67**
   4.1 A imagem da dominação
       e seu reverso **69**
   4.2 A imagem da função pública **82**
   4.3 A imagem sobre o referente: a quantidade
       e a diferença **90**
   4.4 A questão do(s) ato(s) **92**
Capítulo 3 Condições de produção e organização
       argumentativa **107**
  1. Questões prévias **107**
  2. A organização argumentativa: promoção,
     envolvimento e engajamento **109**

PARTE II

Capítulo 4   Retórica ou ação pela linguagem **145**
                1. Preliminares **145**
                2. A retórica de Aristóteles **155**
                3. A retórica de Perelman **176**

Capítulo 5   Lingüística e significação **189**
                1. Significação e conhecimento do mundo **189**
                2. Significação e ação no mundo **199**
                3. Em direção a uma síntese **209**
                4. Conclusão **215**

Bibliografia **219**

Apresentação da 2.ª edição

São quase três décadas e, desde então, constato que o quadro das tendências em confronto dentro da lingüística alterou-se substancialmente. Questões relativas a segmentos lingüísticos mais extensos que a frase, às injunções estruturais do contexto e da situação de produção, por exemplo, passaram a ter grande relevância na investigação científica da linguagem. Além disso, ocorreu nesse período, na Europa, o desenvolvimento de uma Lingüística da Enunciação que quase converteu o que era marginal numa instância central e decisiva naquele campo. Finalmente, o desenvolvimento de domínios limítrofes como a sociolingüística, a psicolingüística, a neurolingüística, acabou por cobrar dos pesquisadores o desenvolvimento de estratégias descritivas e de conceituação, que permitem hoje examinarem-se, com muito mais exatidão, questões e campos anteriormente pouco abordáveis. Isto, sem falar na recente e oportuna retomada de prestígio da retórica.

Assim, a ligação entre uma lingüística descritiva e uma análise do discurso, e entre esta e uma retórica, tarefa a que me propus nos idos de 1974 e 75, não tem mais aquela aura de marginalidade. Isto tira do trabalho que hoje reapresento ao colega e leitor um pouco do seu primitivo encanto de desafio e de novidade. Além disso, o quadro da lingüística teórica que discuto na segunda parte é hoje muito mais completo e mais rico do que o daquele momento em que pensei o trabalho. No entanto, apesar desses e de outros pontos de defasagem, creio que os achados fundamentais do livro ainda continuam válidos. Dentre esses eu destacaria a discussão que faço sobre as condições de produção, bem como o tratamento lingüístico da organização argumentativa. São pontos que ainda podem subsidiar análises de textos em que o jogo persuasivo cumpre função determinante.

Embora o primeiro impacto deste trabalho tenha sido o de chamar a atenção para o discurso político, já na época em que o escrevi, pensava em estender a análise para outros campos discursivos. Acabei fazendo-o num trabalho de análise de textos dissertativos de vestibulandos, trabalho que gerou alguns projetos que reputo de certa importância, como é o caso dos primeiros programas de Prática de Produção de Textos num dos cursos básicos da Unicamp, dos quais participei como coordenador. Posteriormente levei uma proposta similar à Universidade Federal do Rio Grande do Norte. Hoje em dia, é raro falar-se em dissertar sem relacionar esse modo discursivo às exigências do raciocínio que se agrupam sob o nome genérico de "argumentação". Acho que contribuí de alguma forma para isso.

Finalizando, eu diria que hoje, totalmente voltado para as investigações em literatura, devo, no entanto, ao exercício mais sistemático tanto da lingüística quanto da análise do discurso, um olhar menos impreciso sobre a linguagem. No meu caso, com a formação um tanto influenciada por uma perspectiva beletrística, eu dificilmente teria encontrado um meio mais adequado para o desenvolvimento de certas qualidades necessárias a um trabalho minimamente aceitável.

Hoje, eu não me proporia a refazer este trabalho nem na sua parcialidade muito menos na sua totalidade. Penso ter chegado com ele ao máximo que poderia chegar em termos de contribuição pessoal dentro do campo da análise do discurso. Fico satisfeito, apesar disso, em imaginar que este livro ainda pode contribuir, ao seu modo e nos seus limites, para o desenvolvimento dos estudos no campo da linguagem. É isto que justifica a presente edição, cuja única novidade está numa relativamente atualizada bibliografia dentro do estrito âmbito de interesse deste livro.

HAQUIRA OSAKABE
Unicamp, 1999

Introdução

1. A título de curiosidade, se se fizesse um levantamento dos termos mais usados em textos sobre a linguagem, certamente "discurso" ocuparia uma posição privilegiada. Trata-se de uma palavra cujo sentido preciso tem sido pouco questionado, e isso pelas razões mais diversas. Uma destas talvez se deva ao fato de ter sido ela utilizada em trabalhos com alguma preocupação científica, onde simplesmente se recuperou o próprio uso que se fez dela na linguagem ordinária. Esse processo acabou por configurá-la como referindo-se a um domínio suficientemente amplo de investigação de tal forma que dentro dele coubessem os mais diferentes interesses científicos. (Muitas vezes, um objeto é encarado ao mesmo tempo como discurso estético, discurso político e discurso filosófico.) Além disso, é também comum encontrar essa palavra empregada para designar, inclusive, fenômenos pertencentes a domínios perceptivos distintos (discurso literário, discurso musical, discurso cinematográfico etc.).

Se, de um lado, esse uso pluralizado do termo constitui sintoma da grande atenção de que são atualmente objetos as manifestações verbais e não-verbais, portadoras de uma rede intrincada de significações, de outro lado, provoca, pela própria complexidade, um movimento de contínuos ajustes conceituais da parte de seus pesquisadores.

Esse movimento de ajuste resulta, em boa parte, da tentativa de delimitação de um domínio de investigação necessária a qualquer empreendimento de que se exija um número de objetividade, mas resulta, também, da própria necessidade de ajustar esse domínio a determinado tipo de interesse, a uma ótica precisa e comprometida. A atribuição, por exemplo, de uma função informativa a esse objeto e a uma decorrente ótica que vise ao equacionamento de seu conteúdo obedece a um interesse prévio, que caracteriza a perspectiva que vê nele e na linguagem que o articula um meio, um veículo. O mesmo se poderia dizer da concepção, segundo a qual o discurso manifesta um sistema de significações ideológicas, onde esse objeto se configura como lugar de cristalização das motivações históricas; como tal, é ele interessante, enquanto domínio de investigação, àqueles que pretendam estudar as formas de emergência daquelas motivações e as operações que elas sofrem, no percurso que vai da sua fluidez, no nível menos sensível das práticas não-verbais, para a sua concreção no nível verbal.

Sem negar a validade de tais funções nem a importância das investigações que se têm feito nesse sentido, acredita-se ser ainda necessária, do ponto de vista estritamente lingüístico, a esquematização do sentido que, por consenso, tem sido atribuído a esse termo, dentro da própria Lingüística.

Poderá parecer estranho falar de um domínio definido por consenso num trabalho de natureza acadêmica, como o é uma tese de doutoramento. No entanto, não se vê aqui outra saída para iniciar essas linhas: o termo "discurso" tem sido utilizado consensualmente inclusive na bibliografia mais sofisticada de que se tem conhecimento. De modo geral essa atitude tem como fundamentos mais conhecidos:

    a) a bipartição (mesmo que questionada no que tange aos limites) entre aquilo que pertence ao sistema lingüístico e aquilo que é do domínio livre de sua realização pelo sujeito falante real;
    b) a aceitação de que a entidade máxima no nível do sistema é a frase.

A partir desses dois fundamentos, tem-se por consenso que o discurso tem (não se confundindo com a entidade máxima do sistema, que é a frase) uma configuração específica que o situa além dos limites do alcance explicativo da Lingüística, tal como foi definida por Saussure e tal como foi redefinida por Chomsky, para citar apenas dois nomes fundamentais na definição da Lingüística enquanto ciência. Rejeitado, como domínio de especulação cientificamente válida, esse termo tem sido empregado de modos distintos tanto por aqueles que o rejeitam quanto por aqueles que se aventuram em seu estudo. Os que o rejeitam utilizam-no freqüentemente como sinônimo de uso individual e não equacionável das regras do sistema lingüístico, onde atuariam fatores de natureza diversa. É o caso de Chomsky, para quem o discurso, situado no domínio da performance, sofre dos condicionamentos que o compõem (tempo, memória etc.). A essa não-previsibilidade (pelo menos do ponto de vista lingüístico), de possíveis regularidades que atuariam além do nível da frase, opor-se-ia, pelo seu caráter fechado, um sistema de signos (do estruturalismo) ou o sistema de regras de engendramento, segundo a perspectiva gerativo-transformacional. (Consideram-se aqui casos-limite e não se entra no mérito das intensas discussões de que tem sido objeto essa delimitação de terrenos.) Retomando, a rejeição do discurso enquanto objeto de especulação da Lingüística teve, como justificativa, seu caráter complexo por oposição ao caráter simples das entidades e das regras explicativas de unidades até o nível da frase. Numa atitude bastante sintomática dessa complexidade, os estudiosos do discurso, como se disse acima, não se têm preocupado com sua delimitação (salvo raros casos) e, por norma, têm-se contentado em considerá-lo como já definido. Talvez isso se deva ao fato de aceitarem como definição a própria rejeição desse objeto do interior da Ciência Lingüística. Isso porque, pela rejeição, essa entidade ganha pelo menos um traço característico: o de não confundir-se com a frase, por estar além dela. Mas, exceto esse ponto determinado, o uso consensual do termo não apresenta substancialmente outro traço a não ser o de admitir nesse objeto um papel individualizante, por oposição ao caráter geral das regras que constituem a frase. O problema de seus limites, de suas funções, de seus componentes parece estar, dessa forma, relegado a uma discussão posterior. Acredita-se, no entanto, não ser possível desconhecer

introdução • 7

tais problemas, mesmo que seja para estabelecer uma recolocação provisória, como é o presente caso, a fim de não se perder pelos meandros difíceis de fenômenos outros que não aqueles delimitados desde o ponto de partida. Propõe-se aqui não uma tarefa de conceituação do discurso, num quadro definido de regras, mas enquanto realidade empírica sobre a qual irá incidir o trabalho. Entende-se como realidade empírica um objeto delimitável no tempo e no espaço, perceptivelmente observável e compreensível, e analisável em seus elementos mais recorrentes. A preocupação mais restrita com um gênero específico a que se denomina discurso político se justifica por duas razões: a primeira, a de observar num campo determinado as recorrências que a caracterização de domínio prevê como definidoras do discurso em geral; a segunda, a de observar, nesse mesmo campo, como se articulam essas recorrências. Sob o ângulo de interesse da Ciência Política, um domínio muito mais vasto de manifestações verbais pode ser considerado. A fim de não se cair na vastidão de problemas implicados pela pluralidade de modos de explicação verbal de interesse político, escolheu-se aqui um tipo específico de discurso que cumpre *explicitamente* uma função política. E as observações deste trabalho se restringirão a esse domínio. Antes disso, porém, tentar-se-á o equacionamento do sentido consensual que tem sido atribuído ao termo "discurso", delimitando com isso o domínio da presente investigação; ao mesmo tempo, tentar-se-á estabelecer um quadro de métodos e trabalhos de análise feitos nesse campo, a fim de justificar através desse mesmo quadro a perspectiva e a proposta do empreendimento que aqui se apresenta.

2. A caracterização do discurso tem sido tentada por diferentes pontos de partida. Tome-se para sua discussão, como ponto de referência, o seguinte trecho extraído de um trabalho de Geneviève Provost, em que a autora se propõe uma *mise ao point* dos problemas teóricos e metodológicos do discurso.

"Il semble difficile de préciser les emplois du terme *discours* en linguistique. Lorsque le terme ne renvoie pas à la notion de parole (F. Saussure) ou d'énoncé (Bloomfield), il est à peu près l'équivalent de *texte*, au sens d'une structure close, achevée, dont les éléments sont définis par l'ensemble de leurs relations. De même qu'on peut concevoir la phrase comme un certain contour d'intonation entre deux pauses, d'une manière pragmatique, le discours est parfois compris comme une succession d'événements: il y a 'prise de parole' du locuteur, puis déroulement d'une séquence de phrases, suivie de silence (ou d'un changement de locuteur)."[1]

O trecho parece exemplar, se se considerar que nele efetivamente estão contidos todos os elementos que virtualmente podem contribuir para uma aproximação do discurso. Esses elementos podem ser resumidos nos seguintes tópicos:

a) A questão da delimitação (sugerida pelas expressões *structure close et achevée* e *déroulement d'une séquence de phrases, suivie de silence*).

b) A questão de sua natureza sugerida pelas expressões: "*prise de parole*" *du locuteur* e *changement de locuteur*.

Convergem no fragmento citado duas tendências definidoras do discurso, que, aliás, a própria autora tende a considerar como tendências dificilmente conciliáveis:[2] uma que considera o discurso como uma combinatória de frases, que tem suas origens nos trabalhos de Harris, e outra cujos fundamentos estão em Benveniste e Jakobson. Saliente-se ainda no trecho o emprego do termo *texto* que pode remeter ainda a trabalhos, tais como os de Firth e de Halliday, que, mesmo tendo inspiração independente, parecem sintetizar as duas tendências anteriores.

Pode-se passar agora ao estudo das duas questões levantadas no trecho citado, salientando, no entanto, que se tratam de questões que se entrelaçam.

A primeira questão, relativa à delimitação, remete-se ao trabalho de Harris, que, embora não trate explicitamente do problema, coloca as questões fundamentais para sua discussão.

---

1. G. Provost, "Problèmes Théoriques et Méthodologiques en Analyse du Discours" in *Langue Française* 9, p. 11.
2. G. Provost, *op. cit.*, p. 17.

Quando Harris fala de discurso, faz equivaler o termo *discurso* ao termo *enunciado seguido*: "Esse artigo apresenta um método de análise do enunciado seguido (escrito ou oral) a que chamaremos discurso."[3] Entendendo o discurso como sendo não apenas distinto dos enunciados simples, mas também como a soma destes, Harris propõe, através de transformações fornecidas pela gramática, a sua homogeneização de tal forma que resulte numa cadeia de enunciados separados pelos seus operadores específicos. Cada enunciado tem a forma fundamental de um NVN, isto é, de um tripé irredutível e ordenado (nome, verbo, nome). Após esse processo de homogeneização que reduz o discurso a essa cadeia, e só após isso, é que se opera no sentido de se obterem as classes de equivalência entre enunciados. Cada discurso, enquanto uma seqüência assim obtida, tem uma organização específica de classes de equivalência que lhe dá sua fisionomia individual. Harris aventa a hipótese de uma correlação entre as classes formais de um discurso específico e a situação na qual foi pronunciado, mas remete essa operação a uma fase posterior. No quadro de seu trabalho fica, portanto, a concepção de que um discurso ultrapassa o limite de um enunciado fundamental e que sua análise tem como unidade não os elementos que compõem o enunciado, mas o próprio enunciado. A ligação entre enunciados é observada a partir da existência de conectivos (ou de sua ausência) e da construção de uma classe que comportaria esses conectivos e que indicaria o lugar deles no interior do discurso. Exemplificando sua análise, poder-se-ia supor o seguinte discurso, na forma já reduzida pelas transformações e pelas equivalências fornecidas pela gramática da língua:

O menino viu o quadro.
O quadro era belo.
O menino gostou do quadro.
(Mas) o pintor não deu o quadro ao menino.

3. Z. Harris, "Analyse du Discours" in *Langages* 13.

A forma original do discurso seria: "O menino viu o belo quadro e gostou dele. Mas o pintor não lhe deu o quadro."
Partindo das recorrências e da distribuição característica dos elementos de cada enunciado, ter-se-ia o seguinte quadro de equivalências:

A: 1. O menino viu o quadro.
    2. O menino gostou do quadro.
    (Fazendo equivaler *viu* e *gostou* por ocorrerem no mesmo contexto.)
B: O quadro era belo.
    (Mas)
C: O pintor não deu o quadro ao menino.

O discurso teria, assim, a seguinte forma:

A_1:
A_2:
B:
(Mas)
C:

Ou reduzindo ainda mais:

A
B
(Mas)
C

Tem-se aí um tipo de método fundado basicamente na linearidade do discurso, cujo objetivo seria equacionar essa linearidade em termos de classes de equivalência. Independentemente dos problemas relativos a certos pontos cruciais nas operações de transformação, deve-se salientar nessa concepção outro grande problema em relação aos limites do discurso. Harris toma como ponto de partida um discurso efetivamente pronunciado, numa situação, portanto, específica, mas não fornece critérios para sua delimitação. Restringe-se a uma definição sua enquanto seqüência de enunciados ou conjunto de classes formais de enunciados.

Retornando ao trecho de G. Provost, observa-se que a autora concorda com essa concepção à medida que fala de "déroulement d'une séquence de phrases", mas acrescenta aí mais dois elementos: "tomada de palavra por um locutor" (definindo o ponto inicial dessa seqüência de frases) e "um silêncio" (ou mudança de locutor), definindo o ponto final dessa seqüência. A referência aqui não parece ser mais de Harris, mas de Pêcheux[4], ao qual a autora fará referência explícita no final de seu artigo. Preocupado não com a configuração formal das classes de equivalência de um discurso, mas basicamente com a possibilidade de configurar sua fisionomia individual a fim de dar a essa fisionomia um tratamento automático, M. Pêcheux discute especificamente o problema da delimitação. Convém observar em primeiro lugar que o autor, ao contrário de Harris, considera a oposição enunciação e enunciado, pensando a primeira em termos de condições de produção (aparelho constituído de constantes responsáveis pela elocução de tal discurso e não de outro em circunstâncias determinadas), e o segundo enquanto superfície verbal resultante de tais condições[5]. Segundo o autor, o problema dos limites dessa superfície verbal remete a fatores situados nas condições de produção, mas relaciona-se nitidamente com o problema da significação:

> "Une surface discursive peut-être consideré quant à sa forme immédiate, comme une séquence linguistique limitée par *deux blancs sémantiques,* c'est á dire comme deux silences (réèls ou virtuels) correspondant au changement des condition que représentent *l'accès au rôle de locuteur* et la *sortie hors* de ce même rôle."[6]

O problema da delimitação coloca-se para Pêcheux como um problema de natureza semântica e não-verbal ao mesmo tempo, como um problema de natureza semântica à medida que se liga diretamente à concepção do discurso enquanto contínuo se-

---
4. M. Pêcheux, *Analyse Automatique du Discours.*
5. A respeito desse problema, veja M. Pêcheux, *op. cit.,* Cap. I, Parte B.
6. M. Pêcheux, *op. cit.,* p. 40.

mântico, expresso pelas frases (e mesmo pelas pausas entre as frases, que para o autor têm a função de operadores semanticamente polivalentes) e como um problema não-verbal à medida que os determinantes desses brancos semânticos (dos silêncios que marcam o início e o fim de uma superfície discursiva) se definem no interior do aparelho enunciativo e não no enunciado. Esta talvez seja a razão pela qual Harris não se tenha ocupado do problema: sua hipótese restringe-se unicamente ao plano do enunciado e rejeita qualquer apelo à informação semântica; nessa medida não poderia enfrentar problemas que implicam a discussão de fatores semânticos ou situacionais.

Os trabalhos de Harris e Pêcheux relacionam-se complementarmente no que diz respeito a uma conceituação do discurso, embora as perspectivas teóricas e as ambições do segundo ultrapassem muito as propostas do primeiro.

Do conjunto desses dois trabalhos pode-se inferir que o discurso, ultrapassando o nível da frase, constitui uma seqüência estruturável individualmente (Harris), delimitada por dois brancos semânticos, sendo que estes dependem dos componentes do aparelho enunciativo (locutores e condições a que estão submetidos tais locutores) (Pêcheux). Aparentemente o problema parece estar esclarecido; no entanto, se se atentar para essa formulação, observam-se dois pontos a serem discutidos: em primeiro lugar, sobre o que constituem tais brancos semânticos e, em segundo lugar, sobre a importância real do aparelho enunciativo na sua definição.

É o próprio Pêcheux[7] quem fornece uma saída para a primeira questão: para ele existem dois tipos distintos de "parada" que correspondem à frase ou ao discurso. No caso da frase (seu início e seu final) tem-se no espaço que a separa da antecedente e da conseqüente um operador semanticamente polivalente, isto é, que pode ser preenchido por uma unidade semântica com valor de uma conjunção (a escolha dessa unidade é feita a partir do contexto). Assim, num conjunto de frases seguidas como:

7. M. Pêcheux, *op. cit.*, p. 41.

"(1) as coisas não andam boas; (2) ontem à tarde estive falando com uns amigos que se queixaram do custo de vida; (3) pareciam obcecados; (4) não falaram em outra coisa",

haveria entre (1) e (2) um operador do tipo "por exemplo"; entre (2) e (3) um operador do tipo "e"; entre (3) e (4) um operador do tipo "pois".

No caso do discurso não existe esta possibilidade; o que se tem aí não é mais uma "parada" preenchível semanticamente, mas semanticamente nula. Dessa forma, os limites da frase, que se constituem em operadores que as vinculam semanticamente às outras frases, diferem dos limites do discurso que não operam semanticamente. Uma interessante contribuição a essa posição pode ser localizada em Sumpf e Dubois quando afirmam:

"L'univers de discours sera défini par lar proposition *X dit* A, B, C; A, B, C, renvoient aux objets observables que sont les énoncés, a, b, c, membres d'une classe; et le schéma *X dit que* renvoie au fait que l'on suppose A, B, C, realisés par un locuteur. Le discours implique qui soit sous-jacente la proposition *un tel dit que*, mais il n'est pas impliqué par cette définition que chaque phrase assertive du texte soit elle-même soustenue par la proposition *un tel dit que*."[8]

Situando essa citação nos termos de M. Pêcheux, vê-se que *só é possível falar de um locutor no discurso e não na frase* (salvo quando esta tiver o valor de um discurso). Situá-lo na frase significará romper a cadeia dos enunciados (*a*, *b*, *c*), isto é, significa romper o contínuo semântico que configura esta seqüência. O que, em outras palavras, significa que os limites do discurso constituem um problema no interior do aparelho enunciativo e não resolvível no âmbito da superfície verbal. Isso remete o problema à discussão daquilo que caracteriza o discurso, de sua *possível* natureza.

Dizer que o discurso termina com um silêncio ou com a mudança de um locutor é equacionar, portanto, o problema de sua extensão num nível que ultrapassa o da extensão e atinge o próprio cerne da natureza do discurso. Isso porque se o silêncio (ou

---

8. Sumpf e Dubois, "Problèmes de Analyse du Discours" in *Langages* 13, pp. 5-6.

o branco semântico) constitui um não-discurso, conclui-se, por um lado, que o discurso se caracteriza pela sua semanticidade e, se a mudança de um locutor decreta o fim de um discurso e o início de outro, conclui-se, por outro lado, que o discurso está intimamente ligado ao papel do locutor. Desemboca-se aqui numa discussão e numa problemática delicada; o domínio é o da natureza do discurso, domínio cujos limites não são claros e cuja discussão se pode remeter à especulação sobre a própria natureza da linguagem. Tentar-se-á reter aqui apenas o que se refere ao discurso e, sobretudo, tentar-se-á fazer apenas uma sistematização do problema sem nenhuma preocupação de originalidade. Nosso ponto central de discussão serão os textos de E. Benveniste, não só porque entre os lingüistas foi o que mais se preocupou com o problema, mas sobretudo porque sua visão nesse assunto pareceu ser a mais abrangente em termos teóricos.

À primeira vista é difícil pensar num sistema de pensamento em Benveniste, tal é o caráter disperso de seus trabalhos. No entanto, se se atenta para o conjunto de artigos: "Structure des Relations de Personne dans le Verbe", "La Nature des Pronoms", "De la Subjectivité dans le Langage", "Les Relations de Temps dans le Verbe Français", "Les Niveaux d'Analyse", "Le Langage et l'Expérience Humaine", "Sémiologie de la Langue", "L'Appareil Formel de l'Énonciation"'[9], observa-se que o autor tem uma trajetória nítida na delimitação de um aparelho teórico cuja preocupação fundamental está no estabelecimento de uma correlação entre aquilo que caracteriza a linguagem e aquilo que caracteriza o discurso. Sem entrar no problema da teoria propriamente dita, passa-se, agora, à verificação, pela ordem dos principais artigos, do que Benveniste propõe implicitamente como característica do discurso. Diz-se "implicitamente", pois o autor não se propõe à sua discussão específica, mas à de entidades intimamente vinculadas a ele, como os pronomes e os tempos verbais.

Analisando a estrutura de pessoa no verbo[10], Benveniste chega ao estabelecimento de duas correlações:

9. Os cinco primeiros artigos estão publicados em *Problèmes de Linguistique Générale* e os três últimos foram reeditados em *Problèmes de Linguistique Générale* II.

10. E. Benveniste, "Structure des Relations de Personne dans le Langage" in *Problèmes de Linguistique Générale*, pp. 225-36.

a) correlação de pessoalidade que opõe o conjunto eu/tu (a pessoa) a ele (a não-pessoa). Isto é, as pessoas verbais não constituem um corpo de entidades homogêneas, devendo ser distinguidas pelo fato de que algumas são necessariamente pessoas, à medida que se podem configurar como sujeitos de um enunciado verbal, enquanto outras não;
b) correlação de subjetividade que se estabelece entre eu e tu. Isto é, aquelas pessoas verdadeiramente pessoas (o eu e o tu) opõem-se entre si à medida que o eu, enquanto tal, é o sujeito da ação verbal e o tu o objeto dessa ação, aquele para quem ela é dirigida, necessariamente.

Essas correlações serão fundamentais para seus outros artigos. Analisando posteriormente o problema da natureza dos pronomes[11], o autor retoma praticamente a distinção que estabelece entre *pessoa* e *não-pessoa*, mas remete a discussão desta vez ao fato de que os pronomes que as expressam não constituem uma classe unitária. Como diz o próprio autor "uns pertencem à instância do discurso, outros à sintaxe da língua"[12]. Com base em sua distinção anterior, pronomes que se referem à pessoa (eu/tu) pertencem, pela própria relação de subjetividade que se estabelece entre eles, à instância do discurso, bem como a essa instância pertence tudo aquilo que a *pessoa* pode manipular em termos de sua subjetividade no interior de seu enunciado. A instância do discurso a que pertence a pessoa e todo o aparelho a ela correlacionado parece definir-se (e este é o ponto fundamental) como aquela na qual a pessoa e tudo aquilo que ela manipula podem ser equacionados sistematicamente. O raciocínio de Benveniste parece fundar-se, nesse caso, na necessidade de atribuir a essas entidades um sucedâneo ao *significado* dos signos instaurados no interior da língua. Não sendo possível atribuir ao nível do sistema lingüístico esse significado, Benveniste parece querer equacionar ou, melhor, perseguir esse significado numa instância que foge à estruturação fechada do próprio sistema. (As conseqüências desse raciocínio serão indicadas a seguir.) Retomando o problema, tem-se nesse artigo que "discurso" (ou sua

---

11. E. Benveniste, "La Nature des Pronoms" in *Problèmes de Linguistique Générale*, pp. 251-7.
12. E. Benveniste, "La Nature des Pronoms" in *Problèmes de Linguistique Générale*, p. 251.

instância) constitui uma espécie de espaço prático em que tais entidades ganham sua razão de ser, em que, por exemplo, o *eu* é equacionado na sua oposição ao *tu* ou, estendendo mais o raciocínio, onde o *isso* se distingue do *aquilo* pelo fato de nesse espaço ganharem um estatuto de significado mais real que virtual. De que maneira se processa esse estabelecimento de significado? Benveniste fala aí de um processo de relação existente nessa instância entre os indicadores (de pessoa, de tempo, de lugar, de objeto mostrado) e a instância contemporânea de discurso[13]. Isto é, existe nessa instância uma realidade situacional, provida de um locutor e de um ouvinte definidos no interior de determinado contexto, e uma relação direta entre essa realidade situacional e os seus indicadores no interior do enunciado. Um discurso necessariamente é o lugar que possibilita esse relacionamento. Segundo o autor, a perda deste significa o deslocamento para outro plano enunciativo, o da enunciação histórica.

Antes de se entrar na discussão entre aquilo que, segundo Benveniste, distingue *discurso* de *enunciação histórica*, convém recapitular a discussão no que diz respeito à sua caracterização do discurso.

Para o autor, ao lado da língua (entendida como um sistema particular que realiza a linguagem)[14] existe uma instância do discurso, em que os indicadores de pessoa, tempo, lugar e objeto mostrado ganham o que não possuem no interior da língua, isto é, ganham um sentido preciso e precisável. Deve-se este processo ao fato de que essa instância estabelece a relação entre a realidade situacional e os indicadores de pessoa, tempo, lugar etc. Em outras palavras, a caracterização do discurso prende-se basicamente a esse processo de relacionamento entre situação e indicadores de forma tal que se torna inalienável, de sua definição, o jogo de relações intersubjetivas que aí se estabelecem.

Num artigo posterior em que tenta a sistematização de tempos verbais em francês[15], o autor retoma o problema da instância

---

13. E. Benveniste, idem, p. 253.
14. E. Benveniste, "Remarques sur la Fonction du Langage dans la Découverte Freudienne" in *Problèmes de Linguistique Générale*, p. 85.
15. E. Benveniste, "Les Relations de Temps dans le Verbe Français" in *Problèmes de Linguistique Générale*, pp. 237-50.

discursiva para opô-la, agora, não mais ao sistema da língua, mas a outra instância enunciativa: a narrativa histórica. Segundo o autor, esta refere-se à narrativa dos acontecimentos passados e exclui toda forma lingüística autobiográfica:

"L'historicien ne dira jamais je/tu, ici, maintenant, parce qu'il n'empruntera jamais l'appareil formel du discours, qui consiste initialment dans la relation je/tu."[16]

Observa-se que o conceito de discurso em Benveniste começa a restringir-se aqui. Não se trata mais de todo e qualquer enunciado resultante da necessidade pragmática de expressão de um sujeito falante ou de toda e qualquer manifestação verbal provida de um significado no nível da fala. Trata-se de uma manifestação verbal que, em oposição ao enunciado impessoal da narrativa histórica, se define como resultante de um processo de auto-expressão do sujeito e que, como tal, se caracteriza por alta freqüência da relação de pessoal. Revela-se isso tanto no emprego da categoria de pessoa (que estaria ausente na enunciação histórica e presente na enunciação discursiva) como na própria seleção das formas verbais (a enunciação histórica conteria necessariamente o aoristo, o imperfeito e o mais-que-perfeito e, acessoriamente, um tempo perifrástico como substituto do futuro; a enunciação discursiva, mesmo não possuindo uma restrição de tempo, teria como tempos fundamentais o presente, o futuro e o perfeito, e excluiria o aoristo). Essa distinção entre os dois planos de enunciação dá uma idéia das razões pelas quais Benveniste situa os indicadores de tempo, pessoa, lugar etc. no interior da instância discursiva: é ela quem articula as relações pessoais; quem permite a articulação das relações pessoais entre um eu e um tu reconhecíveis e determináveis na situação: é ela quem permite ao eu e ao tu dispensar a precisão lexical e substituí-la pelos indicadores. Como se afirmou acima, a instância discursiva institui-se como um espaço; no caso, o espaço de uma interação, ao passo que a enunciação histórica prescinde da interação, o que justificaria sua maior exterioridade.

16. E. Benveniste, idem, p. 239.

As idéias de Benveniste parecem bastante ricas e ao mesmo tempo problemáticas. Preocupado com o processo pelo qual a seleção de tempos verbais determina a constituição de um ou de outro plano enunciativo, o autor configura os dois tipos de enunciação já vistos. O seu conceito de discurso parece restringir-se, portanto, àquelas manifestações verbais onde efetivamente se realizam as relações de pessoa (tal como ele mesmo conceitua) e onde, portanto, se dariam de modo explícito as relações de intersubjetividade pelo jogo estabelecido entre eu e tu. O enunciado histórico que, segundo o autor, se restringe à língua escrita realiza um tipo diferente de manifestação verbal à medida que o locutor aí se oculta sob uma impessoalidade e à medida que seu enunciado não o revela enquanto envolvido pela própria trama estruturada. Observe-se, no entanto, que se trata de um processo que oculta o processo discursivo, mas não o nega; trata-se de um problema de relevância maior ou menor dos fatores situacionais, mas não da negação de sua base. Na enunciação histórica o locutor deixa de ser eu para ser o historiador e, enquanto tal, produz seu enunciado e assume um papel que o aliena de sua própria identidade existencial. A enunciação histórica vista, portanto, sob o ângulo de sua produção não deixa de ser um discurso, mas um discurso que, dada a nova identidade do locutor, instaurada no interior de um novo espaço, oculta as condições situacionais em que foi produzido e, assim, prescinde do apelo a essa situação para ser compreendido. Sua semanticidade está garantida pela sua própria estruturação. O que Benveniste faz em seu artigo não é uma precisão pura e simples do conceito de discurso, mas sobretudo o estabelecimento de uma linha mestra em direção a uma tipologia do discurso: o discurso e o não-discurso (a enunciação histórica) constituiriam, assim, pontos extremos de um contínuo e não compartimentos isolados de uma classificação. A prova disto está em que o autor toma o enunciado indireto como uma forma enunciativa híbrida, resultante de uma combinatória das duas formas enunciativas precedentes. Talvez a necessidade de estabelecimento de uma sistemática de usos complementares de tempos verbais tenha conduzido o autor ao esquecimento de que tais usos dependeriam de fatores situacionais, das condições reais de produção do enunciado, condições cuja importância ele mesmo salienta no transcurso de toda sua obra[17].

Das decorrências teóricas dessa posição de Benveniste haverá oportunidade de falar na segunda parte deste trabalho. Por enquanto, convém reter dela e da discussão que se acabou de esboçar o fato de, para ele, o discurso se caracterizar pela sua pessoalidade, isto é, pelas relações que se estabelecem entre o *eu* e o *tu* do enunciado e o *eu* e o *tu* da situação, entre os indicadores de tempo, lugar, coisa indicada do enunciado e a realidade situacional de que o enunciado é parte integrante; além disso, retenha-se que todo enunciado tem em maior ou menor grau essas relações, que podem, no entanto, estar ocultas por um processo de alienação do sujeito em relação à sua identidade existencial.

Observa-se, assim, que tanto o discurso como a narrativa histórica possuem certas características em comum e, embora não se desconheça o interesse que pode ter para o estudo de uma tipologia a contribuição de Benveniste, prefere-se aqui tratá-los a partir dessas características comuns. Tendo em vista o fato de se haver consagrado na literatura especializada o uso do termo discurso quer para aquilo que Benveniste chama discurso, quer para aquilo que denomina narrativa histórica, prefere-se aceitar essa tradição, e passa-se a considerar ambos como discursos: o primeiro como discurso "intersubjetivo" e o segundo como discurso "histórico".

Fazendo um reexame das considerações feitas até aqui sobre as várias contribuições discutidas, pode-se chegar neste momento às seguintes conclusões:

Do ponto de vista de sua natureza, o discurso caracteriza-se inicialmente por uma maior ou menor participação das relações entre um eu e um tu; em segundo lugar, o discurso caracteriza-se por uma maior ou menor presença de indicadores de situação; em terceiro lugar, tendo em vista sua pragmaticidade, o discurso é necessariamente significativo na medida em que só se pode conceber sua existência enquanto ligada a um processo pelo qual eu e tu se aproximam pelo significado; e, finalmente, o discurso

---

17. Veja especialmente "L'Appareil Formel de l'Énonciation" in *Langages* 17.

tem sua semanticidade garantida situacionalmente, isto é, no processo de relação que se estabelece entre suas pessoas (eu/tu) e as pessoas da situação, entre seus indicadores de tempo, lugar etc. e o tempo, lugar etc. da própria situação.

Do ponto de vista de sua extensão, o discurso constitui uma entidade mais ampla do que a frase (a não ser que determinada frase possa ser caracterizada como discurso); em segundo lugar está limitado por dois brancos semânticos, que se devem quer à ausência pura e simples de uma cadeia significativa que o constitui, quer à alteração do locutor.

3. Tecer um panorama dos trabalhos que já se fizeram em análise do discurso parece ser uma tarefa bastante difícil, dada a complexidade e a pluralidade de tais trabalhos. Nesse domínio, tanto podem ser considerados os trabalhos de interpretação de textos fundados basicamente na própria inspiração dos analistas quanto podem ser incluídos os trabalhos fundados nos mais sofisticados métodos lingüísticos. É necessário, portanto, delimitar aqui também o campo de discussão e isso será feito com base em dois fatores: em primeiro lugar, a natureza dos instrumentos de análise; em segundo lugar, seu domínio pragmático. Dentro do primeiro critério, serão considerados alguns trabalhos que explicitamente utilizaram *métodos* produzidos no interior da Lingüística (excluem-se aqueles trabalhos que aplicam conceitos de Lingüística). Distinguem-se, portanto, aqui os trabalhos que se fundam em métodos (entendendo-os como proposição global para uma análise) daqueles trabalhos que, levando em conta certos conceitos lingüísticos (do tipo paradigma e sintagma, por exemplo), os aplicam no interior de uma atividade puramente (ou quase) interpretativa. A questão que se coloca, portanto, é a de saber o que se pode chamar de método produzido dentro da Lingüística. Para resolver a questão e a fim de não se repetir o que já foi dito por vários estudiosos, entre os quais se citariam G. Provost[18], M. Pêcheux[19] e L. Guespin[20], consideram-se como

---

18. G. Provost, "Problèmes Théoriques et Méthodologiques en Analyse du Discours" in *Langue Française* 9.
19. M. Pêcheux, *Analyse Automatique du Discours*, Cap. I (Parte I).
20. L. Guespin, "Problématique des Travaux sur le Discours Politique" in *Langages* 23.

métodos lingüísticos fundamentais os de Harris[21], de Pêcheux[22], de Longacre[23] e de D. Slakta[24]. Deixam-se de lado, portanto, e deliberadamente, os trabalhos fundados na lexicologia[25] e, sobretudo, aqueles provenientes da análise de conteúdo[26], cujos suportes teóricos fundamentais se restringem, no primeiro caso, à estrutura do vocabulário e, no segundo, às informações do discurso; situam-se à margem do problema que mais interessa aqui: a organicidade do discurso. Quanto ao segundo critério, levar-se-ão em conta as contribuições feitas no domínio dos discursos de intenção política, tendo em vista simplesmente o fato de que é aí que se concentra o interesse principal do presente trabalho. Por esse critério, da obra de Longacre, só interessam as partes concernentes ao gênero exortativo; deixa-se de lado o método de M. Pêcheux, como um todo, pelo fato de não ter sido aplicado ao domínio específico do interesse deste trabalho, e dele será aproveitada apenas a discussão teórica, rica em sugestões sobre esse campo. O trabalho de Pêcheux resta mais como uma possibilidade que como uma proposta. Fica-se, assim, com os trabalhos saídos da proposta de Harris e com o trabalho de D. Slakta, autor de método de análise e de uma análise empírica no domínio do discurso político.

Serão considerados, em primeiro lugar, os trabalhos saídos da proposta de Harris. Por uma questão de controle da presente discussão, acredita-se ser útil retomar alguns princípios do método harrisiano a fim de que se possa indicar com precisão os pontos de aproximação e de distanciamento entre os trabalhos de aplicação e o próprio método[27].

Como já se teve oportunidade de salientar[28], Harris considera o discurso como um conjunto de classes formais, definidas

---

21. Z. Harris, "Analyse du Discours" in *Langages* 13.
22. M. Pêcheux, *op. cit.* Cap. I (Parte II) e Cap. II.
23. R. Longacre, *Discourse and Paragraphe Structures*, vol. I.
24. D. Slakta, "Esquisse d'Une Théorie Lexico-Sémantique..." in *Langages* 23.
25. L. Guespin, *op. cit.*
26. Idem.
27. Considerar-se-á de Harris o artigo já citado, bem como "Co-occurence and Transformation in Linguistique Structure".
28. Veja as considerações feitas a pp. 11-3 deste trabalho.

por um critério distribucional. O autor imita assim o procedimento da análise gramatical: a diferença entre esta e uma análise do discurso estaria no fato de que, enquanto a análise gramatical tem como unidade o morfema, a análise do discurso tem como unidade o enunciado simples, e enquanto a análise gramatical visa atingir classes gerais válidas para a língua, a análise do discurso visa atingir classes particulares válidas para um discurso individualizado. Em ambos os tipos de análise deve haver como posição metodológica mais elementar uma recusa ao apelo prévio às entidades de significação e de situação. Harris aventa a hipótese de, numa etapa posterior, chegar-se a uma correlação entre classes formais do discurso e classes formais da situação, mas, na medida em que o estabelecimento destas últimas requer um tipo de instrumental bastante específico e uma investigação ainda um tanto prematura, não se chegou em nenhum trabalho a essa etapa.

Uma vez escolhido o discurso a ser analisado, o analista não pode partir imediatamente em busca das classes formais. Antes disso, deve ele considerar certas constantes fornecidas pela gramática, resultantes de operações de equivalência gerais para toda a língua. A essas constantes Harris chama transformações[29] que nada têm que ver em termos de estatuto científico com as transformações propostas por Chomsky. Entre as transformações fundamentais poderíamos encontrar no português o seguinte quadro:

1. Transformação relativa.
SN1 + Que + V1 + V2 → SN1 V1 SN1 V2
"Os homens que construíram a nação são seus donos." →
"Os homens que construíram a nação;
os homens são seus donos."

2. Transformação completiva.
SN1 V1 que SN'1 V2 → SN1 V1.SN'1 V2
"Penso que você virá." →
"Penso (algo);
você virá."

---

29. A transformação aqui é tomada como operação para o estabelecimento de equivalência entre duas formas. Constitui uma técnica auxiliar e não um conceito teórico-operatório, instaurado numa teoria como é o caso da transformação proposta por Chomsky.

3. Transformação nominalização.
SN1 + de + SN2 → SN2 + ser + SN'1 →
"A nação deseja um *governo do povo*." →
"A nação deseja (algo)
o povo governe."

4. Transformação de coordenação.
X e Y V →
X V
(e)
Y V
"O homem e a mulher têm direito ao voto." →
"O homem tem direito ao voto
(e)
a mulher tem direito ao voto."

5. Transformação passiva.
SN1 V SN2 → SN2 ser V PP (por) SN1
" O Governo rege a nação." →
"A nação é regida pelo Governo."

6. Transformação adjetiva.
SN1 prep. SN2 → SN1 adj.
Ação do Governo → Ação governamental.[30]

A essas transformações são acrescentadas certas operações necessárias, tais como a substituição de classes dependentes pelos termos dominantes (pronomes substituídos pelos nomes correspondentes), colocação entre parênteses das conjunções que formarão uma classe isolada e recuperação de enunciados virtuais.

Uma vez procedidas as operações de regularização do discurso e procedidas as transformações exigidas pelo *corpus*, passa-se à montagem das classes de equivalência; o resultado final será a organização formal dessas classes de tal forma que a textura dessas classes se assemelhe o mais possível à estrutura do texto dado.

---

30. Trata-se de um quadro exemplificado e não exaustivo de transformações em português.

Apresenta-se a seguir um exemplo do procedimento de análise, a partir do seguinte discurso de publicidade (as frases estão enumeradas de acordo com a pontuação do próprio texto original):

(1) "Quando você começa a refletir sobre um assunto tão importante, estabeleça corretamente as prioridades. (2) O único ingrediente que não pode faltar de um X é um Y. (3) Estimulante, sutil e perfeito..."[31]

Sobre esse discurso proceda-se às seguintes operações:

I – Colocação entre parênteses dos conectivos: "(1) (Quando) você começa a refletir sobre um assunto tão importante, estabeleça corretamente as prioridades. (2) O único ingrediente que não pode faltar em um X é um Y. (3) Estimulante, sutil e perfeito."
II – Recuperação de enunciados implícitos na primeira frase complexa: "...assunto tão importante quanto este é importante."
III – Separação da frase complexa 1 em seus enunciados simples: "A) (Quando) você começa a refletir sobre um assunto tão importante; B) (quanto) este (assunto) é importante; C) Estabeleça as prioridades."
IV – Transformação relativa da segunda frase complexa: "(d_1) o único ingrediente que não pode faltar em X; (d_2) o único ingrediente é Y."
V – Recuperação do enunciado implícito em 3: "Y é estimulante, sutil e perfeito."
VI – Transformação de coordenação em 3: "X (e_1) Y é estimulante; (e_2) Y é sutil; (e_3) Y é perfeito."

Regularizado, assim, o trecho, ter-se-ia o seguinte discurso:

(Quando) A) você começa a refletir sobre assunto tão importante; (quanto) B) este (assunto) é importante; C) estabeleça as prioridades; D) o único ingrediente que não pode faltar em X; D) o único ingrediente é Y; E) Y é estimulante; E) Y é sutil; E) Y é perfeito.

Tem-se o seguinte quadro formal para o discurso em questão:

31. Discurso de publicidade extraído da revista *Visão*, 9 de setembro de 1974, p. 67.

Conectivos   Classes
(Quando) A
(quanto) B
                  C
                  $D\ (d_1\ d_2)$
                  $E\ (E_1, E_2, E_3)$.

O método de Harris pára nesse ponto, isto é, pára quando se chega à formulação de classes de equivalência, que revelam formalmente a fisionomia do discurso analisado. Não sendo semântico, seu método não oferece subsídios nem dá direito à interpretação. A descrição, uma vez feita, resume o trabalho do analista. Rigorosamente instalado sobre a técnica distribucional, tem o mérito de ser ele também um método rigoroso. Acontece que esse rigor formal não parece satisfazer aos pesquisadores em geral. Tanto assim que jamais se poderá falar em aplicações ortodoxas desse método, mas em interpretações dele. Tal é o caso dos trabalhos de G. Provost, D. Maldidier, que passam a ser considerados.

O trabalho de Geneviève Provost[32] propõe-se à análise das palavras *socialisme* e *socialiste* nos discursos de J. Jaurès. Inspira-se no modelo de Harris, fazendo, no entanto, uma alteração substancial (indicada pela própria autora) na medida em que estabelece as classes de equivalência não do discurso em sua totalidade, mas das ocorrências das palavras citadas:

> "L'analyse part des principes généraux énoncés par Z. Harris, à cette différence que ce dernier refuse le choix d'un terme 'a priori' dans le discours, alors que notre *corpus* a été constitué en fonction de la présence des mots indiqués."[33]

A autora justifica sua posição por ver naquelas palavras uma forte recorrência e na medida em que a recorrência acaba por ser um dos critérios pelos quais Harris inicia a montagem de suas classes de equivalência. De qualquer modo o que não

---

32. G. Provost, "Approche du Discours Politique: 'Socialisme' et 'socialiste' chez Jaurès" in *Langages* 13.
33. Idem, p. 34.

fica muito claro é o fato de que as palavras *socialisme* e *socialiste* foram escolhidas segundo um interesse da autora em relação aos discursos dados e esse interesse não tem nenhuma sustentação na proposta de Harris. Vê-se de início que a aplicação do método de Harris se acha comprometida por um interesse particular, isto é, por uma seleção prévia de determinado aspecto a ser examinado. O trabalho, a partir daí, vai revelar-se bastante rico do ponto de vista dos resultados e bastante problemático do ponto de vista metodológico. A autora aplica, sobre o conjunto de enunciados onde ocorrem as duas palavras indicadas, os procedimentos necessários para sua regularização e estabelece as classes de equivalência e passa à análise dos resultados. Dessa análise, resulta a configuração de dois tipos de enunciados: o enunciado didático e o enunciado político. A detecção desses dois tipos de enunciado é feita a partir do sintagma verbal, entendido como distribuidor semântico (seguindo-se aqui a proposta de Weinreich), e de sua combinação com as palavras *socialisme/socialiste*. A autora estabelece duas séries complementares de verbos (*ser/ter*): o enunciado didático fundar-se-ia em verbos comutáveis com *ser*, enquanto o enunciado político se fundaria em verbos comutáveis com *ter*.

O enunciado didático teria o seguinte esquema: "Le N socialiste est le N x", tendo como N um sistema de equivalências, onde poderiam entrar termos como:

"doutrina"
"sistema"
"tendência"
"concepção"
"ideal"
"pensamento"
"filosofia"

e como x um sistema de equivalências, onde poderiam entrar termos como:

"liberador(a)"
"humanitário(a)"
"moral"

"religioso(a)"
"materialista"
"solidário(a)"
"universal"
"justo(a)"

O enunciado político funda-se, como já se disse anteriormente, não somente em verbos comutáveis com o verbo *ter*, mas também tem como traço semântico fundamental para *N* o traço *animado* (em oposição ao enunciado didático, onde há uma dominância de traço *inanimado*). A autora separa esse tipo de enunciado em enunciados afirmativos (fundados sobre modalizações com verbos do tipo *querer*, *poder* e *dever*) e enunciados negativos, de menor freqüência, entre os quais se teria uma relação de complementaridade. Do ponto de vista de sua função no discurso, os enunciados afirmativos caracterizariam a ação produzida por um atuante *socialiste*, ao passo que a função do enunciado negativo seria a de contrapor ao nível da pressuposição a posição de Jaurès em relação a determinados julgamentos dos adversários sobre os socialistas. O enunciado negativo tem assim para Jaurès, segundo a análise conduzida por G. Provost, uma função polêmica, onde Jaurès rebateria as afirmações dos adversários sobre os socialistas. Assim, um enunciado do tipo "les socialistes ne sont pas de sectaires étroits" tem como pressuposto a afirmação alheia "les socialistes sont des sectaires étroits".

O trabalho de Denise Maldidier[34] tem como proposta fundamental a análise dos discursos de seis jornais parisienses em torno do discurso oficial sobre a Guerra da Argélia. O objetivo fundamental é verificar uma correlação entre a situação política e os discursos produzidos por essa situação. Para tanto, a autora monta quatro sincronias distintas que correspondem aos discursos fundamentais pronunciados por De Gaulle no transcorrer da Guerra da Argélia. A partir daí é que fará sua análise. As sincronias estabelecidas pela autora são as seguintes:

---

34. D. Maldidier, "Lecture des Discours de De Gaulle par Six Quotidiens Parisiens: 13 Mai 1958" in *Langue Française* 9 e "Le Discours Politique de la Guerre d'Algérie: Approche Synchronique et Diachronique" in *Langages* 23.

Sincronia 1 (novembro e dezembro de 1954). Refere-se aos discursos pronunciados na Assembléia Nacional pelo presidente do Conselho P. Mendès France e pelo ministro do Interior F. Mitterrand: discursos que se baseiam na fórmula "l'Algérie c'est la France".

Sincronia 2 (fevereiro de 1956). Constituída a partir dos discursos pronunciados na França e na Argélia por Guy Mollet; tais discursos se fundam em duas fórmulas: "la personnalité algérienne" e "liens entre l'Algérie et la France".

Sincronia 3 (maio e junho de 1958). Formada a partir dos discursos de De Gaulle que se fundam principalmente sobre a fórmula "il n'ya plus que des Français à part entière".

Sincronia 4 (setembro e outubro de 1959). Que se liga à fórmula da "auto-détermination" enunciada por De Gaulle.[35]

A análise efetuada pela autora baseou-se, segundo suas próprias palavras, no método de Harris ou, melhor, foi nele inspirada:

"En nous inspirant à la méthode définie par Z. Harris dans son article Discourse Analysis, nous avons pu dès la première synchronie – déterminer les deux phrases de base qui sous-tendent le fonctionnement de bà se du discours politique de la guerre d'Algérie."[36]

As duas frases de base são: "l'Algérie c'est la France" e "l'Algérie dépend de la France", sendo que apenas a primeira é realizada explicitamente nos discursos. A partir delas a autora dirige basicamente seu trabalho para dois domínios de interesse distintos; o primeiro é a análise das transformações que os enunciados de base sofrem em cada sincronia nos discursos oficiais; seu artigo em *Langages 23* aponta basicamente a "auto-détermination" como uma resultante transformacional do enunciado de base "l'Algérie dépend de la France".

Neste ponto a autora serve-se do conceito de transformação de Harris ao qual, ao contrário do trabalho de G. Provost, se dá aqui mais importância que ao conceito de equivalência. Exemplificando: "auto-détermination" constitui para a autora

---

35. D. Maldidier, "Le Discours Politique de la Guerre d'Algérie'..." pp. 58-9 em nota de rodapé.
36. Idem, p. 59.

um sintagma nominalizado cujo complemento foi apagado; liga-se esse sintagma ao enunciado de base "l'Algérie dépend de la France." Por um processo de substituição e inversão lexical, mediante o verbo *déterminer*, obter-se-ia assim que "l'Algéric dépend de la France = la France détermine l'Algérie". Uma série de operações (como a substituição do sujeito; transformação reflexiva; transformação nominal) daria conta de se chegar à formulação "auto-détermination" (d'Algérie)". O segundo domínio de interesse[37] estaria na interpretação que cada um desses enunciados de base e suas transformações sofreriam da parte de seis jornais distintos de Paris.

A intenção ou as intenções da autora são sensivelmente mais ambiciosas do que as de G. Provost. Primeiramente, ela pretende chegar, a partir de sua análise, a um modelo de competência, entendido, metaforicamente, que teria como fundamento os enunciados de base[38]. Em segundo lugar, ela pretende que esses enunciados de base sejam um modelo lingüístico[39]. Em terceiro lugar, pretende que nenhum *a priori* de conteúdo tenha regido sua análise[40]. A autora cerca, nos dois primeiros casos, seu trabalho por diretrizes bastante distanciadas da proposta de Harris e no terceiro caso pretende tirar do rigor técnico desta última o testemunho de seu próprio rigor.

Sem entrar no mérito específico de seus resultados, os dois trabalhos apresentados demonstram o modo com que foram expostas as limitações de sua fonte mais imediata: o método de Harris. Ambos os trabalhos parecem considerá-lo muito mais como uma técnica auxiliar do que como um método propriamente dito. No caso de G. Provost, como técnica auxiliar na obtenção das

---

37. Veja D. Maldidier, "Lecture des Discours de De Gaulle..."
38. A autora diz textualmente: "S'il est possible de déterminer les phrases de base qui sous-tendent le discours politique de la guerre d'Algerie dans son fonctionnement synchronique et peut-être diachronique, nous aurons en quelque sorte établi un modèle de compétence, comun à tous les locuteurs", in *Langages* 23, p. 58.
39. A autora afirma que sobre as duas frases de bases: "Ces deux phrases, dont seule la première est realisée comme telle dans le texte, présentent des combinaisons des morphèmes qui rendent compte de nombreuses performances", in *Langages* 23, p. 59.
40. "La construction du modèle de compétence d'un discours politique donné permet de rendre compte des propositions qui constituent ce discours. Elle n'implique aucune hypothèse sur le contenu." *Langages* 23, p. 71. (O grifo é nosso.)

equivalências que lhe vão servir de base para sua interpretação e, no caso de D. Maldidier, como técnica auxiliar para a análise das transformações no interior dos discursos oficiais e das transformações observáveis nos discursos dos seis jornais parisienses em relação aos discursos oficiais. Ambos os trabalhos não se atêm à tarefa exaustiva de obtenção de classes formais dos discursos inteiros, restringindo-se à análise de certas recorrências previamente escolhidas: no caso de G. Provost, a recorrência das palavras *socialisme* e *socialiste*; no caso de D. Maldidier, a recorrência de determinado conteúdo, que ela resume em enunciados de base. Em ambos os trabalhos, ainda, a atenção das analistas coloca-se além dos limites do método: no caso de G. Provost, na distinção entre enunciado didático e enunciado político, e no caso de D. Maldidier, na tentativa (que se pode considerar um tanto quanto audaciosa) de chegar, a partir da análise do que chamou modelo lingüístico, a considerações em torno de um possível modelo de competência (no caso, ideológica)[41]. Em ambos os casos, finalmente, tem-se o apelo feito a *informações* prévias, distanciando-se desse modo da proposta puramente formal feita por Harris; no caso de G. Provost, há uma escolha nitidamente interessada na análise de palavras fundamentais (escolhidas em função de um interesse específico da autora) e, no caso de Denise Maldidier, há as informações históricas sobre as condições em que foram pronunciados os discursos, que, aliás, são fundamentais para a constituição de suas sincronias. A indicação desses elementos não constitui uma crítica aos trabalhos em si, mas uma clarificação dos limites do método de Harris. A descrição de um texto não constitui uma atividade definível em si mesma, mas definível no interior de um quadro de interesses específicos de cada pesquisador. Dificilmente se entende como se pode, a partir daí, falar numa descrição puramente formal, sem nenhum apelo à situação e muito menos às informações semânticas. Os trabalhos resumidos acima são uma amostra disso. A crítica feita ao trabalho de D. Maldidier está no fato

---

41. Chama-se uso metafórico ou metaforização à medida que a autora não rediscute o conceito de competência. Simplesmente o transfere para o domínio de seu interesse.

de a autora haver-se iludido com o formalismo de seu trabalho, acreditando-o, por isso, isento de apelos semânticos. Só a escolha de enunciados de base (condição fundamental para o desenvolvimento de sua análise) já constitui um claro e notório desvio em relação a esse formalismo. O trabalho de G. Provost, mais modesto em sua proposta, não chega a propor-se como "puramente formal", e nesse ponto está isento dessa crítica; ressalve-se, no entanto, que a autora não justifica nem discute o ecletismo que leva a fundir em seu trabalho Harris, Weinreich, as informações da gramática nocional (como atuante) e, ainda, os termos da lingüística da enunciação (tais como locutor, situação de enunciação, empregados sobretudo no momento da análise dos modalizadores).

Problemas similares poderão ser observados em outros trabalhos feitos na trilha de Harris entre os quais citamos: "Polémique idéologique et affrontement discursif en 1776: les grands édits de Turgot et les remontrances du Parlement de Paris" de D. Maldidier e R. Robin[42] e ainda o de M. Pêcheux, de J. Wesselius, intitulado "A Propos du Mouvement Étudiant et des Luttes de la Classe Ouvrière: 3 Organisations Étudiantes en 1968"[43], onde o autor se propõe a comparar os enunciados de base de documentos políticos pertencentes a organizações diferentes, publicados na França durante maio de 1968.

Além dessas limitações, o método de Harris parece não dar conta também daquilo que, com Benveniste, se considera a característica fundamental do discurso: a relação de pessoa que nele se estabelece. Harris fala na necessidade de se substituírem os termos dependentes pelos termos dominantes (os pronomes pelos nomes, em outras palavras), a fim de regularizar o discurso com vista à análise. Esse procedimento, uma vez aplicado sobre um *eu* e um *tu*, reduziria todo o discurso a um enunciado na terceira pessoa, e as relações pessoais acabariam assim por se tornar neutras. O método de Harris, bem como as aplicações que dele foram feitas, desconhece esse tipo de problema. Os tra-

---

42. Publicado em *Langages et Idéologies*, organizado pelas autoras e outros.
43. O artigo foi publicado como apêndice do livro de R. Robin, intitulado *Histoire et Linguistique*.

balhos anteriormente citados incidem sobre enunciados na terceira pessoa e desconhecem a importância que poderiam ter nos discursos aqueles enunciados onde ocorre a primeira pessoa e cujo objetivo é o envolvimento da segunda pessoa. O método, portanto, parece ser limitado e pode surtir efeito, enquanto o enfoque se restringir a uma função puramente informativa do discurso.

A proposta metodológica de M. Pêcheux pode ser encarada como uma proposta provisória, visto que até o presente não se chegou a formar nenhum corpo de trabalhos, saídos efetivamente dela. Sua preocupação última é o estabelecimento efetivo das relações entre:

1. condições de produção do discurso;
2. processo de produção;
3. superfície discursiva.

De modo bastante resumido, pode-se afirmar que, para o autor, a um conjunto de condições de produção dado corresponde uma série de superfícies discursivas, isto é, uma série pluralizada de discursos. O objetivo da análise do discurso, para ele, é chegar, a partir dessa série de discursos referentes, às mesmas condições de produção, ao *processo de produção*, uma espécie de "estrutura profunda" deles. Esse processo de produção é de natureza semântica, e o autor vê nele exatamente aquele ponto de ligação entre o sistema lingüístico e a prática discursiva. Nenhum outro caminho é possível para isso, senão o da análise semântica a partir do que chama detecção dos "points d'ancrage sémantique"[44]. Cada discurso constitui um efeito metafórico, isto é, um deslocamento no nível de significado do processo de produção. A tarefa do analista é reduzir a metáfora ao sentido de base, gerador dos diferentes discursos. Tal postura, embora parta de uma hipótese bastante distinta, se aproxima bastante do trabalho de D. Maldidier na busca de um enunciado de base, para um conjunto de discursos. A diferença está em que D. Maldidier procura chegar a tal enunciado a partir de equivalências no nível

---

44. Considera-se como "point d'ancrage sémantique" um ponto de intersecção semântica entre dois ou mais discursos.

da posição (critério distribucional à maneira de Harris), ao passo que M. Pêcheux utiliza um ponto de vista semântico. No entanto, o procedimento é bastante próximo se se considera o fato de que M. Pêcheux só consegue detectar as equivalências semânticas a partir de um critério posicional. Tecnicamente, portanto, não se pode afirmar que o método de Pêcheux constitua uma grande inovação em relação àquilo que Harris já propusera. A inovação fundamental está no fato de que M. Pêcheux leva em consideração o ponto de vista semântico e o ponto de vista situacional: a dualidade enunciado-enunciação conta para ele na medida em que, a partir das constantes semânticas, dos vários discursos, ele vai tentar montar uma constante semântica situacional. Mas, repete-se, a técnica assemelha-se em muito ao método distribucional.

Na linha de M. Pêcheux nenhum trabalho foi efetuado, possivelmente pelos propósitos de automatização com que ele se compromete em sua obra. Apenas sua análise sobre a história de Joana D'Arc[45] e outra sobre os panfletos de maio de 1968 constituem uma ilustração de seu método[46]. Em ambos os trabalhos a preocupação do autor é comparar os discursos produzidos e estabelecer entre eles os pontos de intersecção semântica, de tal forma que possa colocar em evidência um ponto comum entre eles (sua "estrutura profunda") ou as diferenças que se estabelecem entre eles a partir desse ponto comum (isto é, seu efeito metafórico). No caso dos discursos sobre a história de Joana D'Arc, o enfoque concentra-se sobre o ponto comum, isto é, sobre a invariante narrativa que subjaz a todos os discursos, ao passo que no caso dos panfletos de maio de 1968 o enfoque concentra-se na diversidade dos discursos, visando a uma caracterização sistemática dos diferentes grupos políticos que atuaram naquela época. O procedimento em ambos é o mesmo, na medida em que utiliza de modo não-ortodoxo a técnica distribucional. No entanto, essa não-ortodoxia, ao contrário do que ocorre no trabalho de D. Maldidier, justifica-se por uma aparelhagem concei-

---

45. Veja Anexo III do livro de M. Pêcheux *Analyse Automatique du Discours*.
46. Citado na nota 42.

tual bastante rigorosa, o que dá ao seu trabalho um mérito muito maior. Os avanços fundamentais desse trabalho em relação aos anteriores parecem residir em dois pontos: sua preocupação semântica explícita e sua preocupação com o discurso enquanto todo e não com partes ditas mais interessantes do discurso. No entanto, observa-se que esse trabalho coloca em evidência tão-somente uma função informativa do discurso e deixa de lado, tal como ocorre nos trabalhos anteriores, os processos de relação pessoal do discurso que, como dissemos, parecem definir o próprio discurso.

Sob esse aspecto, as preocupações de D. Slakta[47] parecem ir um pouco mais além, sem, contudo, chegar ao cerne da questão. A rigor não se pode falar em método, no caso desse autor, à medida que se propõe mais à elaboração de um esboço da teoria. Essa teoria visa, de certa forma, e de maneira mais clara, ao estabelecimento de uma continuidade metodológica entre sistema lingüístico e discurso. Sob esse aspecto tenta superar certos problemas observáveis em Harris e em M. Pêcheux:

1. Tenta evitar confusão entre língua e discurso (caso de Harris), onde se desconhece a importância não só da situação (desconhecimento até certo ponto plausível no interior de uma análise que visa à língua), mas também de certos elementos formais característicos da correlação língua-situação (os dêiticos, em geral).
2. Tenta evitar a inversão metodológica que M. Pêcheux propõe quando opõe um postura indutiva para a análise do discurso à postura dedutiva da análise lingüística. D. Slakta compõe um quadro teórico-dedutivo, da língua ao discurso.

Aceitando o estado atual da Lingüística como em estado abstrato (em via de constituição de um corpo teórico científico), D. Slakta critica os limites do conceito de competência e critica o conceito de sujeito neutro no interior da competência, uma vez que esse conceito de sujeito não dá margem a interrogações do tipo "quem fala, quando fala, a quem fala"[48], reduzindo-se, dessa

---

47. Além do artigo já citado do referido autor (veja nota 24), cita-se ainda "L'Acte de 'Demander' dans Les Cahiers de Doléances" in Langue Française 9.
48. Slakta, Langages 23, pp. 108-9.

forma, puramente a um conceito psicológico. A solução para D. Slakta está no desdobramento do conceito de competência. Para ele, haveria uma competência específica: sistema interiorizado de regras especificamente lingüísticas que garante a produção e a compreensão de frases sempre novas e uma competência ideológica que torna implicitamente possível a totalidade das ações e das significações novas[49].

Desse modo, os discursos enunciados determinam-se em função de um duplo processo, cuja totalidade não pode ser negligenciada. À teoria cabe colocar em evidência as regras desse processo. Tendo em vista o fato de que o sujeito falante agora não é mais o sujeito enunciador de frases isoladas, mas de uma trama de frases justificáveis no interior de um contexto dado, Slakta propõe o abandono da noção de *corpus* (que visaria simplesmente à sanção empírica dos procedimentos e hipóteses de análise que visam à constituição do sistema lingüístico) pela noção de *texto*, "ação verbal e matriz, onde a língua ganha sentido" ou "um conjunto de frases que entretêm relações implícitas com o que se chama extralingüístico"[50].

Nessa proposição, tendo em vista a necessidade de pensar as entidades lingüísticas em seu funcionamento e em sua significação, D. Slakta não vê outra saída teórica senão pensar a sintaxe e a semântica como indissoluvelmente associadas. Elimina, portanto, a hipótese gerativo-transformacional (*standard*), onde esses componentes se acham dissociados, e assume a hipótese formulada por Fillmore, na sua proposta de uma gramática de casos.

Para dar conta dos dois tipos de competência (a lingüística e a ideológica), Slakta monta um arcabouço teórico composto de três gramáticas distintas de casos, dedutivamente interligadas:

> *Gramática de Casos I*, baseada numa estrutura de papéis dependentes de um verbo. Trata-se de um conjunto de casos (*agente, dativo, contra-agente, objeto, instrumento, locativo*) que explicaria na sua inter-relação através do verbo o esquema da frase, e que não se realizaria obrigatoriamente no nível da superfície.

49. Idem, pp. 109-11.
50. Idem, pp. 113-5.

Gramática de Casos II, dedutivamente derivada da Gramática de Casos I e que situa os papéis no nível de participantes, isto é, no nível da função no interior de um discurso dado. Assim, analisando os "Cahiers doléances", o autor situa como correspondendo ao papel *agente* os seguintes participantes: *habitants, paroisse, assemblée, comunauté, députés, représentants*; ao *dativo* os seguintes beneficiários: rei (beneficiário positivo), indivíduos (beneficiários negativos).

Gramática de Casos III, dedutivamente derivada da Gramática de Casos II e que situa os participantes do segundo estágio no nível de atores. Ela se interessará, por exemplo, em verificar aquilo que caracteriza *retoricamente* um participante determinado. Se na Gramática de Casos II temos, por exemplo, um participante cuja ação é pedir, e outro cuja ação é dar, somente na Gramática de Casos III é que serão observados os fatos concernentes às conotações distintas entre os elementos que contêm o sentido de pedir (implorar, suplicar) e os elementos que contêm o sentido de dar (atribuir, permitir, conceder). Trata-se de um nível em que entram em jogo questões de natureza estilística, que situam os participantes como atores, isto é, revestidos de uma individualidade mais especificadora.

Uma crítica sobre todos os pontos problemáticos do trabalho de D. Slakta feita neste momento correria o risco da antecipação. É impossível saber de antemão os resultados a que se poderá chegar através de seu projeto. Dele só se têm os artigos do próprio autor como aplicações bastante *ad hoc*, isto é, como demonstrações circunstanciadas de pontos de sua análise. É inegável, no entanto, que o âmbito de suas preocupações ultrapassa muito as de outros trabalhos. De certa forma, o que o autor pretende é chegar a uma teoria global que vá desde a língua até o discurso, sem que se possa ver nesse movimento qualquer ruptura, mas simplesmente ampliações. Não se pretende criticar aqui o mérito localizado de seus resultados nem a importância de suas ambições. O que se pretende é simplesmente deixar claras algumas questões que foram suscitadas pela leitura de seu trabalho. A primeira delas refere-se à compatibilidade entre um processo ilocucionário, responsável direto por um enunciado e uma Gramática de Casos I, de onde se exclui a importância do próprio locutor. Uma estrutura de casos constitui uma estrutura de relações sintático-semânticas capaz de dar conta dos problemas relativos ao enunciado; é ela capaz de dar conta do processo da enunciação? Como ela poderia dar conta de um elemento nitidamente ligado à enunciação como o modo? Outra questão que nos é sugerida ainda pela leitura de seu trabalho é a seguinte: quais as marcas formais que garantem a passagem dos papéis aos participantes? Em outras palavras, como se pode garantir que os participantes do discurso sejam efetivamente realizações dos casos? Não se trataria, no caso de Slakta, de uma simples sofisticação da proposta feita por Greimas, no momento em que este, partindo da caracterização da frase como espetáculo (proposta por Tesnière), analisa a narrativa como uma grande frase? Que procedimentos garante (é a nossa terceira pergunta) a transformação dos participantes em atores ou a passagem da Gramática de Casos II para a Gramática de Casos III? Efetivamente, trata-se de questões que não têm o alcance suficiente para anular a proposta de Slakta (nem é isso que se pretende aqui), mas cuja resposta não se conseguiu localizar no referido trabalho. Além delas não se conseguiu perceber também, a não ser no caso da Gramática III nenhuma atenção maior do autor para a "mise en évidence" das relações entre os sujeitos do discurso. Talvez isso explique o fato de no nível mais profundo (Gramática de Casos I) ele ter deixado de lado a possibilidade de colocar aí a importância do sujeito da enunciação (que outro não é senão aquele sujeito ideologizado, isto é, o sujeito necessariamente contextualizado em que se localizariam as duas competências, ponto fundamental para sua teoria).

Uma referência foi feita anteriormente à obra de Greimas. Trata-se de uma proposta de uma teoria semântica[51] da qual os textos posteriores se apresentam como continuidade. A estrutura teórica desse trabalho compreende três níveis de discussão que correspondem aos três níveis de significação: nível semiológico, nível semântico e nível da manifestação do discurso. É no terceiro nível que o autor situa as categorias interessantes pa-

---

51. Refere-se basicamente aqui ao *Sémantique Structurale*.

ra a análise do discurso e que são resultantes de combinações dos níveis anteriores. Greimas monta um esquema fundado na ação e que contém todos os componentes ligados a essa ação: é o que ele chama atuantes (*actants*) que constituem categorias semelhantes àquelas propostas por D. Slakta: sujeito, objeto, destinatário, oponente e adjuvante. Os trabalhos em análise do discurso que têm aproveitado mais da sugestão de Greimas são os trabalhos em análise da narrativa. Efetivamente, é nas narrativas intencionalmente constituídas enquanto tal que o esquema atuacional (englobando atuantes e funções) se mostra mais claramente. Mas as aplicações das idéias de Greimas têm ido bastante além das análises da narrativa. Em discurso político citem-se os trabalhos de R. Robin "Histoire et Linguistique: Premiers Jalons"[52] e de Jacques Guilhamou intitulado "L'Idéologie du Père Duchesne: Les Forces Adjuvantes (14 juillet/6 septembre 1793)"[53]. Em ambos os trabalhos os textos analisados são encarados em sua dramaticidade. Jacques Guilhamou, por exemplo, fazendo a análise do Père Duchesne, monta o jogo das relações políticas em *forças adjuvantes* e *forças oponentes* (dois atuantes, portanto) que se traduzem como atores principais (os *sansculottes*, os *parisienses*, da parte das forças adjuvantes; os *jean-foutres*, os *scélerats*, *traîtres* – entre outros – da parte das forças oponentes) e como atores secundários (entre outros, os *pauvres*, os *ouvriers* da parte das forças adjuvantes; entre outros, os *riches*, os *marchands*, da parte das forças oponentes). O objetivo de ambos os trabalhos parece situar-se na tentativa de se chegar a uma sistemática dos textos suficientemente forte para sustentar a interpretação que deles será feita. A preocupação central, portanto, é cernir o conteúdo dos textos e, sob esse aspecto, podem ser considerados como uma reelaboração eficiente dos trabalhos em análise do conteúdo, atividade que, como se salientou anteriormente, tem uma tradição razoavelmente sólida, em ciências humanas, sobretudo em Sociologia.

---

52. R. Robin, "Histoire et Linguistique: Premiers Jalons" in *Langue Française* 9.
53. *Langages et Idéologies*, org. pelo autor e por outros.

4. O panorama que se acabou de apresentar não constitui uma amostra exaustiva daquilo que se tem feito no domínio da análise do discurso e nem se propõe a tanto. Constitui uma amostragem que visa evidenciar uma tendência geral desses trabalhos que pode ser resumida nos termos de *uma tendência de redução dos discursos analisados à sua função informativa*: a preocupação geral nos trabalhos discutidos é sistematizar o conteúdo dos discursos. Sem minimizar a importância dessa função, pergunta-se, nesse momento, se essa tendência não constitui uma redução excessiva (concorda-se com o fato de haver em todo trabalho de análise uma atividade de redução) na medida em que se deixa sempre de lado aquilo que se apontou em páginas anteriores como um dos elementos mais importantes na caracterização do discurso, a subjetividade, isto é, o jogo que nele se estabelece pela relação de pessoa. Pergunta-se ainda se o desconhecimento de problemas relativos às formas que tais discursos assumem (discurso parlamentar, panfletos etc.) não decorre desse mesmo fato e se tais formas não têm importância maior do que uma simples investidura externa e ocasional que as mensagens assumem.

O presente trabalho, de certa forma, visa considerar a pertinência das duas questões que se acaba de lançar, e sob esse aspecto constitui uma atividade complementar à atividade exercida pelos trabalhos acima considerados. Pretende-se investigar a importância que tem do ponto de vista da língua e do discurso a subjetividade que este último revela; pretende-se equacionar do ponto de vista desta subjetividade a importância e a propriedade que têm as contribuições hoje um tanto desprestigiadas da Retórica, no que diz respeito aos gêneros. A hipótese fundamental deste trabalho é desdobrável numa série de pontos: o primeiro deles refere-se ao fato de que uma teoria lingüística, desde que vise ao discurso (isto é, desde que coloque como objeto explicativo não a frase, mas o discurso), necessariamente terá outros fundamentos que aqueles propostos quer pelo estruturalismo, quer pela lingüística gerativo-transformacional; o segundo ponto refere-se ao fato de que tal teoria terá de considerar a pertinência não só dos modos de elocução da frase, mas sobretudo terá de investigar a pertinência dos modos de elocução do discurso; o terceiro ponto refere-se ao fato de que essa mesma teoria deverá levar em consideração a possibilidade de se estabelecer os princípios que fundam a organicidade dos discursos.

PARTE I

Capítulo 1 **Preliminares**

Esta parte do trabalho não tem como objetivo a análise exaustiva dos discursos de Getúlio Vargas. Constitui simplesmente um levantamento de problemas concretos a serem equacionados teoricamente na Parte II e, na medida do possível, uma sistematização metodológica que visa ao estabelecimento de um pré-modelo. Sob tais aspectos seria indiferente se se tomasse qualquer outro conjunto de discursos de outro autor, conquanto se configurassem dentro da oratória política. A intenção aqui foi partir de um conjunto qualquer de discursos políticos, quaisquer que fossem os critérios de sua composição. Pareceu oportuno escolher entre os textos produzidos em português aqueles pronunciados por apenas um locutor, desde que fosse esse locutor uma personagem historicamente bem representativa. (A escolha caiu assim quase automaticamente sobre G. Vargas.) Num primeiro momento pensou-se em dilatar o domínio da análise, escolhendo ainda textos que refletissem ou originassem a obra de G. Vargas. No entanto, tal tarefa logo se afigurou gigantesca e impossível, sem a colaboração de historiadores e politólogos e sem a definição prévia de um modelo. Constitui, portanto, uma tarefa futura, como o constitui também o trabalho de uma análise completa da obra de Vargas, já que nestas páginas só se trabalhará com um reduzido número de textos, atendendo às exigências de uma especulação inicial sobre o discurso político em geral mais que às especificações histórico-políticas da obra do referido autor. Para o desenvolvimento desta parte do trabalho, foram feitos dois cortes no conjunto dos discursos de G. Vargas. O primeiro serviu para delimitar as obras no período de 1930 a 1937, iniciando com o discurso da Plataforma da Aliança Liberal, que marca o início da carreira política de G. Vargas no plano nacional, e terminando com o discurso de Ano-Novo (passagem de 1936 para 1937), que tem a função de, ao nível institucional (a campanha presidencial), marcar uma definição de propósitos de uma inovação política. Trata-se de um critério puramente operacional e não se tem dúvida de que outros, mais eficazes e significativos para a História, poderão ser definidos. A partir desse primeiro corte, procedeu-se a um segundo, este definido com base numa organização temática configurada da seguinte maneira[1]:

1º) *Discursos de Tensão*:
"Plataforma da Aliança Liberal" – I, 19;
"Rio Grande, de Pé, pelo Brasil" – I, 59;
"Nova Organização Administrativa do País" – I, 69;
"A Revolução, as suas Origens e seu Programa" – I, 79;
"A Revolução Paulista" – II, 73;
"Manifesto do Povo de São Paulo" – II, 81;
"O Levante Comunista de 27 de Novembro de 1935" – IV, 139;
"Necessidade e Dever de Repressão ao Comunismo" – IV, 151;

2º) *Discursos de Prestação de Contas*:
"O primeiro Ano do Governo Provisório e as suas Diretrizes" – I, 153;
"Mensagem Lida perante a Assembléia Nacional Constituinte, no Ato da sua Instalação, em 15 de Novembro de 1933" – III, 15;
"O Brasil em 1930" – III, 195;
"Voltando ao Rio Grande" – IV, 15;
"A Situação do Brasil em Dezembro de 1936" – IV, 209;

3º) *Problemas Econômicos*:
Siderurgia – I, 93;
Açúcar – II, 129 e III, 161;

1. Os algarismos romanos indicam o volume da *Nova política do Brasil* e os arábicos indicam as páginas onde se inicia cada artigo.

Secas – II, 145;
Dívidas – III, 265;
Cacau – IV, 193;
Borracha – II, 177;

4º) *Leis*:
Reforma das Leis – I, 109;
Regime Constitucional – II, 17;
Revolução e Regime Legal – II, 25;

5º) *Exército e Forças Armadas*:
Marinha – II, 63; II, 103; III, 171;
Exército – III, 163;
Corporações Militares – IV, 223;

6º) *Imprensa*:
I, 133; III, 259; IV, 171;

7º) *Instrução*:
II, 113; III, 187; IV, 231;

8º) *Discursos sobre ou no Exterior*:
Argentina: I, 133; II, 189; II, 197; III, 253; IV, 45; IV, 53; IV, 59; IV, 65; IV, 73; IV, 79;
Uruguai: III, 275; IV, 89; IV, 97; IV, 103; IV, 109; IV, 115;
Portugal: III, 181;
Estados Unidos: IV, 203;

9º) *Homenagens*:
Nordeste: II, 163;
União dos Brasileiros: III, 283;
Rotary: III, 291;
Associação Comercial: III, 299;
Igreja: III, 305;
Prosperidade e Grandeza: IV, 123;
Classes Trabalhadoras: II, 97;
Centenário da Revolução Farroupilha: IV, 131;
Dia da Pátria: IV, 181.

Desses subconjuntos merecem esclarecimento maior os dois primeiros em virtude da generalidade com que foram nomeados e sobretudo pelo fato de que foram eles, dos grupos, os escolhidos para o presente estudo. Agruparam-se no primeiro subconjunto aqueles discursos pronunciados durante momentos entendidos claramente como de confronto: o primeiro, aquele em que o locutor se lança à luta contra a situação vigente quer enquanto candidato legal, quer para propor a revolta, quer (já vitorioso) para sedimentar uma nova situação; o segundo movimento é o do confronto com os adversários paulistas em 1932; e o terceiro refere-se ao levante comunista em 1935. No segundo grupo, reuniram-se aqueles discursos intencionalmente elaborados para "dar uma satisfação" à nação a respeito dos vários empreendimentos do Governo. Via de regra, todos os discursos cumprem, em parte, essa função, já que todos, de uma ou de outra forma, tentam justificar a excepcionalidade do regime. Mas os discursos situados nesse subconjunto têm essa função explícita. Além desses dois conjuntos, merece também um esclarecimento aqueles denominados "Homenagens": trata-se de discursos pronunciados em geral em situações de comemoração (como o é grande parte dos discursos pronunciados na Argentina e no Uruguai), mas ao contrário destes em que existe pelo menos uma constante temática (as relações que o governo provisório visa manter com o país visitado), no subconjunto em questão não existe nenhuma coesão temática. O que os identifica é seu caráter epidítico, isto é, o caráter nitidamente presente e momentâneo de seu interesse, o que não diminui em nada a importância que possam ter como manifestação de uma posição do Governo diante de cada uma das situações que os motivam.

 A escolha dos dois primeiros grupos para base deste estudo foi feita segundo diversos critérios. Primeiramente, do ponto de vista temático, pareceu serem eles os mais representativos, já que abarcam quase todos os temas desenvolvidos nos outros discursos. O primeiro grupo coloca em evidência a presença de um adversário (que justifica todos os demais discursos) e o segundo grupo justifica (pela prestação de contas) a presença no poder do grupo político a que pertence o locutor, o que de uma ou de outra forma, mas de modo não intencional, se observa em todos os demais discursos. Em segundo lugar, o conjunto dos dois reúne temas completamente distintos e que constituem dois pólos opostos do ponto de vista das situações em que foram pronunciados: o primeiro, ao incluir discursos de confronto, isto é, pronunciados nos momentos em que o adversário é, mais que virtual, concreto, nos momentos, portanto, em que a tônica fundamental do texto é menos reflexiva, menos informativa e mais emotiva. O segundo grupo ao contrário é produzido em situações de distensão e tem como finalidade a consolidação da situação vigente através de um jogo informativo, racional, técnico a maior parte das vezes. Essa caracterização inicial e precária dos dois subconjuntos serve apenas como justificativa da escolha. No transcorrer do trabalho tratar-se-á de matizá-la com base nos dados fornecidos pelos próprios textos. Como se verá mais adiante, para a comprovação de algumas hipóteses foi também necessário buscar outro tipo de discurso que não aqueles pronunciados diante de um público, que são feitos para ser dirigidos oralmente a toda uma coletividade (a Nação ou parte dela). Para tanto, poderia ter-se recorrido a qualquer tipo de discurso teórico (por exemplo, de nossa época). Por uma questão de fidelidade ao período em que foram produzidos os textos-base, foram escolhidos alguns textos escritos por dois dos teóricos mais conhecidos do referido período: Oliveira Viana e Azevedo Amaral. Sua escolha deve-se em princípio às ligações mais ou menos claras de seu pensamento com o pensamento de G. Vargas, por um lado, e, por outro, pela direção nitidamente teórico-especulativa que assumem em oposição à direção pragmática dos discursos de G. Vargas[2]. Com eles se pretendeu averiguar as aproximações e as rupturas possíveis entre o discurso político nitidamente pragmático e o discurso político teórico, a fim de não se circunscreverem as conclusões numa tautologia (metaforicamente falando), onde, partindo de um tipo de discurso, se ocupasse somente da sua definição, dada já de início.

---

2. Agradece-se aqui as sugestões para a escolha destes textos feitas pelos colegas historiadores: Italo Tronca e Stela Bresciani.

Capítulo 2 **O problema das condições de produção**

1. O jogo do discurso: a estratégia e as imagens

Desde que se pense em textos (tal como se pretende fazê-lo), e não sua ontologia, e desde que se pense, portanto, na sua importância dentro de um esquema de funcionamento mais amplo que as relações intrínsecas que, porventura, possam existir em seu interior, parece inevitável assumir uma perspectiva pragmática, que coloca em evidência o problema das condições de produção como quadro de informação prévio e necessário a uma observação interna de cada realidade discursiva.

As perspectivas que assumem as discussões a respeito desse problema são fundamentalmente duas, fundadas nas óticas distintas fornecidas pela Psicologia e pela Sociologia. Tanto pode ser considerada a produção do ponto de vista de um produtor individualizado[1] quanto pode ser considerada a produção do ponto de vista de um produtor socializado[2]. A solução do impas-

---

1. Referimo-nos aqui ao sujeito encarado do ponto de vista exclusivo de sua constituição e de sua história individual.
2. A referência a produtor socializado significa, no caso, a referência a um sujeito determinado por condições sociais precisas, historicamente delineáveis, e portador das significações ideológicas de tais condições.
Veja Moscovici e Plon – "Les Situations-Colloques: observations théoriques et expérimentales" in *Bulletin de Psychologie*, XIX, 1966. A essas duas posturas daríamos o nome de interpretação, sendo elas pois classificáveis dentro da hermenêutica.

se criado por essa dupla direção parece estar na possibilidade de considerar basicamente a *natureza* do discurso produzido a fim de, a partir daí, tentar-se equacionar seu *interesse dominante*. O contrário também pode ser feito, isto é, a partir de categorias fornecidas por uma das óticas, tentar a análise em função dessas categorias, quaisquer que sejam tais funções. Este parece ser muito mais um caso de projeção de interesse do que propriamente o da definição de classes características do próprio discurso. Assim, uma interpretação psicológica dos textos de Vargas com base em categorias fornecidas pela Psicologia resulta da projeção de um interesse do analista, isto é, do interesse em detectar, nos discursos públicos do indivíduo Vargas, o papel de seu componente pessoal e as distorções e impulsos que essa individualidade impunha ao seu papel social. Da mesma forma, e em outra perspectiva, se se quisesse equacionar a visão de classe e as determinações sociais do Diário de Gide, ter-se-ia aí também a projeção de um interesse sociológico, visando localizar no texto um produtor-sociedade (ou camada social) responsável por determinada visão de mundo que situaria a obra de Gide, não na sua especificidade individual, mas na sua pertinência a determinada camada social. Evidentemente objetar-se-á que se trata de legítimas posturas resultantes da própria especialidade científica, da própria e inevitável direção que o pensamento assume a partir de premissas psicológicas ou sociais. De fato, o direito de colocar em foco uma ou outra tônica das condições em que se produz um texto existe e deve ser levado em consideração. O problema que se pretende colocar é simplesmente este: em que medida a definição ou, melhor, a escolha de uma perspectiva determinada não restringe os próprios objetivos da análise? Em que medida não seria fundamental e mais importante considerar as condições de produção por um procedimento mais "neutro" em relação a um interesse prévio, e só depois disso relacionar a essa produção as categorias fornecidas pelo domínio específico de interesse? É por essa razão, isto é, visando adotar uma atitude menos comprometida, que se pretende pensar as condições de produção sob o ângulo do próprio interesse emanado pelo discurso.

A definição desse interesse próprio requer a esquematização prévia de alguns componentes fundamentais; para tanto vale-se aqui da esquematização feita por M. Pêcheux, que, entre o esquema reacional proveniente das teorias psicofisiológicas e psicológicas do comportamento e um esquema informacional que provém das teorias sociológicas e psicossociológicas da comunicação, opta pelo segundo esquema, pelo fato de esse último esquema apresentar "a vantagem de colocar em evidência os protagonistas do discurso, bem como seu 'referente'"[3]. Esse esquema, que pode ser resumido em:

$$A \underset{R}{\overset{(\pounds)}{\rule{3cm}{0.4pt}} D \rule{0pt}{0pt}} B,$$

tem respectivamente

A: o destinador
B: o destinatário
R: o referente;
(£): o código lingüístico comum a A e a B
→: o contato estabelecido entre A e B
D: a seqüência verbal emitida por A em direção a B.

A substituição fundamental salientada pelo próprio autor em relação ao esquema da teoria da informação é a do termo mensagem pelo termo discurso. Essa substituição, se é importante dentro da proposta de M. Pêcheux, é fundamental dentro da presente proposta, uma vez que, tal como já se teve oportunidade de frisar, a relação que se processa pela seqüência verbal emitida por um destinador em relação a um destinatário não é puramente informativa, mas abarca, além do "efeito de sentido" pensado por M. Pêcheux, uma relação de intersubjetividade. Até aqui se pensa aproximadamente como o autor. Mas diferese dele no momento em que começa a definir destinador e destinatário como representantes de um lugar em determinada forma-

---

3. M. Pêcheux, *Analyse Automatique du Discours*, p. 17.

ção social. Nesse ponto, o autor assume a postura sociológica e se compromete de certa forma com um interesse determinado. O discurso caracteriza-se, assim, pura e simplesmente como resultante (transformado, como ele bem o salienta) das relações de papéis sociais determinados. A longo termo a interpretação das significações decorre das relações entre esses papéis; isto parece ser uma perspectiva um tanto simplista. É de crer que – mediando aquele esquema básico e os papéis sociais, e, funcionalmente, num plano mais fundamental que os papéis sociais – se encontrem outros elementos que podem ser definidos a partir do esquema de formações imaginárias fornecido pelo próprio M. Pêcheux. Este, ao salientar a importância da imagem que se fazem mutuamente destinador e destinatário, propõe o seguinte esquema[4]:

Expressão designando as formações imaginárias		Significação da expressão	Questão implícita cuja "resposta" sustenta a formação imaginária correspondente
A	$I_A(A)$	Imagem do lugar de A pelo sujeito situado em A	"Quem sou eu para lhe falar assim?"
	$I_A(B)$	Imagem do lugar de B pelo sujeito situado em A	"Quem é ele para eu lhe falar assim?"
B	$I_B(B)$	Imagem do lugar de B pelo sujeito situado em B	"Quem sou eu para que ele me fale assim?"
	$I_B(A)$	Imagem do lugar de A pelo sujeito situado em B	"Quem é ele para que ele me fale assim?"

4. M. Pêcheux, idem, p. 19.

A esse esquema acrescenta-se outro constituído dos pontos de vista de A e de B sobre o referente:[5]

Expressão designando as formações imaginárias	Significação da expressão	Questão implícita cuja "resposta" sustenta a formação imaginária
A $I_A(R)$	"Ponto de vista" de A sobre R	"De que lhe falo eu?"
B $I_B(R)$	"Ponto de vista" de B sobre R	"De que ele me fala?"

Tal formulação parece carecer de outro elemento não menos fundamental e que se centra sobre a relação atuacional e pragmática entre A e B. A pergunta fundamental não é mais localizável em A ou B, mas sobre A e B e pode ser formulada do seguinte modo: O que A pretende falando dessa forma? Essa pergunta pode ser desdobrada em duas outras: O que A pretende de B falando dessa forma? O que A pretende de A falando dessa forma? Essas perguntas instauram um novo elemento nas condições gerais de produção, na medida em que elas colocam em jogo não apenas a imagem que A e B fazem de si, entre si, ou sobre o referente, mas também a própria natureza do ato que A pratica ao falar de determinada forma e da natureza do ato a que A visa em B. Essas considerações remetem-nos imediatamente ao problema dos atos de linguagem, cuja pertinência às condições de produção se afigura como fundamental.

2. O jogo do discurso: os atos de linguagem

Transferindo as questões de natureza puramente teórica, bem como sua situação dentro de um quadro teórico e preciso para a segunda parte deste trabalho, pretende-se, nesse momento, fa-

---

5. M. Pêcheux, idem, p. 20.

zer apenas uma seleção dos aspectos mais relevantes dos atos de linguagem para o estudo das condições de produção. Essa tarefa, ao contrário do que se possa imaginar, não constitui uma apropriação nem um ajustamento de uma proposta a um domínio que não o seu original. Austin, que inaugurou a tradição desse tipo de preocupação e que primeiro viu a linguagem segundo um quadro hipotético de atos de linguagem, pensou-os fundamentalmente dentro não do enunciado virtual ou da frase isolada, mas fundamentalmente dentro de um quadro empírico mais amplo e mais concreto: "O ato de discurso integral, na situação integral de discurso, é, no final das contas, o *único* fenômeno que procuramos elucidar *de fato*."[6] Se a importância desse tipo de preocupação, bem como a sua pertinência na explicação de fenômenos dentro da frase, vem sendo investigada por outros pesquisadores, não se deve perder de vista o quadro inicial em que ele se definiu, não apenas pela necessidade de se atentar continuamente para a direção originariamente indicada das especulações, mas sobretudo pela necessidade de considerar a própria eficácia dessa direção. Discutir os atos de linguagem dentro do quadro do discurso constitui não apenas uma questão de fidelidade às preocupações centrais de Austin, mas também um questionamento e uma testagem de sua própria proposta.

Na sua preocupação de pensar uma teoria da significação distinta daquela fundada no critério da verdade ou falsidade dos enunciados, Austin discute em primeiro lugar a existência na linguagem ordinária de certos enunciados (a que denomina performativos) que não são pronunciados com finalidade assertiva. Distintos são, portanto, sob esse aspecto, enunciados do tipo "prometo sair" e "Paulo promete sair", em que o primeiro, ao contrário do segundo, não se subordina ao critério de verdade ou falsidade. As indagações sobre as distinções entre esses tipos fundamentais de enunciado, que ocupam praticamente todas as páginas da obra do referido autor, levam a observar a existência clara, no caso dos performativos, de uma base de significação somente definível a partir de seu conceito de atos de linguagem. Segundo o autor, o sujeito falante procede a três atos fundamentais no

---

6. J. L. Austin, *Quand Dire C'Est Faire*. Tradução francesa de *How to do Things with Words*, p. 151. Os grifos são do autor.

momento em que fala: primeiramente, ele procede a um ato de locução (fonética, gramatical e semântica); em segundo lugar, ele procede a um ato de ilocução (produzido pelo próprio ato de falar, palpável, por exemplo, no caso dos performativos, quando, num enunciado do tipo "eu prometo", o ato ilocucionário da promessa se realiza *em se dizendo*); e, em terceiro lugar, o ato de *perlocução* (produzido pelo *fato* de dizer, isto é, como decorrência do ato de dizer). Austin admite uma dificuldade em distinguir aquilo que é ilocucionário do que é perlocucionário, salientando o papel da convenção no estabelecimento de sua distinção: o ato ilocucionário é convencional, isto é, obedece a regras instituídas, enquanto o ato perlocucionário não o é. Determinadas condições sociais prévias delimitam o quadro de possibilidades de consecução de enunciados com verbos, tais como "nomear", "advertir", confirmando sua convencionalidade, ao passo que o mesmo não ocorre em se tratando de enunciados com verbos do tipo "convencer", de natureza perlocucionária. O estudo dos atos de ilocução permite a Austin diluir de certa forma a distinção inicial entre as asserções clássicas (os enunciados constativos) e os enunciados performativos à medida que os primeiros, tal como os últimos, têm uma base ilocucionária, isto é, à medida que, dizendo alguma coisa, faz-se alguma coisa além de dizer. Mais ainda, ao contrário do que afirma a lógica clássica, em determinadas condições, os enunciados constativos são também passíveis não apenas de julgamento sobre sua veracidade, mas também a veracidade de sua enunciação depende das condições de sua enunciação. Verdadeiro ou falso, no fundo, são questões de conhecimento, e, na acepção de Austin, sua constatação depende do momento e da conveniência muito mais do que do próprio sentido das palavras.

 Preocupado em sua obra com a demonstração de que os enunciados constativos, sobre os quais se baseia a lógica tradicional, não constituem senão uma abstração falseada daquilo que caracteriza a linguagem, Austin dedica a maior parte de seu tempo ao estudo do ato ilocucionário e deixa de lado as questões relativas ao ato perlocucionário. Isso provavelmente não tanto pelo fato de uma menor importância desse tipo de ato para sua teoria, mas pelo fato de que, apresentando um programa que se propõe inovador, encontra na discussão dos atos ilocucionários as razões fundamentais para sua inovação.

Rastreando praticamente a mesma trilha aberta por Austin, os trabalhos de Searle[7] não vão muito além na discussão do ato perlocucionário. Searle simplesmente se refere à existência de tal ato (ao lado de outros, tais como atos de enunciação, atos proposicionais, atos ilocucionários), como conseqüência dos atos ilocucionários:

> "Se considerarmos a noção de ato ilocucionário, é preciso também considerar as conseqüências, os efeitos que tais atos têm sobre as ações, os pensamentos ou as crenças etc. dos ouvintes."[8]

Na linha seguinte, o autor enumera alguns dos atos perlocucionários:

> "Por exemplo, se eu sustento um argumento, posso *persuadir*, ou *convencer* meu interlocutor; se lhe peço alguma coisa, posso *conduzi-lo a fazer* o que lhe peço; se lhe forneço uma informação posso *convencê-lo* (*esclarecê-lo, edificá-lo, inspirá-lo, fazê-lo tomar consciência*)."[9]

Sem entrar na questão da importância desse tipo de ato para a própria teoria assumida pelos autores, é de crer que, do ponto de vista do discurso, os atos perlocucionários têm uma importância capital e por essa razão devem ser discutidos aqui com maior atenção.

Essa importância revela-se segundo duas vertentes distintas: a primeira delas é proveniente da própria discussão teórica que foi feita na Introdução deste trabalho; a segunda decorre do próprio material empírico sobre o qual se trabalhou. Na Introdução afirmou-se, entre outras coisas, que o discurso, na acepção sinté-

---

7. J. Searle: *Les Actes de Langage*. Tradução francesa de *Speech Acts. The Philosophy of Language*, coletânea organizada pelo autor, que inclui o artigo "What Is a Speech Act".
8. Searle, *Les Actes de Langage*, p. 62.
9. Searle, idem, p. 62. Os grifos são do autor.

tica ali assumida, do ponto de vista de sua natureza, caracteriza-se inicialmente por uma maior ou menor participação das relações entre um eu e um tu. Essa maior ou menor participação das relações entre um eu e um tu significa não apenas a existência de um processo de contato entre locutor e ouvinte, mas também a existência de um mecanismo que se supõe evidenciável estruturalmente pelo qual não só se torne patente aquilo que já o é (o papel do locutor enquanto agenciador do discurso), mas sobretudo a importância que tem o ouvinte no próprio agenciamento do discurso. Se num primeiro nível de análise é o locutor que se coloca em evidência, num nível mais profundo, é possível observar que o ouvinte é um agente indireto do discurso na medida em que é nele que se justifica o próprio discurso. É do tipo de relação entre locutor e ouvinte que decorre o tipo de ação a ser empreendida pelo locutor através de seu discurso. Um eu não define, por si só, a ação a ser empreendida; é preciso que ele tenha sua imagem do tu ou que o tu forneça essa imagem (nesse ponto se retoma M. Pêcheux).

Mas, uma vez que a imagem se acha definida, há que se definir um tipo de ação, sem a qual o discurso não tem razão de ser, e tal ação não se define senão à medida que sejam visados alguns resultados no próprio ouvinte. Além disso, foi afirmado ainda na Introdução que o discurso tem sua semanticidade garantida situacionalmente, isto é, no processo de relação que se estabelece entre as suas pessoas e a situação. Isto quer dizer que o quadro das significações de um discurso depende do quadro situacional em que se insere. Com isso não se pretende negar a existência de um significado próprio do discurso, mas simplesmente indicar que uma análise interpretativa não pode prescindir das significações que emanam das relações entre os protagonistas do discurso e a situação. Isto porque é dessas relações, acrescidas àquelas, que se estabelecem entre os interlocutores, que se definem algumas significações básicas ligadas à pragmática discursiva; logo, às significações ligadas aos atos de linguagem. Não se decide jamais *a priori* se um discurso visa *edificar* ou *persuadir* sem que se levem em conta as características fundamentais da situação e das relações entre os interlocutores. Assim parece que o quadro das perlocuções que caracterizam a própria intenção pragmática do discurso não pode ser definido arbitrariamente. Ao contrário do que afirma Austin, o ato perlocucionário é também convencional na medida em que se subordina a determinadas regras contextuais. Antecipando um pouco a discussão, a distinção entre um ato de *persuadir* e um ato de *convencer* só pode ser feita se pensada numa distinção de contextos e não apenas numa distinção entre os meios de conduzir o ouvinte à aceitação de determinada posição. Do mesmo modo, não se pode fazer uma distinção entre *inquietar* e *chocar* se não se admite que o segundo ato, ao contrário do primeiro, só pode ser produzido em condições-limite, de tal forma que se justifique e se realize efetivamente o ato de *chocar*. Uma negação do tipo "Deus não existe" só se realiza enquanto ato de *chocar*, na medida em que as relações entre interlocutores ou entre estes e a situação mantiverem como dada a afirmação subjacente àquela negação. Da mesma forma, se se admite que, embora, um discurso possa cumprir inúmeros atos de linguagem, ele seleciona determinado ato de base que o caracteriza, tem-se, por exemplo, que regras de comportamento social, portanto convencionais, vão exigir que um discurso de natureza político-militante, ao contrário do discurso político de natureza teórica, realize um ato de persuasão e não um ato de convicção. É na vertente empírica da presente justificativa que isso será observado concretamente. Sem entrar por enquanto em pormenores de análise, observa-se que uma das distinções fundamentais entre o discurso políticoteórico e o discurso político-militante (tomemos, respectivamente, como locutores Oliveira Viana e Getúlio Vargas) se situa no plano de uma tipologia, definível quer pela sua estruturação, quer pelo seu contexto e pelo público a quem se dirige. A argumentação sociológica e o apelo emotivo, de um lado, e o ouvinte intelectualizado e o povo brasileiro, de outro, definem bem os móveis que orientam a prática de, no primeiro caso, um ato de convencer e, no segundo caso, um ato de persuasão.

Evidentemente uma lista exaustiva de verbos que possam exprimir o ato perlocucionário seria tão ou mais longa que a lista de verbos que exprimem atos ilocucionários. Parece ser possível, no entanto, reduzi-la a um quadro básico fundado na sugestão de expressões desse tipo de ato feita por Searle e que foi citada páginas atrás. Retomando-a, tem-se na formulação do autor que:

– argumentando eu posso *persuadir* ou *convencer*;
– advertindo sobre algo eu posso *chocar* ou *inquietar*;
– pedindo alguma coisa, posso conduzir (meu interlocutor) a *fazer o que peço*;
– se forneço uma informação, posso *convencer* (*esclarecer, edificar, inspirar, fazer tomar consciência*).

Uma breve reflexão sobre a natureza dos verbos grifados, considerados como expressões de atos perlocucionários pelo autor, conduz a aceitá-los como decorrência de outros atos (no caso, de "sustentar um argumento", "advertir", "pedir alguma coisa", "fornecer uma informação", respectivamente). Não se trata, no entanto, de ações naturalmente decorrentes de tais atos: "pedir alguma coisa" pode ter como conseqüência "irritar"; "fornecer uma informação" não leva necessariamente a uma convicção. Visto sob esse aspecto (o da correlação de cada tipo de ato ilocucionário com uma conseqüência determinada), a tarefa do estabelecimento de um quadro fixo de atos perlocucionários torna-se difícil, se não impossível, na medida de sua própria extensão. Parece possível, no entanto, chegar a um bom termo se se atentar para os próprios fins, isto é, para o fato de o discurso ter ou não valores pragmáticos. Nesse caso, haveria basicamente dois tipos de atos segundo a existência ou não de um valor pragmático. O primeiro deles pode ser expresso pelos verbos *persuadir* e *convencer* e o segundo pelo verbo *impressionar*. Um terceiro tipo poderia aparecer em alguns casos mais especiais, e é expresso pelo verbo *informar*; fala-se em "alguns casos mais especiais" já que, na grande maioria das vezes, o ato de informar serve mais ao ato de convencer ou persuadir do que como ato definível em si mesmo. Discursos informativos, tais como o jornalístico ou o científico, nem sempre se definem como puramente informativos e quase sempre existem em função de determinada finalidade prática a ser atingida. Em todo caso, tendo em vista esses casos mais especiais e sua existência incontestável, é possível incorporá-los no quadro básico de atos perlocucionários, que teria então a seguinte configuração:

– persuadir e convencer
– informar
– impressionar

discursos pragmáticos

discursos não-pragmáticos

É possível que os demais atos específicos se enquadrem nessa classificação. Exemplificando, atos do tipo *chocar*, *inquietar*, *escandalizar*, *divertir* enquadram-se na maioria das vezes no ato de *impressionar*, ao passo que atos do tipo *esclarecer*, *edificar*, *conscientizar* enquadram-se no ato geral de *persuadir* ou *convencer*, ao passo que *descrever*, por exemplo, se enquadraria no ato de *informar*. Resta a questão do estabelecimento dos limites entre esses compartimentos: não se trata de uma divisão absoluta que visa enquadrar cada discurso em um desses atos. Como se indicou acima, não se pode pensar o discurso como realização de um único ato de linguagem, mas que pode ser caracterizado pela dominância de um ato sobre outros. E essa dominância pode ser definida formalmente e formalmente podem ser definidos os atos secundários.

O fato de se haver salientado a importância dos atos perlocucionários para a compreensão dos discursos não diminui a importância que têm os atos ilocucionários para essa mesma compreensão. É certo que todo discurso comporta um número indeterminado de atos ilocucionários, tais como *prometer*, *advertir*, *pedir*, *confessar* etc. Duas dificuldades, no entanto, apresentam-se para a sistematização dessa importância. Em primeiro lugar, saliente-se a dificuldade de se encontrar entre os atos ilocucionários um número restrito e fundamental que englobaria de certa forma todos os outros. E, em segundo lugar, a dificuldade de pensar sua importância no discurso todo: em geral, os estudos sobre os atos ilocucionários têm sido feitos sobre as expressões que têm explícitos os verbos que os exprimem. Assim sendo, que possibilidades se teriam para equacionar a importância desses atos no plano do discurso? Uma saída para o problema e a que parece mais viável será a de determinar os atos ilocucionários de um discurso somente após a determinação dos atos perlocucionários. Assim, supondo a existência de um discurso que termine com uma fórmula do tipo "eu juro que só quero o bem da Nação"[10], não parece que a direção do discurso todo possa resumir-se no ato "juramento". Ao contrário, o ato "juramento" parece incluir-se num ato perlocucionário mais abrangente que é, por exemplo, o de "persuadir" o ouvinte da sinceridade política do locutor. Isso não tira nem a importância nem a força ilocucionária que possa ter a frase em questão, mas equaciona-a num ato mais amplo e mais abrangente. Um caso mais patente se revela ainda com o ato "prometer", que, ao lado da força ilocucionária que o caracteriza num discurso, constitui um reforço à força perlocucionária desse mesmo discurso. Essa perspectiva revela-se bastante plausível se se pensa nos atos ilocucionários no interior de um discurso, e se apresenta bastante problemática se for pensada num enunciado isolado, já que neste último o que conta em derradeira instância é o próprio ato ilocucionário, ao passo que, no caso do discurso, o que conta é não apenas aquilo que o locutor faz ao dizer, mas também o fim a que se destina seu ato de dizer. Nestes termos, uma regra geral para a definição dos atos ilocucionários está intimamente ligada ao efeito perlocucionário, o qual fornece as condições gerais para a consecução do ato ilocucionário (não se pensa aqui em uma regra que dê conta de todos os atos ilocucionários de um discurso, mas naqueles dominantes num dado discurso). Para ilustrar essa afirmação, destaca-se aqui um dos discursos que compõem o *corpus* deste trabalho, onde ocorre explicitamente uma expressão designativa de um ato ilocucionário. Trata-se do discurso de posse de G. Vargas na chefia do Governo Provisório, pronunciado perante a Junta Governativa a 3 de novembro de 1930, em cujo final se encontra textualmente o seguinte:

---

10. O enunciado é fictício tal como está formulado, mas seu sentido é o mesmo que se observa, entre muitos casos, num discurso de A. Pinochet, pronunciado logo após a tomada de poder em 1973.

"Senhores da Junta Governativa: Assumo, provisoriamente, o Governo da República, como delegado da Revolução, em nome do Exército, da Marinha e do povo brasileiro, e agradeço os inesquecíveis serviços que prestastes à Nação, com a vossa nobre e corajosa atitude, correspondendo, assim, aos altos destinos da Pátria."[11]

Efetivamente, analisando isoladamente este trecho, poder-se-ia pensar numa dominância do ato ilocucionário (assumir ou agradecer) sobre qualquer ato perlocucionário, tendo em vista que no trecho citado existem explicitamente expressões que designam essa importância ilocucionária. Mas, se se situar, no contexto do discurso, esse mesmo trecho, observar-se-á que o ato de "assumir o poder" está numa ligação direta de um efeito perlocucionário que é o de convencer o ouvinte (que não é apenas o ouvinte presente, isto é, a Junta Governativa, mas todo o povo brasileiro) do caráter nacional da Revolução, revelado por expressões do tipo:

"O movimento revolucionário (...) foi a afirmação mais positiva (...) da nossa existência como nacionalidade."[12]
O movimento revolucionário é "a expressão viva e palpitante da vontade do povo brasileiro..."[13]
"Um movimento eminentemente nacional."[14]

O ato de "assumir" (o poder) – tendo-se, portanto, sua força ilocucionária independente (do ponto de vista funcional) do ato de "persuadir" (pode-se pensar num discurso mais simples em que o locutor não pronunciasse senão os termos convencionais de posse) – constitui, nesse caso, um reforço ou uma adesão à própria tese fundamental do locutor. O ato de "assumir" (o poder) é a parte da obrigação que cabe ao locutor dentro da própria

---

11. Getúlio Vargas, *A nova política do Brasil*, I, p. 74. Nas próximas citações dessa obra indicaremos G. Vargas, N.P.B., o volume e a página.
12. G. Vargas, idem, p. 69.
13. G. Vargas, idem, p. 69.
14. G. Vargas, idem, p. 69.

natureza nacional da Revolução na qual ele se inclui. Como se poderia pensar nesses termos um discurso que não tivesse explícita toda uma argumentação sobre uma tese? Nesse caso, parte-se da própria reflexão de Searle de que todo ato ilocucionário requer como regra geral a existência de um aparelho externo de regras que o justificam e garantem sua consecução. Assumir em público um poder, que é público, é de certa forma aderir a um princípio mais amplo que a própria vontade individual. Se esse princípio não existe, o ato não tem validade alguma ou é infeliz, retomando a expressão utilizada por Austin[15]. Assim, parece ser lícito considerar o ato perlocucionário como uma condição fundamental do ato ilocucionário, quer enquanto formulação explícita, quer enquanto condição pressuposta.

3. O jogo do discurso: imagens e atos

Para organizar a presente discussão sobre a questão das condições de produção, após essa incursão nos atos de linguagem, retomem-se os quadros fornecidos por M. Pêcheux transcritos páginas atrás (p. 50). Nesses quadros o autor faz um levantamento das questões cuja resposta forneceria o jogo de imagens que sustentariam a produção do discurso. Salientou-se há pouco que seria necessário, além da configuração das imagens, uma definição da natureza do ato a que o locutor visa praticar pela fala e a relação deste com o ouvinte. Para tanto, fez-se o reexame dos atos de linguagem e alertou-se para a importância mais fundamental que têm para o discurso os atos perlocucionários em relação aos atos ilocucionários. Retomem-se aqueles quadros agora reformulados, preocupando-se tão-somente com as perguntas formuladas na última coluna à direita:

1. Qual imagem faço do ouvinte para lhe falar dessa forma?
2. Qual imagem penso que o ouvinte faz de mim para que eu lhe fale dessa forma?

---

15. Austin, *Quand Dire C'Est Faire*, 2ª conferência.

3. Que imagem faço do referente para lhe falar dessa forma?
4. Que imagem penso que o ouvinte faz do referente para lhe falar dessa forma?
5. Que pretendo do ouvinte para lhe falar dessa forma?

Como se pode observar, além do acréscimo da questão sobre os atos de linguagem, foram eliminadas do quadro proposto por M. Pêcheux as questões relativas à recepção, isto é, centradas no ouvinte: "Quem sou eu para que ele me fale assim?" "Quem é ele para que ele me fale assim?" "De que me fala ele?" Deve-se essa eliminação ao fato de que essas questões só interessam na elaboração de um esquema muito mais amplo do que o presente, que abarcaria no seu conjunto não só as condições de produção, mas também as de recepção, que definiriam a estratégia global do discurso.

As duas primeiras questões concernem aos pressupostos de natureza diversa que se podem levantar no próprio discurso e sua resposta está condicionada ao interesse dominante que caracteriza o próprio discurso individual. No caso dos discursos analisados, tendo em vista seu interesse fundamentalmente político, elas se baseiam em alguns conceitos gerais de interesse político, tais como Nação, Povo, Poder etc. Provavelmente num discurso descaracterizado politicamente, como, por exemplo, uma carta pessoal, os pressupostos sejam menos gerais e se refiram, entre outros, ao conhecimento de certos fatos ou, quando muito, se se trata de uma carta de reflexão sobre a vida, pode-se referir a certos valores, tais como vida, morte, amizade etc. As duas questões seguintes referem-se à imagem que o locutor tem do referente e à que pressupõe que o ouvinte tenha desse mesmo referente. A última questão refere-se aos atos da linguagem. Ela visa obter um quadro de significações externas e mais amplas que as significações contidas no texto, na medida em que dentro de seus limites ou dentro das direções por elas fornecidas é que se poderão equacionar as significações internas ao texto e sua estruturação.

Essas significações externas o são à medida que vão colocar em evidência o discurso como lugar de interação de locutor e ouvinte, mas dependem totalmente daquilo que é dito num discurso. Tais significações definem os efeitos a serem atingidos no ouvinte e são expressas pelos atos perlocucionários convencer, persuadir, impressionar, que sintetizam na sua generalidade toda a gama de efeitos a serem obtidos. Só a partir de sua descrição é que se pode pensar numa análise de outro tipo de significação como os atos ilocucionários. Uma análise das condições gerais de produção de um discurso contém, portanto, dois tipos de informações a serem obtidas: as imagens mútuas sobre as quais o locutor constrói seu discurso e os atos a que se visa com a realização do discurso. Nas linhas abaixo tem-se a tentativa de justificar nos textos analisados essas afirmações.

4. Análise do jogo: direções teóricas

A montagem de um quadro geral de imagens possíveis que sustentariam a produção do discurso implicaria um trabalho que por si só justificaria uma longa investigação. De fato não se pensa, neste trabalho, em dar um tratamento exaustivo ao problema, mas, simplesmente, em propor uma direção possível para essa atividade. A importância dessa atividade e a relevância dela para uma compreensão do discurso situam-se basicamente no fato de que para a emissão de todo discurso, à parte a finalidade específica que garante sua motivação, o locutor tem a necessidade de ter também garantido certo número de significações que considera suficientemente aceitas e assimiladas no ouvinte, cujo desconhecimento pode levar o ouvinte a simplesmente recusar o discurso que lhe é dirigido.

Um dos raros lingüistas que atentaram para a importância desse fato foi O. Ducrot[16], apesar de suas preocupações imediatas estarem bastante distanciadas da orientação deste trabalho, e, por essa razão, terem conduzido a discussão desse problema para outra direção. Especulando a respeito daquilo que não é explicitado pela linguagem, o autor faz uma distinção fundamental

---

16. O. Ducrot, sobretudo "Implicite et Présupposition", in *Dire et ne pas Dire*.

para a análise dos enunciados entre o subentendido e a pressuposição, indicando o caráter discursivo do primeiro e o caráter lingüístico da segunda. Se para a perspectiva de O. Ducrot o que interessa prioritariamente são as pressuposições, interessa-se aqui mais pelo problema dos implícitos. Refletindo a respeito do ato de não explicitar certas significações, o autor atribui a isso duas origens teóricas distintas. A primeira deve-se ao fato de que, segundo o autor, mesmo nas coletividades mais liberais, existe um conjunto não negligenciável de tabus lingüísticos, isto é, existem formulações lingüísticas inteiras, bem como palavras que o locutor não tem direito de pronunciar; ou ainda, existem situações que impedem a emissão de certas formulações por parte de certos locutores. Uma segunda origem possível deve-se ao fato de que toda afirmação explicitada torna-se, pela própria explicitação, um tema de discussão possível. Evitar sua explicitação constitui evitar sujeitá-la à sua discussão, o que nem sempre é possível ou viável. Textualmente afirma o autor: "Il est donc nécessaire à toute croyance fondamentale, qu'il s'agisse d'une idéologie sociale ou d'un parti-pris personnel, de trouver, si elle s'exprime un moyen d'expression qui ne l'étale pas, qui n'en fasse pas un objet assignable et donc constestable."[17] As duas origens possíveis propostas pelo autor parecem remeter-nos a dois tipos diferentes de implícitos discursivos: à primeira corresponde um implícito interditado institucionalmente e que dificilmente se pode perceber no interior de um só discurso ou de um conjunto muito restrito de discursos. Sua detecção parece pressupor uma investigação dentro de uma "arqueologia" do conhecimento, que visaria ao restabelecimento e à explicitação das regras que permitiriam a explicitação de um conjunto de significações e não de outro, em determinada cultura[18]. À segunda origem possível corresponderia um implícito não explicitável por duas razões diferentes: a primeira, já indicada pelo próprio autor, deve-se ao fato de que não se explicita um objeto que se pretende não ser questio-

---

17. O. Ducrot, idem, p. 6.
18. Interpreta-se essa possibilidade, obviamente, segundo a perspectiva proposta por M. Foucault em *L'Ordre du Discours*.

nado; a segunda (que se acha na própria raiz da primeira) deve-se ao fato de que não se explicitam objetos que se consideram suficientemente estratificados e aceitos (ou que se pressupõe serem estratificados e aceitos). Essas reflexões ligam-se diretamente à questão das imagens propostas por M. Pêcheux e que se assume aqui enquanto um dos aspectos fundamentais das condições de produção. Na formulação de M. Pêcheux, o locutor, para produzir um discurso, tem como base um conjunto de imagens, que são interpretadas neste trabalho como significações que ele pressupõe existirem no locutor, bem como tem como base outro conjunto de imagens ou significações que pressupõe que o locutor pressuponha existirem nele. Ora, essas imagens constituem implícitos do discurso que por razões táticas (não serem questionadas) e por razões de economia informativa (não serem redundantes) subjazem ao discurso, o que não lhes diminui a importância funcional. Das duas possibilidades de investigação provenientes das duas origens propostas por O. Ducrot, a segunda parece estar mais estreitamente ligada aos propósitos da presente discussão, já que se situa no nível mais imediatamente ligado ao funcionamento interno do discurso, ao passo que a primeira se situa num nível mais genérico que daria conta não do funcionamento específico do discurso, mas das causas culturais mais profundas da emergência de um conjunto de significações em vez de outro. As leis mais gerais que explicam a permissão ou interdição de determinada forma de conhecimento interessam muito mais a uma perspectiva de uma sociologia do conhecimento do que a uma análise do discurso, ao passo que o conhecimento das significações pressupostas num discurso fornece informações muito mais diretamente vinculadas com a compreensão de seu funcionamento.

4.1 A imagem da dominação e seu reverso

Das questões formuladas para a configuração das imagens que sustentam o discurso, a primeira (Que imagem faço do ouvinte para lhe falar dessa forma?) remete a dois tipos de significações distintas. O primeiro refere-se à relação interpessoal que se articula entre locutor e ouvinte. O segundo refere-se diretamente ao quadro de conhecimento em que o locutor situa o ouvinte.

As imagens relativas à relação interpessoal constituem o conjunto mais imediatamente observável de imagens e reúnem dentro de si o quadro de relações em que se articulam locutor e ouvinte. Esse quadro apresenta-se bastante complexo à primeira vista, e, conseqüentemente, uma tarefa de sistematização desse campo pode parecer um tanto quanto ambiciosa. A solução do problema, no que se refere ao discurso exclusivamente, foi vislumbrada numa perspectiva que equaciona locutor e ouvinte dentro de um quadro de relação de dominação[19]. Não se trata aqui de nenhum tipo de dominação psíquica ou social, mas simplesmente de dominação pela posse do discurso. Quem enuncia é, no momento específico em que enuncia, a entidade dominante, na medida em que é ela quem manipula as coordenadas do discurso. Sob esse aspecto o dominador será sempre o locutor, coincida ou não essa dominação com a dominação efetiva, social ou psicológica. Trata-se de um critério puramente operatório, que pode relativizar-se na medida em que se pense, por exemplo, numa análise conjunta de dois discursos oponentes com dois locutores que revezam os papéis de locutor e ouvinte, e, ainda mais no caso do diálogo, onde esse caráter de dominação parece estar mais estreitamente ligado a outros fatores que não à posse do discurso. Formulada dessa forma, a questão parece não avançar muito, e, realmente, ela simplesmente serve como ponto de partida para esclarecer o fato de que a cada situação precisa de produção, embora na base não se altere a relação definida pelo critério de dominação, ela se reveste de significações diretamente ligadas às funções que o locutor cumpre nessas novas situações. Assim, no caso dos discursos de tensão, há no discurso da "Plataforma da Aliança Liberal" um locutor que fala como candidato da Aliança à Presidência de República: no discurso "Rio Grande de Pé pelo Brasil" e no discurso sobre a "Nova Organi-

---

[19]. V. O. Ducrot, "Implicite et Présupposition" e "L'Acte de Présupposer" in *Dire et ne pas Dire*.

zação Administrativa do País", há um locutor falando em nome do mesmo movimento (já vitorioso no último). O ouvinte, no caso, é a parcela do povo brasileiro que tem o direito de voto, o povo do Rio Grande do Sul, a Junta Governativa. Desse modo parece lícito afirmar que, embora se alterem as situações de produção do discurso, a condição de dominação parece inalterada. No caso dos discursos de tensão, pronunciados em situações distintas, o locutor Getúlio Vargas, por ser locutor, é dominador tanto enquanto fala como candidato à Presidência da República, como enquanto representante de um movimento revolucionário em desencadeamento, como enquanto chefe do Governo Provisório. A relação é sempre a de quem, tendo direito (no momento) à palavra, se acha também no direito de conduzir por ela o próprio ouvinte. Sob esse aspecto, a imagem fundamental que o locutor faz do ouvinte é a de *dominado*, isso pela própria situação de (aparente) inércia que tem o ouvinte naquele momento.

Mas se, do ponto de vista meramente funcional, o ouvinte parece ao locutor como entidade passiva e, portanto, dominável e dominada pela sua palavra, do ponto de vista do fornecimento de um ponto de partida necessário ao desenvolvimento do discurso, parece que o ouvinte tem uma função mais decisiva, à medida que o locutor o situa num quadro de significações a que ele próprio é obrigado a obedecer. Para exemplificar concretamente, tomar-se-á como ponto de partida o discurso "Plataforma da Aliança Liberal", que tem dupla função: de um lado, expor o programa de governo da Aliança Liberal e, de outro, situar o locutor enquanto candidato dessa Aliança à Presidência da República. Como atuam nele as significações implícitas que comporiam o quadro de imagens que o locutor pressupõe no ouvinte? Esse discurso parece exemplar à medida que contém não só amostras mais ou menos claras de manifestações de tais significações, mas também algumas amostras de alguns problemas relativos à posição do ouvinte em relação a algumas dessas significações. Visando levar o ouvinte à aceitação do programa e, portanto, à votação no seu candidato, o locutor faz apelo a uma forma de argumentação que será examinada mais adiante. Essa argumentação tem, como última instância de apelo, certas significações fundamentais, tais como "coletividade"; "povo"; "homem"; "democracia"; "ordem"; "patriotismo"; "consciência nacional"; "o país"; "liberalismo"; "justiça"; "povos civilizados"; "opinião pública"; "nacionalidade"; "serenidade"; "interesses das nacionalidades"; "honra"; "brasileiro"; "homem público"; "Nação"; "forças vivas e permanentes do país"; "maioria consciente de sua população"; "tradições de cultura e patriotismo"; "espírito do momento universal"; "imperativo cívico do instante histórico brasileiro"; "vitalidade cívica"; "espírito democrático"; "vigilante patriotismo"; "Pátria"; "necessidades e conveniências do Brasil"; "fraternização de todos os brasileiros". Todas essas significações ocorrem em enunciados mais ou menos equivalentes, em enunciados que se referem a elas como valores indiscutíveis e determinantes do comportamento e da preocupação política:

(1) "(O programa) subordina-se, assim, igualmente, aos anelos e exigências da coletividade..."[20]
(2) "O programa é, portanto, mais do povo que do candidato"; "seu êxito dependerá do voto popular e, também, em parte da cultura cívica e do patriotismo dos governantes..."[21]
(3) "A campanha de reação liberal – não é demais insistir – exprime uma generalizada e vigorosa tentativa de renovação dos costumes políticos e de restauração das práticas da democracia, dentro da ordem e do regime."[22]
(4) "A convicção da imperiosa necessidade da decretação da anistia está, hoje, mais do que nunca, arraigada na consciência nacional."[23]
(5) "É o país que reclama."[24]
(6) "Somos, pois, pela sua substituição por outras (medidas) que se inspirem nas necessidades reais do país e não se afastem dos princípios sadios de liberalismo e justiça."[25]

20. G. Vargas, N.P.B., I, p. 19.
21. Idem, p. 19.
22. Idem, p. 20.
23. Idem, p. 20.
24. Idem, p. 20.
25. Idem, p. 21.

(7) "É uma dolorosa verdade, sabida de todos, que o voto e, portanto, a representação política, condições elementares da existência constitucional dos povos civilizados, não passam de burla, geralmente, entre nós."[26]

(8) "Só assim a opinião pública ficará tranqüilizada quanto ao livre exercício do direito de voto."[27]

(9) "É oportuno entrar a obedecer ao critério étnico, submetendo a solução do problema do povoamento às conveniências fundamentais da nacionalidade."[28]

(10) "Estou certo de que é chegado o momento de encararmos com serenidade, agudeza e patriotismo estes e outros problemas vitais da nacionalidade."[29]

(11) "Nessas regiões, seria conveniente, para seus possuidores e para a coletividade, subdividir a terra..."[30]

(12) "...a verdade é que os interesses da nacionalidade não são menos exigentes no tocante à alfabetização..."[31]

(13) "Se para a Aliança Liberal esta promessa representa um compromisso de honra, para o seu candidato será o mais grato dos deveres, por isso mesmo que, como afirmei algures, tem raízes profundas na minha sensibilidade de brasileiro, e no meu pensamento de homem público..."[32]

(14) "... ter-se-á aumentado de maneira considerável o rendimento delas, em proveito das conveniências superiores da Nação."[33]

(15) "Entre as grandes linhas férreas que a Nação reclama..."[34]

(16) "...o mais rudimentar patriotismo indica, assim, aos dirigentes do Brasil, a conveniência da adoção de medidas apropriadas a ampliar... a nossa contribuição de produtos pecuários."[35]

26. Idem, p. 22.
27. Idem, p. 24.
28. Idem, p. 29.
29. Idem, p. 36.
30. Idem, p. 39.
31. Idem, p. 41.
32. Idem, p. 42.
33. Idem, p. 44.
34. Idem, p. 44.
35. Idem, p. 46.

(17) "Daí a significação, que a ninguém escapa, do vigoroso e profundo movimento de opinião que empolga todas as forças vivas e permanentes do país."[36]

(18) "A Aliança Liberal é, com efeito, em síntese, a mais expressiva oportunidade que já se ofereceu ao Brasil para realizar (...) o plano de ação governamental exigido, insistentemente, não só pela maioria consciente da sua população e pelas suas tradições de cultura e patriotismo, como também pelo momento universal."[37]

(19) "Minha candidatura surgiu espontaneamente apresentada por várias correntes de opinião..."[38]

(20) "Ao povo cabe decidir..."[39]

(21) "A divergência momentânea, na eleição dos supremos mandatários, divergência que é sinal de vitalidade cívica, expressão de espírito democrático e de vigilante patriotismo..."[40]

(22) "Todos aspiram à implantação de um governo que bem compreenda as verdadeiras necessidades e conveniências do Brasil."[41]

Como se disse acima, todas essas significações atuam direta ou indiretamente como determinantes de certa ação política ou como seu objeto de interesse último. Por essa razão coocorrem elas explícita ou implicitamente com um léxico que, se não pertence ao mesmo campo semântico de "exigir" e "convir", tem, com esses, pelo menos um traço comum. É o caso dos enunciados (1), (2), (3), (4), (5), (6), (7), (8), (10), (12), (13), (15), (16), (17), (18), (19), (20), (21), onde ou ocorre uma palavra que remete ao verbo exigir, ou a formulação frasal permite a captação dessa significação, ou o termo co-ocorrente se liga ao sentido de exigir ou determinar (é o caso de "princípios", "expressão"). Nos outros enunciados tem-se, paralelamente, a ocorrência do termo conveniência ou de um seu equivalente.

36. Idem, p. 53.
37. Idem, p. 53.
38. Idem, p. 54.
39. Idem, p. 54.
40. Idem, p. 54.
41. Idem, p. 54.

Essas significações formam em seu conjunto (observe-se que nenhuma delas é posta em discussão) um quadro geral de noções vagas que justificam um quadro de significados fixos e discutíveis e a posição que o locutor tem em relação a elas. Dupréel[42] denomina-as noções confusas e, de fato, o são na justa medida em que em nenhum momento é explicitado e escolhido um sentido mais específico entre os vários que um dicionário ou o consenso dos falantes lhes atribuem. Mas é Perelman[43] quem tira maior partido teórico da ocorrência dessas noções, à medida que é de sua presença em vários tipos de discursos (e não necessariamente nos discursos políticos) que ele propõe sua teoria argumentativa. Retornar-se-á a esse problema na segunda parte de nosso trabalho, quando serão discutidas as implicações teóricas dos problemas ora estudados. Por enquanto, interessa a questão de saber se, em outros discursos analisados, ocorrem com igual ou semelhante freqüência significações desse tipo e se cumprem o mesmo papel.

A resposta parece ser positiva para todos os textos que compõem quer o conjunto dos discursos de tensão, quer o conjunto dos discursos de prestação de contas. A maior incidência dessas significações dentro de discursos de tensão parece estar ligada intimamente ao fato de que, por oposição aos discursos de prestações de conta, aquele conjunto de discursos tem, de certa forma, rarefeita sua função informativa e elevada ao extremo a sua função persuasiva, onde apelar para essas significações, enquanto valores morais a serem observados, constitui condição fundamental para a própria persuasão. Nos discursos de prestação de contas, nos quais a quase totalidade das páginas é dedicada à informação, a importância dessas significações continua sendo a mesma, isto é, continua sendo a instância última que justifica a ação empreendida; no entanto, em relação aos discursos de tensão, esse apelo é rarefeito. Tomando como exemplo a "Mensagem lida perante a Assembléia Nacional Constituinte, no ato de sua

---
42. E. Dupréel, "La Pensée Confuse" in *Essais Pluralistes*, Paris, P.U.F., 1949.
43. Perelman, "Les Notions et l'Argumentation" in *Le Champ de l'Argumentation*, p. 84.

instalação, em 15 de novembro de 1933", a ocorrência desse tipo de significação é patente, na parte introdutória[44], na parte final do apanhado histórico, onde o locutor justifica a Revolução de 30[45], nas partes intituladas Revolução de 30 e Reorganização Política[46], e só volta a incidir de modo persistente na parte final do discurso[47]. Visto sob um prisma puramente informativo, ou se se julgar a função informativa desse discurso como a mais importante e definidora, essas ocorrências podem parecer puramente excrescentes. No entanto, não o são, se se considerar, em primeiro lugar, que sua ocorrência em todos os discursos lhes confere uma importância no mínimo definidora das próprias condições desse discurso e, em segundo lugar, porque, mesmo nos discursos de função "dita" puramente informativa, essas significações – por atuarem como pano de fundo para as significações mais precisas, tais como "educação", "saúde pública" etc. – têm uma íntima conexão com essas, na medida em que são utilizadas para sancionar a própria ação expressa pela informação. O que, em outras palavras, quer dizer que a informação se deixa comprometer por essas significações. Por uma questão de ordem nesta discussão, deixa-se para um momento posterior esse problema, salientando, por enquanto, a função do *a priori* cognitivo que tem tais significações ao longo de todos os discursos estudados. Elas constituem um conjunto plenamente satisfatório de noções que o locutor pressupõe sejam aceitas pelo próprio ouvinte, e que o são na medida em que são utilizadas no seu caráter mais genérico e mais "confuso". Isso explica o fato de que elas ocorrem sempre como instâncias últimas (determinantes ou interessadas) e jamais ocorram (salvo alguns casos que discutiremos a seguir) como objeto de discussão. Quando isso acontece, a atitude freqüente é dissolver determinado sentido, atribuído como o sentido aceito pelo adversário. Nesse caso coloca-se em discussão não o próprio sentido ou o sentido proposto pelo locutor (que

44. G. Vargas, N.P.B., III, p. 15.
45. Idem, p. 25.
46. Idem, pp. 25-7.
47. Idem, pp. 156-8.

como afirmamos é indiscutível), mas o sentido que é atribuído ao adversário. É o caso específico da significação "realidade brasileira"[48] que, no discurso da Plataforma da Aliança Liberal, é criticada na acepção que é atribuída ao adversário: É o caso mais patente ainda do conceito "nacionalismo" (intocável e indiscutível na acepção jamais explicitada pelo locutor) e que assume o sentido inverso na acepção que este atribui ao adversário: "A dissimulação, a mentira e a felonia constituem as suas armas, chegando não raro à audácia e ao cinismo de se proclamarem nacionalistas e de receberem o dinheiro da traição para entregar a Pátria ao domínio estrangeiro." ("O Levante Comunista de 27 de Novembro.")[49] Nesse trecho, o locutor situa, no plano da insinceridade, o uso do termo "nacionalista" pelo adversário, o que é óbvio, e o que é menos óbvio (e que parece estar subjacente ao trecho), é que há uma discussão da pertinência desse uso pelo adversário, à medida que o locutor aponta uma incompatibilidade entre esse uso e a ação do adversário ("receber o dinheiro da traição para entregar a Pátria ao domínio estrangeiro"), o que coloca em questão não simplesmente o uso, mas a apropriação da significação por parte do adversário. Esse mesmo discurso é exemplar no sentido de evidenciar a ocorrência de outras significações que cumprem esse papel de valores indiscutíveis e que o locutor assume como se fossem assumidos pelo ouvinte: ao lado de significações ligadas de certa forma ao termo "Pátria" ou "Nação" ou a uma parte considerada fundamental para ela ("ordem social", "patrimônio moral"), o locutor usa um conjunto menos político e mais moral de significações, tais como, entre outras, "ternura", "paz", "fraternidade", "espírito amorável", "formação espiritual", "cultura ocidental", "sagrados direitos", "sentimento de religião", todas em contraponto com seus opostos que caracterizariam o adversário e que poderiam ser deduzidas de uma só frase do locutor: "Forças do mal e do ódio campearam sobre a nacionalidade..."[50], onde se supõe que o Bem e o

48. G. Vargas, N.P.B., I, p. 19.
49. G. Vargas, N.P.B., IV, p. 140
50. G. Vargas, N.P.B., IV, p. 139.

Amor constituem significações aceitas e assumidas e justificadoras da própria posição política assumida pelo locutor. De fato, trata-se de significações mais amplas e menos características do que aquelas reveladas no discurso da Plataforma da Aliança Liberal, à medida que ocorrem explicitamente com menos freqüência do que aquelas. Embora cumpram um papel similar dentro de uma observação imediata, parece que na verdade essas significações, exatamente por não constituírem instâncias mais diretamente ligadas ao interesse do discurso político, atuam numa instância mais longínqua e mais ampla não como qualificação pragmática de uma ação política, mas como quadro moral que sancionaria essa ação. Tanto assim que, nesse mesmo texto, elas não chegam a substituir as significações relativas à Pátria, Povo ou Opinião Pública que aí ocorrem, com bastante freqüência.

    Uma questão que se coloca neste momento da exposição é aquela relativa à importância que possam ter quanto às condições de produção essas significações, dentro de um discurso político não militante, mas teórico, portanto, dirigidas a um público mais restrito. Em outros termos, pergunta-se aqui a respeito de uma possível generalização da pertinência dessas significações a outros tipos de discurso político. Parece-nos ser um tanto problemática essa generalização à medida que o locutor – no caso, o político teórico – preocupa-se com a precisão de seu pensamento e à medida que sua prática política é, entre outras coisas, a depuração dos conceitos que possam validar a teoria que ele assume ou propugna. Dessa forma, o apelo a tais significações é bem mais rarefeito no discurso teórico do que no discurso pragmático, o que não significa de modo algum que elas estejam completamente ausentes. Chega-se aqui a um terreno bastante delicado, já que praticamente se toca no problema da possibilidade de um discurso teórico totalmente livre dessas noções confusas, isto é, em última instância, da possibilidade de um discurso teórico independente da necessidade de um sancionamento moral que essas significações traduzem. Essa investigação requer de fato outra preocupação que a de simplesmente descrever o tipo de articulação que caracteriza a militância pela palavra à medida que se situa mais no domínio de uma filosofia das ciências humanas. Apenas antecipando um problema que será discutido a seguir, observem-se alguns aspectos curiosos em relação a dois textos teóricos que explicitamente discutem o problema relativo a algumas dessas significações. Trata-se de dois textos mais ou menos contemporâneos dos de G. Vargas: um, de Azevedo Amaral, intitulado "Autoridade e Liberalidade"[51], e outro anterior, de Oliveira Viana, intitulado "Liberdade ou Nacionalidade"[52]. O texto de Azevedo Amaral visa caracterizar o Estado Autoritário (segundo ele, concepção de Estado em vigor após o Golpe de 1937 no Brasil) como não sendo nem totalitário nem liberal, mas mantendo em harmonia o coletivismo e o individualismo, isto é, as exigências da Nação e as do indivíduo. O texto justifica um sistema que fuja à ausência de Liberdade característica do Estado totalitário, onde "o Estado dirige a Nação"[53] e que fuja do Liberalismo Democrático, onde a sociedade "passa a ser a fórmula de expressão necessária da soma dos valores individuais"[54]. O locutor critica a partir do ângulo da liberdade individual o Estado Autoritário e a partir do coletivismo definidor dos interesses da Nação o Estado Liberal. O problema, colocado nos termos em que se tentou parafrasear o texto, parece não ser tão importante à medida que se trata de uma formulação teórica que visa optar entre uma concepção mais radical ou menos radical dos conceitos de "coletividade" e "individualidade". Mas se se observar que em nenhum momento do texto esses conceitos se explicitam claramente, numa acepção que se poderia chamar operatória dentro de uma teoria política, poder-se-á, entre outras conclusões possíveis, admitir que não se trata efetivamente de conceitos muito explicitáveis dentro do próprio texto e que servem muito mais como *valores* morais, que no fundo o locutor pressupõe assumidos pelo ouvinte e que devem ser considerados numa justificativa de um regime político proposto. Além dessas noções, o texto incorre às vezes no apelo a outras noções cuja ocorrência foi

---

51. Azevedo Amaral in *O Estado autoritário e a realidade nacional*, Rio, José Olympio, 1938.
52. Oliveira Viana, *Problemas de política objetiva*, Nacional, 1947 (2ª edição).
53. A. Amaral, *O Estado autoritário e a realidade nacional*, p. 248.
54. Idem, p. 250.

indicada nos discursos de G. Vargas, como é o caso de "realidade nacional" ("a renovação estrutural da Nação e o sentido adotado não procederam de um trabalho intelectual teórico orientado com a finalidade de impor ao país instituições preferidas pelo legislador constituinte. Este submeteu-se à *realidade nacional*, tanto nos seus aspectos históricos, como nos fatos atuais")[55] ou ainda o caso de "natureza humana" (falando a respeito do totalitarismo). ("Se é certo que na prática uma atenuação relativa desse ponto de vista fundamental tem forçosamente de ocorrer sob a pressão irresistível das realidades da *natureza humana*, que contradizem esse conceito extremo de absolutismo estatal...")[56] Em ambos os casos, os termos grifados cumprem a função de determinantes de conduta; no primeiro caso como determinante considerado na opção política e no segundo caso como determinante último, momentaneamente violentado pela opção do totalitarismo. No caso do texto de Oliveira Viana, o locutor associa os conceitos de democracia e liberdade, fundamentalmente, ao perigo da desordem e da anarquia, embora não conteste sua validade enquanto conquista, bem pertencente à humanidade. Seu objetivo é justificar a centralização política e criticar o liberalismo, responsável pelo esfacelamento da Nação. De certa forma, o locutor recusa o apelo à Liberdade e à Democracia como justificativa da ação política, mas não recusa a necessidade do apelo a outras significações tão gerais quanto aquelas, e que são usadas por Vargas, ao lado de Democracia e Liberdade, como não incompatíveis em sua generalidade: "Porque é preciso recordar com Seeley que a Liberdade e a Democracia não são os únicos bens do mundo; que há muitas outras causas dignas de serem defendidas em política, além da Liberdade – como sejam a Civilização e a Nacionalidade; que muitas vezes acontece que um governo não liberal, nem democrático, pode ser, não obstante, muito mais favorável ao progresso de um povo na direção daqueles dois objetivos."[57] Como se afirmou linhas acima, é bastante temerário chegar a qualquer ge-

---

55. Idem, p. 252.
56. Idem, pp. 248-9.
57. Oliveira Viana, *Problemas de política objetiva*, p. 116.

neralização a propósito do discurso político e teórico, em geral, a partir da observação desses dois textos ou de outros dos mesmos autores. No máximo pode-se chegar a uma hipótese a respeito do estado em que se encontrava, até o período de 1940, o pensamento político brasileiro na sua formulação teórica e na estruturação de seu discurso, que sob esse aspecto, abstraído seu caráter mais reflexivo, tem aproximações com os textos militantes. O problema é tentador de qualquer forma e parece que uma das possibilidades de sua investigação está em observar nos discursos teóricos mais elaborados, e não tão comprometidos com a prática política, a ocorrência ou não dessas noções.

Das noções configuradas acima, algumas parecem estar estreitamente ligadas ao domínio semântico de Pátria (Nação, nacionalidade, realidade nacional, espírito nacional), outras parecem estar mais estreitamente ligadas a uma parte fundamental de Pátria e cumprem uma função metonímica (no sentido mais tradicional do termo): é o caso de "povo", "opinião pública", "forças representativas" etc. Outras fazem parte de um domínio mais amplo de significações e concernem a valores mais gerais, tais como: Liberdade, Democracia, Civilização, Civilização Cristã, que, de certa forma, qualificam os primeiros elementos, enquanto lugar onde necessariamente eles são instalados (e por isso mesmo pressupostos). Numa instância mais longínqua existe um esquema moral do tipo valorativo (Bem em oposição ao Mal) sobre o qual repousam ou se pressupõem repousar as significações anteriores. Assim, tomando como exemplo o primeiro termo de cada conjunto (que não se pretende aqui ser de modo algum exaustivo), temos uma cadeia em que se vinculam Pátria, Povo, Liberdade, Bem.

A funcionalidade dessas noções, óbvia em muitos dos discursos, ao estabelecer um jogo maniqueísta, onde o adversário é representativo das forças do mal, justifica, como já foi salientado, a importância que nesta discussão se atribuiu a elas na configuração da imagem interessada que o locutor tem do próprio ouvinte. É evidente que o locutor não fez nenhum estudo prévio a respeito de tais valores para o ouvinte. É evidente que se trata de uma formação mental interessante para o objetivo, qualquer

parte I • 81

que seja ele, a que visa o locutor. E é nessa medida que se pensa constituírem tais noções na sua própria generalidade, na sua aparente não operabilidade, o quadro de significações, que, pressupostas no ouvinte, são assumidas pelo locutor. Somando a essas noções a imagem do ouvinte enquanto dominado, a que se fez referência anteriormente, tem-se, no caso específico dos discursos analisados, um primeiro conjunto de condições de produção relativo à primeira questão: "Que imagem faço do ouvinte para lhe falar dessa forma?"

4.2 A imagem da função pública

A resposta da segunda pergunta ("Que imagem penso que o ouvinte faz de mim para que eu fale dessa forma?") está estreitamente ligada à primeira. No caso dos discursos analisados, ela se refere basicamente ao pressuposto da imagem que o ouvinte tem do locutor enquanto *locutor político*. Isto é, pelo menos nos textos analisados, o que basicamente conta para essa imagem são os implícitos a respeito da *função política* ou da *função pública*[58]. Toma-se ainda como ponto de partida o discurso da Plataforma da Aliança Liberal. Nele, como se disse, o locutor fala enquanto candidato da Aliança à Presidência da República. Parece que a melhor forma de se saber qual a imagem que o locutor pensa que o ouvinte faz dele é a de tentar saber a quais imagens, enquanto candidato, o locutor insiste em atender. Isso porque é na insistência em atender a essa imagem que se pode explicitar essa própria imagem. O fulcro dessa preocupação está basicamente na noção de "poder público" ou "poder político" que o locutor pressupõe no ouvinte, à medida que é dentro desta noção que se situa quer sua situação atual enquanto candidato, quer a situação por ele visada. Nessa medida, essa noção constitui-se como uma significação totalmente dependente das noções estudadas na primeira pergunta, à medida que a noção "poder político" é neces-

---

58. Não se chegou a uma conclusão a respeito desses dois termos. Eles serão utilizados indiferentemente em nosso trabalho.

sariamente concebida enquanto sancionada por aquele primeiro conjunto de noções. As frases que revelam esse fato são tiradas do próprio conjunto de frases que serviram para responder à primeira questão:

(1) "(O programa) subordina-se, assim, igualmente, aos anelos e exigências da coletividade..."
(2) "O programa é, portanto, mais do povo que do candidato."
(3) "Seu êxito dependerá do voto popular e, também, em parte, da cultura cívica e do patriotismo dos governantes..."
(4) "A Aliança Liberal é, com efeito, em síntese, a mais expressiva oportunidade que já se ofereceu ao Brasil para realizar... o plano de ação governamental exigido, insistentemente, não só pela maioria consciente de sua população e pelas suas tradições de cultura e patriotismo, como também pelo momento universal."
(5) "Minha candidatura surgiu espontaneamente apresentada por várias correntes de opinião..."
(6) "Ao povo cabe decidir..."

Nos enunciados 1, 2, 3, 4, a preocupação do candidato parece ser caracterizar como sancionada pelos valores "coletividade", "povo", "maioria consciente de sua população", "tradições de cultura e patriotismo", "momento universal" a proposta política do grupo de que é candidato. Com isso, ele dimensiona no plano das determinações mais longínquas e mais amplas a própria posição. Da mesma forma ele, enquanto candidato do grupo assim dimensionado, também se caracteriza como dependente de uma instância mais ampla que a sua individualidade[59]. Essa noção de poder público, que o locutor insiste em assumir, não pode ser caracterizada como sendo efetivamente o que ele pensa que o ouvinte pensa dele, mas como sendo uma forma pela qual ele pensa que pode abarcar tudo aquilo que o ouvinte possa dele pensar. Em outros termos é aquilo que o locutor pensa que o ouvinte pensa *não dele*, mas da função que assume perante esse mesmo ouvinte. Nessa medida ele se ajusta ou se propõe como ajustado a essa imagem.

---

59. Essa instância se revela claramente no enunciado (5).

Esse conjunto de significações também ocorre em todos os discursos analisados, mas com matizes que servem para distinguir sobretudo aqueles em que o locutor fala, já como Chefe do Governo Provisório, daqueles anteriores, em que fala como candidato legal (é o caso do discurso a que nos referimos nas linhas acima) ou como um dos representantes do movimento rebelde de 1930. Enquanto candidato legal, o locutor insiste em se caracterizar não como individualidade, mas em se ajustar a uma imagem suficientemente geral de homem público que pressupõe no ouvinte. Essa imagem funda-se, entre outros valores, na própria legalidade, na ordem. ("A campanha da reação liberal – não é demais insistir – exprime uma generalizada e vigorosa tentativa de renovação dos costumes políticos e de restauração das práticas da democracia, dentro da ordem e do regime.")[60] Enquanto representante do movimento revolucionário, o locutor continua insistindo nessa mesma imagem, justificando-a da mesma forma, isto é, insistindo em se enquadrar numa imagem sancionada pela legalidade à medida que qualifica como ilegítimo o governo que se instalava. Na crítica ao quadro que se delineava ("a desordem moral, a desorganização econômica, a anarquia financeira, o marasmo, a estagnação, o favoritismo, a falência da justiça")[61], o locutor propõe-se legitimado pelos mesmos valores determinantes que compunham sua imagem enquanto candidato, como, por exemplo, o "povo", a "coletividade", a "opinião pública" ou, ainda, por significações mais restritas (como "Forças Armadas") que no contexto importam mais como valores do que pela sua significação precisa:

> "Entreguei ao povo a decisão da contenda, e este, cansado de sofrer, rebela-se contra seus opressores..."
> "Amparados no apoio da opinião pública, prestigiados pela adesão dos brasileiros, que maior confiança inspiram dentro e fora do país, contando com a simpatia das Forças Armadas..."[62]

---

60. G. Vargas, N.P.B., I, p. 20.
61. G. Vargas, N.P.B., I, p. 63.
62. G. Vargas, idem, p. 63.

No caso de discursos de prestações de contas, essa imagem não parece tão evidente, já que raramente ocorre de o locutor utilizar uma primeira pessoa; esses discursos são feitos em nome de uma entidade acima da própria individualidade (o governo) que o locutor insiste em caracterizar como tarefa determinada por exigências superiores:

> "A função de governar é, por sua natureza, impessoal e isenta de paixões. Cumpre exercê-la sobrepondo-se às lutas e dissídios quase sempre estéreis, para só ter presentes os superiores interesses da Pátria, que está a exigir a cooperação e os esforços sinceros dos seus filhos para que se ultime, num ambiente de tranqüilidade e confiança, a grande obra de reconstrução nacional."[63]

Situando-se dentro dessas exigências, o locutor não se impõe explicitamente, mas simplesmente se enquadra e se dilui na generalidade dessa impessoalidade e isenção que caracteriza a significação "governo", que no caso específico (provavelmente por não se fundar num processo de escolha pelo voto) se propõe como entidade superior às próprias forças políticas que lutam pelo poder:

> "O Governo Provisório procurou colocar-se acima das competições partidárias ou facciosas, para não trair os compromissos assumidos com a Nação. Em movimento de tal envergadura, a autoridade constituída pela vitória não pode transformar-se em simples executor do programa de um partido; deve ser, apenas, uma expressão nacional."[64]

Sua função, enquanto Chefe do Governo assim definido, define-se, portanto, dentro da própria neutralidade a que se propõe:

> "Que admira se houvessem refletido na atuação governamental essas tendências contraditórias, cujo antagonismo de su-

---

63. G. Vargas, N.P.B., III, p. 28.
64. Idem, p. 27.

perfície a ação coordenadora do chefe do governo conseguiu neutralizar em benefício dos interesses superiores da comunhão?"[65]

Entre os discursos anteriores e os posteriores aos da tomada de poder, observa-se, portanto, uma alteração de nuanças de imagem de poder político (e, portanto, de homem político) que o locutor, pressupondo existir no ouvinte, assume como sua. Esse processo não altera, no entanto, substancialmente o quadro das significações fundamentais à medida que a constante (isto é, o poder político como exigência de valores e forças situadas num nível mais alto do que o da individualidade) não se modifica, mas, ao contrário, se acentua: se, enquanto candidato, o locutor se justifica como representante de forças fundadas no próprio povo, por exemplo, enquanto chefe de governo, situando-se acima da própria força que o conduziu ao poder, ele se caracteriza como diretamente ligado a um interesse mais amplo e mais abstrato e mais geral ainda: a Nação.

Nos discursos políticos teóricos estudados é de crer ser esta uma de suas características; esse problema da imagem que o locutor pensa que o ouvinte faz de si não se coloca exatamente da mesma forma, pela razão simples de que o locutor jamais se coloca como diretamente interessado na luta política no plano da ação. Em outras palavras, embora muitas vezes ligados de uma forma ou de outra a determinada posição política, jamais seus discursos deixam explicitar um vínculo pessoal direto com a própria ação política. O fulcro dessa diferença parece residir numa distinção entre "sujeito político" (que fundaria o conjunto de significações ligadas aos discursos militantes) e "sujeito intelectual", que fundaria as significações ligadas ao próprio discurso teórico. Enquanto o primeiro tipo de sujeito se qualifica no interior de uma pressuposta noção do ouvinte sobre o poder público, o segundo tipo parece qualificar-se no interior de uma pressuposta imagem sobre o que possa ser "atividade intelectual". É de particular interesse sob esse aspecto a releitura de certas passagens das introduções feitas por Azevedo Amaral e

65. G. Vargas, N.P.B., II, p. 33.

por Oliveira Viana nos seus respectivos livros. Azevedo Amaral, falando do espírito que caracterizou a elaboração de suas obras, e no qual se insere o livro a que se refere aqui, diz:

"Mas as finalidades dos livros aludidos eram certamente coloridas por preocupações promanadas de um coração brasileiro, o método adotado na análise sociológica das questões nacionais caracterizava-se por um sentido inconfundivelmente objetivista. Tentando esclarecer por um processo racional e lógico assuntos de vital interesse nacional, o autor tratou deles em uma atitude que, sem pretensioso pedantismo, julga poder qualificar de inspirada pela orientação científica, a cuja disciplina sempre procurou submeter o seu espírito."[66]

Oliveira Viana parece colocar-se e caracterizar-se dentro de um espírito similar, mas situa a orientação científica que assume de modo talvez um pouco mais preciso que Azevedo Amaral:

"Saint-Beuve gabava-se, como crítico, de ser um *naturaliste des esprits*. De mim posso dizer que, ao estudar as nossas instituições políticas – seja nos seus aspectos formais e legais (nas suas Constituições ou nos seus códigos), seja nos seus aspectos sociológicos ou culturais (nos usos, costumes, tradições, sentimentos e idéias que nos inspiram ou nos determinam na execução que damos a estes códigos ou a estas Constituições) –, sempre me conduzi tratando estes fatos, estes códigos, estes costumes e estas tradições *en naturaliste*. Vale dizer: objetivamente, realisticamente, no mesmo estilo com que os técnicos do Instituto Biológico pesquisaram a irradiação da broca de café, em São Paulo, ou os investigadores da Fundação Rockefeller estão acompanhando a expansão do *Anopheles gambiae* nas regiões nordestinas."[67]

A constante de ambos os locutores parece ser a preocupação de atenderem a uma imagem, a propósito do que possa ser na sua época o locutor intelectual: objetivo e realista, o que im-

---
66. A. Amaral, *op. cit.*, p. 56.
67. O. Viana, *op. cit.*, p. 15.

plica basicamente uma imparcialidade, que sobretudo Oliveira Viana insiste em manter. No mesmo prefácio (o da segunda edição), respondendo a críticas quanto à tendenciosidade que lhe era atribuída, o locutor diz textualmente:

> "Não me parece, entretanto, que me hajam compreendido nesta atitude de rigorosa imparcialidade e objetividade. Vejo sempre, com surpresa, descobrirem nos meus ensaios e livros tendências pessoais, inclinações partidárias, intenções ocultas, subintenções de servir aos que estão no poder etc."[68]

Essa insistência denuncia, além da própria imagem de sujeito intelectual, que o locutor visa atender a uma espécie de medo de ser confundido com o político comum. Azevedo Amaral, em vez de protestar a imparcialidade por ela mesma, atribui ao acaso as coincidências entre suas idéias e determinada tendência política e com isso se livra de se justificar:

> "Em quatro volumes aparecidos durante os últimos sete anos – 'Ensaios Brasileiros', 'O Brasil na Crise Atual', 'A Aventura Política do Brasil', e 'Renovação Nacional' –, e de modo particularmente explícito nos três primeiros, foram avançadas sugestões construtivas, algumas delas rigorosamente coincidentes e todas de modo geral consonantes com as idéias concretizadas no novo estatuto nacional e com o sentido ideológico do Estado agora instituído no Brasil."[69]

Está claro que para se entender a tranqüilidade de Azevedo Amaral, em contraposição aos protestos de imparcialidade de Oliveira Viana, é preciso contar o espaço de tempo entre 1938 (data da edição do livro de A. Amaral) e 1947 (data da segunda edição do livro de Oliveira Viana, com um segundo prefácio, de que foram extraídas as citações e onde constam inúmeras notas de rodapé, elucidando a imparcialidade de observação). Basta para tanto que se releia o artigo intitulado "O Conceito Pragmá-

68. O. Viana, *op. cit.*, p. 16.
69. A. Amaral, *op. cit.*, p. 6.

tico da Liberdade Política", onde existe uma clara exaltação do pragmatismo americano fundado "objetivamente" no critério da observação do caso do Haiti e a nota da segunda edição, em que explicita sua imparcialidade à luz das exigências de um novo momento político:

"O meu pensamento, entretanto, ao escrever este capítulo, não era, de modo algum, justificar os imperialismos conquistadores; mas apenas mostrar, com um exemplo concreto – com o caso do Haiti –, os perigos em que incorrem os povos, que se deixam dominar pela politicalha de clã e pelos facciosismos."[70]

Acontece, no entanto, que seu artigo, mantido exatamente como foi publicado pela primeira vez, exalta nitidamente a ação americana naquele país e critica a posição do que chama "ortodoxos idealistas da soberania do povo e do princípio da *self-determination*"[71], concluindo com Weatherley (o narrador da experiência pragmática americana) que o "Haiti é hoje um dos países mais pacíficos e ordeiros do mundo".

Essa digressão, que concerniria muito mais a um trabalho de análise específica das motivações políticas desses dois locutores, tem aqui a utilidade de evidenciar o fato de que em ambos, embora a imagem a que visam atender (a de objetividade e de realismo) se ache de certa forma comprometida com uma visão política dominante no seu todo, em ambos os autores parece ser de capital importância a caracterização de seus discursos nos parâmetros daquela imagem: daí a ausência completa, ou quase, nos dois textos, da ocorrência da primeira pessoa e o ocultamento do locutor sob essa forma de impessoalidade e neutralidade. E é sob esse aspecto precisamente que se pode remeter, do ponto de vista exclusivo e preciso da imagem que o locutor intelectual (nesses casos precisos) assume, o discurso teórico-político ao discurso militante, quando neste último o locutor se assume enquanto sujeito acima dos interesses partidários e das paixões.

70. O. Viana, *op. cit.*, p. 105.
71. Idem, p. 104.

4.3 A imagem sobre o referente: a quantidade e a diferença

No tocante à compreensão das duas questões relativas à imagem do referente ("que imagem tenho do referente para falar dessa forma?" e "que imagem penso que o ouvinte tem do referente para eu falar dessa forma?"), talvez seja mais fecunda uma discussão conjunta de ambas do que a discussão de cada uma separadamente.

Um ponto de partida necessário para tal discussão parece estar no fato de que um discurso só se justifica à medida que, através dele, o locutor se situa de modo singular no quadro de informações preexistentes à sua enunciação. Retoma-se aqui uma das leis gerais do discurso, propostas por O. Ducrot, a lei da informatividade[72] que, embora não conte muito para uma análise interna do enunciado, parece fundamental para a legitimação de um discurso dentro de determinado contexto. Ao contrário do que se possa pensar, essa lei nada tem que ver com as leis concernentes às leis da entropia da teoria da informação, à medida que o quadro teórico que a sustenta não se funda na noção quantitativa de repertório, mas na noção qualitativa de implicitação. Essa noção liga-se diretamente à estratégia do discurso e nada tem que ver com a informação propriamente dita, à medida que ela se refere basicamente a uma condição funcional que vai justificar a informação fornecida, quer esta seja ou não redundante. Isto é, esta lei atua independentemente de grau de informatividade. Assim, todo locutor ao enunciar seu discurso se enquadra, independentemente de uma imagem objetiva daquilo que o ouvinte possa saber sobre o referente, na exigência básica de que no mínimo este último é passível de ter um conhecimento distinto do seu. Sob esse aspecto, do ponto de vista das condições gerais da produção de um discurso, parece que a segunda questão é muito mais relevante do que a primeira, à medida que é ela quem fornece a medida e a justificativa para a produção do discurso e à medida que só a partir dela é que se pode

---

72. Ducrot, *Dire et ne pas Dire*, p. 133. Retoma-se aqui a referida lei, dando-lhe uma interpretação, tendo em vista o discurso e não o enunciado simples.

pensar na singularidade da imagem que o locutor tem do referente. (Quando se fala aqui em singularidade não se trata de originalidade histórica de um discurso, mas, basicamente, da especificidade funcional que se considera que um discurso tenha em determinado contexto.) Do ponto de vista das condições gerais de produção parece que não se pode avançar muito em relação a esse problema à medida que uma definição precisa, sobretudo da primeira questão, concerne muito mais à tarefa de estruturação do significado do discurso do que propriamente ao levantamento das condições de produção. Sintetizando o presente ponto de vista a respeito das duas questões concernentes à imagem sobre o referente, tem-se que é a segunda e não a primeira questão que justifica a produção do discurso, à medida que é o pressuposto de o ouvinte ter uma imagem distinta do referente que justifica da parte do locutor a produção de seu discurso. Vale a pena insistir que não se trata de uma condição determinada pela quantidade de informação a ser fornecida, mas pelo pressuposto de uma "diferença" de informação; este pressuposto opera independentemente da sua realidade ou não.

No caso dos discursos analisados, o locutor não explicita jamais essa condição: o ouvinte é considerado na sua permeabilidade ou em sua sintonia com a própria imagem assumida pelo locutor. A imagem contrária à sua o locutor a atribui a uma terceira pessoa (no caso, todo adversário). O fato parece ter a seguinte explicação: o ouvinte tem, na verdade, um papel duplo para o locutor, à medida que ele é não só a instância que o ouve, mas também a instância que ouve o adversário; enquanto instância que o ouve, o ouvinte caracteriza-se como parceiro político, o que não justificaria o discurso, mas enquanto aquele que pode ouvir o adversário, ele é, ao mesmo tempo, portador de uma imagem contrária, mas, por não ser o adversário, é um possível aliado. Só isso pode justificar a produção do discurso. Um exemplo bastante claro dessa situação se encontra no "Manifesto ao Povo de São Paulo"[73] em que o locutor se dirige ao ouvinte, o "povo de São Paulo", tentando convencê-lo a abandonar a luta rebelde de 1932, isolando com isso os adversários:

73. G. Vargas, N.P.B., II, p. 81.

"Dirijo-me ao povo laborioso de São Paulo. Quero mostrar-lhe a ilegitimidade do movimento em que o atiraram e as intenções subalternas dos seus falsos mentores."[74]

Do ponto de vista que interessa neste momento, isto é, da imagem que o locutor pensa que o ouvinte faz do referente (no caso desse discurso, a constitucionalidade e a autonomia administrativa do Estado de São Paulo), o ouvinte parece assumir uma imagem contrária à do locutor ou parece ao locutor que este assume uma imagem contrária à sua. No entanto, o locutor não situa o ouvinte enquanto adversário, mas prefere (e isso se deve à possibilidade de tê-lo como aliado) desresponsabilizá-lo dessa imagem:

"Mas, felizmente, ainda, a sedição não partiu do povo varonil, ordeiro e honesto de São Paulo."
"São Paulo, iludido na sua boa-fé, ludibriado, arrastado à ruína..."[75]

4.4 A questão do(s) ato(s)

Quanto à questão relativa ao ato de linguagem praticado pelo próprio ato de discursar, poderá parecer estranho num primeiro momento que ela apareça isolada e não vinculada a outra que corresponde simetricamente a ela no que se refere ao que o locutor pensa que o ouvinte pensa do que ele pretende. Na verdade, uma questão deste último tipo parece que só responderia a uma necessidade de simetria com as anteriores, simetria essa desnecessária, pois que esta última questão tem uma natureza distinta das precedentes. A dualidade das questões anteriores deve-se ao fato de que, funcionalmente, o conceito de "imagem" só se revela operacional para definição das condições de produção, à medida que possibilita a explicitação do processo de correlação, que se estabelece no locutor, entre o próprio locutor

---

74. Idem, p. 81.
75. Idem, p. 90.

como agente imediato do discurso e o ouvinte como objeto de interesse e, ao mesmo tempo, como influente nesse mesmo discurso. No caso da questão relativa ao ato de linguagem, ela restringe-se a uma única questão: embora o ato envolva o ouvinte como entidade visada, aquilo que o ouvinte possa pensar do que o locutor pretenda com o discurso não parece ter para o locutor importância fundamental; pois não lhe interessa de modo algum considerar como pretensão do ouvinte senão a própria pretensão. A resposta prévia a qualquer discurso, e que forneceria informações suficientemente operatórias para a descoberta de sua estruturação nesse aspecto, parece residir na distinção genérica entre dois atos perlocucionários expressos pelas ações "persuadir" e "convencer", de um lado, e na caracterização de um ato ilocucionário, expresso pelo verbo "argumentar". No entanto, essa caracterização do ato ilocucionário "argumentar" não pode prescindir de uma referência aos atos perlocucionários a ele ligados, na medida em que, por definição, "argumentar" liga-se necessariamente a uma finalidade pragmática situada no ouvinte: ela visa "à amener le destinataire à une certaine conclusion, ou à l'en detourner"[76] ou então visa "à l'adhésion des esprits"[77]. Deve, portanto, sua caracterização levar em conta os elementos que compõem a estratégia de sua realização que são locutor e ouvinte e os efeitos de sentido que o primeiro pretende obter no segundo. Retomando o que se disse anteriormente a respeito da questão concernente à imagem sobre o referente, o locutor só se define enquanto tal, isto é, só produz efetivamente o seu discurso a partir do pressuposto (sua veracidade não entra em questão) de que a imagem que faz do referente é virtualmente distinta da imagem que pressupõe que o ouvinte lhe faz. O ato de argumentar constitui uma espécie de operação que visa fazer com que o ouvinte não apenas se inteire da imagem que o locutor faz do referente, mas principalmente que o ouvinte aceite essa imagem. Sob esse aspecto, esse ato não se confunde com o ato de informar, na medida em que interessa ao seu

76. Ducrot, *La Preuve et le Dire*, p. 226.
77. Perelman, *Traité de l'Argumentation*, p. 18.

agente mais o engajamento do ouvinte em relação à sua imagem sobre o referente do que a transmissão de determinada mensagem. Nesse particular, a informação veiculada a partir de um ato de argumentação está sujeita a ser alterada pelo próprio interesse que envolve esse mesmo ato. Vem agora a pergunta inevitável: como caracterizar empiricamente a argumentação? Perelman, que trata desse problema sob o ângulo específico da filosofia, oferece uma direção para essa tarefa. Ao falar dos tipos básicos de raciocínio, o autor distingue demonstração de argumentação, opondo à atemporalidade da primeira a temporalidade da segunda. Segundo o autor, "le temps ne joue aucun rôle dans la démonstration; celui-ci par contre est dans l'argumentation, primordial. Au point que l'on peut se demander si ce n'est pas l'intervention du temps qui permet de distinguer le mieux l'argumentation de la démonstration"[78]. Essa temporalidade de argumentação deve-se ao fato de que o objeto de seu interesse, ao contrário do que ocorre com a demonstração, circunscreve-se num âmbito de interesse temporalmente definível (por exemplo, a validade de determinada posição política) e se faz através de uma cadeia de raciocínios fundada em noções não definidas ou suficientemente vagas que abrem a possibilidade de sua contestação por parte de outro locutor. A argumentação tem, portanto, para o autor um caráter não restritivo ("non contraignant"), o que torna possível paradoxalmente a seu objetivo de provocar a adesão do ouvinte, a sua própria rejeição, se este não se situar no mesmo prisma do próprio locutor. Partir de pressupostos que dificultem essa rejeição constitui uma condição *sine qua non* para o bom termo da argumentação, que para o autor se manifesta em qualquer discurso da língua natural[79]. Ainda para Perelman, a temporalidade desempenha um papel na argumentação sob dois aspectos distintos: em primeiro lugar ela atua no próprio desenvolvimento do discurso (é de crer que aqui ele se refira ao discurso improvisado, de momento, mais que ao discurso programado, já escrito) na medida em que o locutor pode ir adequando seu raciocí-

---

78. Perelman, "La Temporalité comme caractère de l'Argumentation" in *Le Champ de l'Argumentation*, p. 42.
79. Idem, p. 83.

nio de acordo com a própria reação do ouvinte; no caso do discurso programado (e essa parece ser uma das razões pelas quais são apontadas inúmeras contradições dentro dele), ela também desempenha um papel profundo, na medida em que no próprio momento da escrita o locutor pressupõe do ouvinte imaginário reações que o levam a reforçar determinados raciocínios, a reiterar determinados argumentos e, conforme o caso, a alterar o curso de seu próprio discurso. Em segundo lugar, a temporalidade desempenha também um papel externamente, na medida em que a força dos argumentos é dada pela própria situação em que é pronunciado o discurso. Tome-se, como exemplo claro de temporalidade atuando no desenvolvimento do discurso, "A Revolução, as suas Origens e o seu Programa"[80], onde o locutor, ao dirigir-se às Forças Armadas e, ao pretender fazer um elogio dessas mesmas forças, justifica-o através de uma tradição que as caracterizaria, segundo a qual essas forças em momentos decisivos se colocavam sempre do lado da Nação; posteriormente, fala da importância do papel dessas forças no novo momento histórico no sentido da manutenção da ordem e da estabilidade, pois "fora do equilíbrio que elas produzem, nada seria possível executar, e os melhores propósitos soçobrariam no redemoinho dos conflitos e das dissensões internas"[81]. Nesse trecho, o locutor tem como implícita a função fundamental das Forças Armadas: a manutenção da ordem estabelecida. Ora, como justificar o elogio a essas mesmas forças em nome dessa mesma função, se elas, num momento anterior, se colocaram contra a ordem estabelecida? O argumento utilizado é a caracterização do momento anterior como um "regime de ficção"[82] que por ser de ficção liberava as Forças Armadas da obrigação de mantê-lo e, ainda mais, justificava e legitimava uma revolta, que o locutor chama "revolta salvadora"[83]. A utilização desse argumento faz-se necessária ao discurso, não tanto para as finalidades elogiosas do discurso, e não

80. G. Vargas, N.P.B., I, p. 79.
81. Idem, p. 80.
82. Idem, p. 80.
83. Idem, p. 80.

tanto para atingir as parcelas das Forças Armadas que aderiram ao movimento, mas sobretudo como uma resposta antecipada a um ouvinte hipotético que indagaria e interpelaria no espaço que fica entre a exaltação da força tranqüilizadora das Forças Armadas e o momento seguinte do discurso que é o da explanação sobre a obra do Governo Provisório[84]. Exemplos como esses são encontráveis também não só nos discursos de tensão, mas também nos discursos de prestação de contas, como é o caso do discurso "O Brasil em 1930 e as Realizações do Governo Provisório"[85], onde, ao justificar a longa lista de empreendimentos do Governo Provisório, o locutor refere-se às medidas necessárias para esses empreendimentos e de sua continuidade do ponto de vista político: "congregar nas mesmas aspirações de ordem e trabalho pelo progresso do Brasil todos os cidadãos capazes de colaborar no desenvolvimento da civilização"[86]. Os valores fundamentais, ou melhor, os objetivos fundamentais que guiam as atitudes do Governo, são, como o evidencia o texto: progresso e civilização. Dentro desses objetivos justifica-se o próprio sistema restritivo de que o locutor falou anteriormente (no qual se acha a justificativa do Decreto de 3 de novembro de 1930, que restringe a ação localista)[87], mas fica aberta a possibilidade de uma contestação fundada em outro objetivo, constantemente invocado pelo próprio locutor: a liberdade. Prevendo essa contestação ou pressupondo da parte do ouvinte essa objeção, o locutor atenua de certa forma essa argumentação, tentando assimilar ao sistema restritivo que está justificando a noção de crítica, e de liberdade, conseqüentemente: "O respeito àquele que encarna a soberania do povo é do dever primacial do cidadão. Sem dúvida, a liberdade ampla de crítica constitui direito patrimonial das democracias. Mas essa liberdade não pode ultrapassar os limites que se definem, sem grave prejuízo para o Estado que a regula em proveito dos interesses coletivos."[88] Trata-se de um mecanismo de

---

84. Idem, p. 81.
85. G. Vargas, N.P.B., III, p. 190.
86. Idem, p. 242.
87. Idem, pp. 188-9.
88. Idem, p. 243.

ajuste a um argumento oposto, que permite ao locutor não apenas rebater a crítica e a argumentação do adversário, mas também reforçar o próprio argumento e a própria posição assumida.

A importância do papel desempenhado pela temporalidade do ponto de vista da situação parece ser tão evidente quanto sua importância no desenvolvimento interno do discurso. Basta compararmos dois discursos pronunciados em situações distintas para observarmos como em função dos mesmos fins são utilizados argumentos distintos, ou como são utilizados para fins diversos, e até mesmo opostos, os mesmos argumentos. É o caso que se verifica, por exemplo, na comparação entre o discurso da Plataforma da Aliança Liberal e esse mesmo discurso referido há pouco; no primeiro discurso, na situação ainda de candidato à Presidência da República, o locutor aponta a necessidade de revogação das leis compressoras da liberdade do pensamento, indicando que as leis substitutivas daquelas não devem afastar-se "dos princípios sadios de liberalismo e justiça" e, ao mesmo tempo que mostra a necessidade de tornar mais eficientes as leis que asseguram a autonomia dos Estados[89], enaltece a existência de divergências momentâneas como "sinal de vitalidade cívica, expressão de espírito democrático e vigilante patriotismo"[90]. No segundo discurso, pronunciado já em 1934, o locutor, em nome das mesmas finalidades que regiam seu discurso de 1930, utiliza argumentos praticamente opostos: coloca o problema da liberdade como dependente e secundário em relação aos objetivos de Progresso e de Civilização[91], justifica o decreto que restringe a autonomia dos Estados[92]; considera as divergências em relação à própria posição (agora dominante) como sendo manifestações de anarquia: "atacá-los (os governantes), arrastá-los ao ridículo, rebaixá-los no conceito público, pelo insofrido amor do escândalo, é converter um princípio de ordem em dogma de anarquia"[93].

89. G. Vargas, N.P.B., I, p. 21
90. Idem, p. 54.
91. G. Vargas, N.P.B., III, p. 242.
92. Idem, pp. 198-9.
93. Idem, p. 243.

Nos discursos teóricos é também possível observar, sobretudo, o segundo tipo de influência da temporalidade sobre a argumentação; isso talvez pelo fato de que, em se tratando de discursos com pretensões científicas, o ato de argumentar se paute sobre uma linha de raciocínio mais cerrada, o que não impede, no entanto, a presença desse mesmo fator. Um exemplo típico dessa intervenção da temporalidade no desenvolvimento da argumentação teórica pode ser localizado no capítulo já citado anteriormente, "Autoridade e Liberdade", do livro de Azevedo Amaral. O autor começa por uma distinção entre o Estado Totalitário e o Estado Democrático-Liberal, criticando no primeiro caso a supremacia do Estado sobre o indivíduo e no segundo caso a situação inversa, com as decorrentes conseqüências em relação aos bens da coletividade. A partir dessas críticas situa o Estado Novo como um tipo de Estado definido realisticamente, isto é, de acordo com as necessidades reais da Nação. No tocante à questão da Liberdade, afirma o autor que o Estado Novo se afasta "tão radicalmente do conceito totalitarista como da ideologia democrático-liberal", à medida que "diverge do primeiro pelo acatamento que consagra à posição do indivíduo como elemento irredutível na organização social e opõe-se à segunda pelo reconhecimento da supremacia do interesse coletivo sobre as conveniências dos componentes individuais da Nação. Assim, o Estado brasileiro é, ao mesmo tempo, individualista e coletivista"[94]. Essa situação que se poderia chamar até certo ponto de ambígua, na medida em que assimila o que considera positivo nos dois sistemas criticados, vai exigir do autor um processo de contínuas adaptações no transcorrer do discurso: de um lado, ele tentará justificar a necessidade de circunscrição da liberdade às exigências da coletividade e, de outro, tentará justificar a circunscrição da liberdade às exigências da individualidade. O modo pelo qual o locutor resolve essa tarefa atesta bem a necessidade que sente em satisfazer as exigências de um ouvinte que situa em outro prisma: ao discutir, por exemplo, a relação entre o Estado Autoritário e a liberdade de pensamento, o autor propugna a instauração de dois

94. A. Amaral, op. cit., p. 253.

tipos de pensamento crítico: o primeiro, panfletário, por cujas conseqüências, na ordem pública, deve ser reprimido, e o segundo, de natureza intelectual, deve ser respeitado. A justificativa dessa posição parece estar no fato de que o locutor, à medida que se define como intelectual e cientista, tem como ouvinte a camada pensante da população e sua concessão em relação à liberdade de crítica intelectual deve-se a esse fato. Isto é, constitui uma concessão às exigências desse mesmo ouvinte, que, situado no mesmo plano funcional dentro do regime, se distingue do outro tipo de ouvinte crítico, o panfletário, que, esse sim, pelo apelo que faz às "emoções das massas"[95], por exemplo, deve ser reprimido, como tem de ser reprimido o desenhista obsceno. ("Um rabiscador de desenhos obscenos é um caso de polícia. Um grande artista no exercício das prerrogativas do espírito não pode submeter a sua inteligência criadora e as formas peculiares da sua estesia aos limites traçados pelas injunções do pudor.")[96] O locutor, tendo em vista as exigências do ouvinte, cria, assim, uma categoria à parte do pensamento crítico e, com isso, assimila essas mesmas exigências para o interior das coordenadas do Estado Autoritário (que, aliás, a partir do momento em que se inicia a discussão sobre a liberdade de pensamento, o autor passa a chamar de Estado Autoritário-Democrático).

Quanto à interferência da temporalidade do ponto de vista externo, isto é, do ponto de vista das situações em que são pronunciados os discursos teóricos, é difícil, dado o fato de não se trabalhar aqui sobre textos pronunciados em situações temporalmente distintas, observá-la dentro dos textos analisados. No entanto, crê-se que ela ocorra de maneira bem mais evidente do que a interferência da temporalidade dentro de um só discurso. Basta para tanto observar nas notas de rodapé da segunda edição do livro de Oliveira Viana as novas precisões que ele introduz e das quais um exemplo preciso foi indicado anteriormente[97]. Quinze anos após a primeira edição, o autor reproduz o mesmo texto,

95. A. Amaral, *op. cit.*, p. 268.
96. A. Amaral, *op. cit.*, p. 269.
97. Perelman, "La Temporalité comme caractère de l'Argumentation" in *Le Champ de l'Argumentation*.

salientando, no entanto, uma intenção que no texto de origem parece bastante secundária. O texto tal como se apresenta na primeira edição argumenta em nome do "progresso" e da "civilização" a propriedade de uma política pragmática, segundo o modelo americano. A nota de rodapé da segunda edição indica que na verdade essa não foi a intenção original: sua intenção tinha sido simplesmente apontar os males provenientes da subordinação de um povo à politicagem de grupos interesseiros. Isto é, na segunda edição, tendo em vista a presença de novas concepções políticas, o autor vê-se obrigado a colocar como essencial um argumento secundário na origem.

Essas considerações sobre a temporalidade da argumentação não constituem senão uma demonstração mais explícita da direção dada por Perelman para sua caracterização e servem simplesmente como justificativa da afirmação, anteriormente feita, a respeito de sua natureza enquanto ato de linguagem: como afirma Perelman, a argumentação "est avant tout une action"[98] que se caracteriza como uma agressão "car elle tend toujours à changer quelque chose, à transformer l'auditeur"[99]. O que significa afirmar (vale a pena repetir o que já se disse anteriormente) que o discurso, mais do que cumprir uma função de informação, constitui-se basicamente na sua própria realização um ato concreto. Isto é, constitui-se em ato pela própria realização da sua natureza argumentativa. E, como ato, ele se circunscreve nos limites de sua temporalidade, que, como afirma Perelman, tem uma força criadora, pois permite a seu agente sua reformulação e seu contínuo ajuste no tempo[100]. A esse ato de argumentar ligam-se, como se afirmou anteriormente, dois atos perlocucionários: persuadir e convencer, cujas distinções vão permitir não apenas a caracterização de ambos e, conseqüentemente, do ato de argumentar como pertencentes às condições gerais de produção, como também a justificação de sua importância na definição prévia de uma tipologia de discursos. Perelman utiliza, para a distinção

---

98. Perelman, "La Temporalité comme caractère de l'Argumentation" in *Le Champ de l'Argumentation*, p. 42.
99. Idem, p. 43.
100. Idem, p. 55.

entre esses dois atos perlocucionários, a diferença entre auditórios, distinguindo um auditório universal ("constituído pela humanidade inteira ou pelo menos por todos os homens adultos e normais")[101] de um único ouvinte e ainda o ouvinte constituído do próprio locutor. Perelman proclama que *a priori* somente o auditório universal tem um estatuto de generalidade suficiente para determinar a validade de um discurso que se proponha suficientemente geral, como o discurso filosófico. No entanto, ao discutir pormenorizadamente sobre a natureza desse auditório, chega ele à conclusão de que efetivamente o auditório universal não constitui senão uma criação do próprio locutor e, como tal, ligado à própria vivência deste e conseqüentemente relativizável do ponto de vista de outro locutor ("L'auditoire universel est constitué par chacun à partir de ce qu'il sait de ses semblables, de manière à transcender quelque opposition dont il a conscience. Ainsi chaque culture, chaque individu a sa propre conception de l'auditoire universel, et l'étude de ces variations serait fort instructive, car elle nous ferait connaître ce que les hommes ont consideré, au cours de l'histoire, comme réel, vrai et objectivement valable")[102]. Assim, a distinção entre "persuadir", que se referiria a um ouvinte particular, e "convencer", que se referiria a um ouvinte universal, não constituiu uma distinção fundada numa objetividade diretamente observável, mas numa questão de intenção: se o locutor tem a intenção de se dirigir e de fazer sua argumentação a todos os homens, ele, mesmo que isso não corresponda à realidade dos fatos (poderá estar dirigindo-se apenas a uma parcela intelectualizada dos homens), estará realizando um ato de convencer; ao passo que, se se dirigir a um ouvinte particular ou a si mesmo, ele estará persuadindo. Perelman, assumindo um critério fundado na distinção hipotética de ouvintes, pretende substituir as distinções anteriores fornecidas por Pascal, para quem persuadir e convencer se fundaria na distinção entre racional e não racional, e por Kant, para quem essa distinção se faria a partir da distinção entre subjetivo e não sub-

---

101. Perelman, *Traité de l'Argumentation*, p. 39.
102. Idem, p. 43.

jetivo. A posição de Perelman parece estar ligada a seu pressuposto de que estas distinções não têm razão de ser (a não ser se formos separar o conhecimento lógico dos outros tipos de conhecimento), pois para ele o comportamento que funda a argumentação é sempre subjetivo e, como tal, sempre sujeito à crítica e à contestação. No entanto, parece patente que só a intenção de o locutor dirigir-se a determinado auditório não constitui um critério suficientemente forte para ajudar na distinção entre esses dois atos. Parece necessário complementar esse critério com as contribuições que ele mesmo contesta, mas de forma tal que não se instaure nenhuma contradição teórica em sua proposta. E é possível fazer isso a partir de algumas considerações que o autor faz a respeito do auditório universal. Perelman, falando da unanimidade requerida e necessária para que uma argumentação seja considerada como dirigindo-se a um ouvinte universal, considera que é preciso que ela se funde no acordo do ouvinte universal e afirma que "l'accord d'un auditoire universel n'est donc pas une question de fait mais de droit"[103]. O que quer dizer que o fato de se dirigir, ou não, a um auditório universal obedece a certas exigências não constatáveis empiricamente, mas fundadas numa espécie de convenção que o locutor assume no momento da enunciação. Assim, dadas as intenções mais ou menos generalizantes de sua argumentação, portanto, dado o caráter mais ou menos geral do ouvinte a quem pretende dirigir-se, o locutor se assume enquanto universal ele próprio, ou não, independentemente da verificabilidade empírica do objeto de sua argumentação. Ora, pode-se admitir que, independentemente da própria natureza da argumentação, o locutor pode assumir, como de seu direito, a assimilação de um ideal de racionalidade, mesmo que se admita que, de fato, esse ideal de racionalidade não se comprove. É possível, em outros termos, admitir que o locutor, ao realizar um ato de convencer, isto é, ao dirigir-se a um hipotético ouvinte universal, assume em decorrência disto o direito que lhe é dado de se propor como apelando a uma racionalidade também hipotética. Em decorrência desse mesmo fato, é possível pensar

---

103. Idem, p. 41.

que a persuasão resulta de uma argumentação onde não se assume esse mesmo direito, o que, em outros termos, num prisma realístico, quer dizer que a convicção é uma persuasão que não se assume enquanto tal. Dessa distinção resultam basicamente duas condições fundamentais de produção no que se refere aos atos perlocucionários (persuadir e convencer) e que condicionam a configuração de dois gêneros distintos e opostos de discurso político, que foram separados arbitrariamente em momentos anteriores deste trabalho como sendo o discurso político-militante e o discurso político-teórico. A configuração desses gêneros, distintos e opostos, contrariamente ao que se possa supor, não constitui simples registro classificatório de tipos de discursos, mas resulta basicamente de um relacionamento entre condições prévias de produção e o próprio discurso produzido. Situados em dois contextos distintos, o discurso político-militante e o discurso político-teórico respondem às necessidades de consecução impostas por esses mesmos contextos e, à medida que estes guardam entre si certas similaridades, irão refletir em sua estruturação essas mesmas similaridades. Assim, se se afirma que, em decorrência das próprias considerações de Perelman, existem similaridades entre os atos perlocucionários "persuadir" e "convencer", na medida em que a convicção constitui a assunção de um direito atribuído pela assimilação de uma imagem de generalidade e racionalidade do ouvinte e na medida em que essa imagem não constitui um fato verificável empiricamente, mas uma presunção do próprio locutor, pode-se afirmar também que o discurso político-teórico se distingue do discurso político-militante pelo fato de que ele se justifica por se dirigir a um ouvinte situado acima dos limites temporais de sua própria elocução. Já foi salientada anteriormente a intenção explícita de ambos os teóricos estudados de situarem seus discursos no domínio da própria atemporalidade[104], acima dos interesses de classes e pessoais, ao mesmo tempo já foi salientada também a insistência pela qual esses mesmos teóricos pretendem circunscrever sua obra dentro da mais absoluta assepsia determinada pelas exigências do conhecimento

---

104. Ver a pp. 84-6.

científico. Resta saber como esses ideais se realizam na própria estruturação de seu discurso; e isso constituirá um dos próximos passos deste trabalho. O problema que se tem a discutir no momento refere-se especificamente ao discurso político-militante que, como se disse há pouco, é condicionado e determinado na sua estruturação pelo ato de "persuadir".

É evidente que a caracterização do discurso político-militante como formulação oposta àquela determinada pelo ato de "convencer" em nada explica sua natureza. Será preciso para tanto retornar ao problema do ouvinte a quem se dirige. No caso concreto dos discursos estudados, eles se dirigem sempre a um ouvinte situável e localizável no tempo e no espaço: o povo brasileiro, as Forças Armadas, a junta governativa etc. Isto é, enquanto locutor interessado dentro de uma estrutura de poder, ele fala a um ouvinte interessado nessa mesma estrutura e, obviamente, nela situado. Sua individualidade caracteriza-se por isso e sobre ela é que o locutor vai argumentar. No entanto, sem nenhum esforço maior de análise, é possível observar que seus discursos, mesmo os mais pessoais, não se assumem temporalmente, isto é, pautam-se sobre uma forma de argumentação que não admite sua relatividade. O que significa dizer que ela não se assume enquanto "opinião", mas como a posição correta diante da realidade nacional. E sob esse aspecto, como distingui-lo do discurso político-teórico? Os ideais de racionalidade parecem ser bastante próximos e para tanto basta atentar para o seguinte trecho de Vargas:

"Os doestos com que certos opositores gratuitos procuram feri-lo (o Governo Provisório) não lhe entibiam o ânimo. O melhor meio de convencer não consiste em atacar o agressor, o crítico pertinaz ou o descrente de má-fé. Cumpre não abater o adversário com as mesmas armas aleivosas de que ele se utiliza no afã de tudo recusar, mas dominá-lo pela clareza do raciocínio, pela concatenação dos argumentos, pela exposição serena dos fatos. Os atos são preferíveis às palavras, porque aqueles provam e estas simplesmente alegam."[105]

105. G. Vargas, N.P.B., III, pp. 242-3.

O trecho parece claro e revelador: para o locutor, o discurso, como forma de neutralização do adversário, deve pautar-se na racionalidade (clareza do raciocínio, concatenação dos argumentos) e no seu realismo (exposição serena dos fatos). Isto é, enquanto homem público e enquanto falando a um ouvinte que também interessa na sua virtualidade política, o locutor situa-se também num espaço que transcende ao de sua individualidade e sujeita-se também às exigências desse mesmo espaço. Trata-se de uma condição tão restritiva quanto aquela que determina a elaboração do pensamento teórico, no que se refere à convencionalidade. E seu discurso está determinado por isso. A solução para diferençar esses dois tipos específicos de discurso parece residir não tanto no nível dos ideais de racionalidade e de objetividade assumidos pelos locutores, mas no da intenção última que delimita o alcance de cada tipo de discurso. Assim, o discurso político-militante, visando alcançar no ouvinte não simplesmente a adesão a uma posição, mas sua participação ativa nas tarefas necessárias para a afirmação dessa posição, vai utilizar-se da argumentação para a obtenção final de um resultado que, ultrapassando o nível da convicção, atinja o nível da ação. O discurso político-teórico ficará no plano da convicção, embora esse plano não exclua o da ação. Trata-se de um limite imposto pela própria convenção assumida no momento da produção: pressupondo um ouvinte, cuja característica dominante é o pensamento, o discurso político-teórico não ultrapassará *explicitamente* esse mesmo domínio e, se o fizer, se confundirá com o próprio discurso político-militante, traindo a imagem do ouvinte inicialmente assumida.

Resumindo e organizando as idéias desta primeira etapa do presente trabalho, em que se incursionou no terreno das condições de produção, tem-se que essas condições podem ser determinadas basicamente segundo três critérios complementares: em primeiro lugar, o critério das imagens pressupostas, que o locutor faz do ouvinte e vice-versa; em segundo lugar, o critério da imagem que o locutor faz do referente e da imagem que pressupõe que o ouvinte faz desse mesmo referente; em terceiro lugar, o critério da intenção do ato que o locutor visa praticar sobre o ouvinte e do ato que pratica para a obtenção daquele resultado. Dentro do primeiro critério, evidenciou-se, nos discursos estudados, a existência de um ouvinte imaginado como possuidor de um conhecimento fundado sobre noções gerais e multilateralmente interpretáveis, que vão desde a designação de componentes representativos de Nação até atingirem noções muito mais difusas e valorativas, como Bem e Mal; ainda dentro desse critério colocou-se em evidência o ouvinte como fornecedor de uma noção de poder público, assumida pelo locutor, onde essa noção aparece como determinada pelos valores significados pelo conjunto das noções difusas definidas anteriormente. Dentro do segundo critério viu-se que não interessa, do ponto de vista da estratégia discursiva, a definição apriorística de uma quantidade de informação nova que a imagem do locutor sobre o referente possa trazer, mas na presunção de uma diferença de imagens entre aquela que o ouvinte faz, ou é capaz de fazer sobre o referente, e aquela que o locutor tem desse mesmo referente; o importante no caso é o pressuposto de uma diferença qualitativa de imagens e não de uma defasagem real de informação. Dentro do terceiro critério, apontou-se para a existência de convenções que se impõem no momento em que o locutor define, como fins de seu próprio discurso, objetivos de natureza puramente intelectiva, falando a um ouvinte idealisticamente racional, ou de natureza pragmática, falando a um ouvinte cuja ação interessa dentro da estrutura política. Dentro desse mesmo critério e decorrente dessa mesma convenção, pensou-se a viabilidade da definição de pelo menos dois tipos de discursos (o político-militante e o teórico) como decorrentes das próprias condições de produção e não como resultantes de uma classificação arbitrária.

Resta saber como estas condições se justificam dentro da própria organização dos textos e como o locutor, instância determinante dessa organização, articula essas condições, estabelecendo por elas seu contrato com o ouvinte. Essa é a tarefa a que se propõe a segunda etapa desta primeira parte.

Capítulo 3 **Condições de produção e organização argumentativa**

1. Questões prévias

O propósito de se tentar captar nos textos estudados uma organização que saliente um mecanismo em que se articula a argumentação não significa de modo algum que essa organização explique a totalidade do discurso, isto é, que explique o discurso em todas as suas implicações. Aqui, o objetivo é simplesmente apontar para a existência de um componente que tem sido colocado à margem nas análises de discurso em geral, e que importa na revelação do papel do sujeito na constituição deste, entendendo-se que esse papel constitui um dos aspectos fundamentais na própria definição do discurso. Com isso fica claro que se consideram como válidas e necessárias outras perspectivas que apontem e organizem outros componentes do discurso sem os quais a proposta de existência de uma organização argumentativa perde a sua razão de ser, à medida que esta só se justifica enquanto reveladora de um mecanismo de relação intrínseco e extrínseco ao próprio discurso. Numa hipótese bastante precária e que necessariamente terá ainda de ser amadurecida, sobretudo por uma investigação que considere os interesses e conhecimentos de outras ciências humanas, tem-se que o discurso deve ser dimensionado em duas direções distintas: a primeira em direção às informações que ele, enquanto individualidade, revela, e a segunda em direção às informações que se revelam pelo seu relacionamento com outros discursos, delimitados por critérios que importem do ponto de vista do interesse específico que regeria tal pesquisa. Mediando essas duas direções, haveria a organização argumentativa que, vista do ângulo de um só discurso, favoreceria a captação sobretudo dos mecanismos pelos quais o locutor se contacta com o ouvinte e que, vista sob o ângulo da variedade de discursos com os quais pode ser relacionado um discurso único, favoreceria a explicitação das próprias motivações que determinaram o conjunto desses discursos. Assim, se por um lado essa organização deixa patente que os discursos não *informam* simplesmente, já que toda a informação se acha aí veiculada por um locutor interessado, ela deixa patente também que esse locutor interessado se dilui no quadro geral das condições que o determinam. Evidentemente, o material com o qual se lidou não permite tirar conclusões a respeito da segunda direção, à medida que, em primeiro lugar, ele não é representativo da totalidade de obras políticas produzidas no mesmo período, em segundo lugar, à medida que o conjunto de conhecimentos que podem ter determinado seu aparecimento não se restringe unicamente a obras políticas, mas se estende a um conjunto mais extenso que abarcaria obras religiosas, literárias etc. e, em terceiro lugar, porque esse mesmo conjunto de conhecimentos se estende a práticas não verbais[1]. Diante dessas limitações torna-se bastante arriscado pensar numa visão globalizante e nem é esse o interesse deste trabalho. O que se fará nas linhas abaixo será simplesmente indicar uma direção metodológica para se chegar da organização argumentativa a certas constantes hipotéticas mais gerais de conhecimento, sem afirmar, contudo, que elas sejam efetivamente as mais válidas para uma caracterização das condições gerais que determinaram o aparecimento de tais discursos. Ao mesmo tempo, não há interesse aqui em

1. Essa perspectiva de comparação de discursos políticos com discursos literários, jornalísticos etc. tem sido desenvolvida em São Paulo. Exemplos concretos desse tipo de trabalho são as teses de doutoramento de Ligia Chiapinni Moraes Leite sobre o Modernismo no Rio Grande do Sul e de Vera Chalmers sobre a produção jornalística de Oswald de Andrade.

fazer uma análise de conteúdo de cada um dos discursos estudados, mas em demonstrar como a organização argumentativa altera a própria informação em favor do locutor. Antes disso, porém, será necessária uma descrição daquilo que se está chamando organização argumentativa.

2. A organização argumentativa: promoção, envolvimento e engajamento

1. O estudo da organização argumentativa de um discurso depende totalmente das considerações feitas anteriormente sobre as condições de produção. Isto é, depende das imagens mútuas que se pressupõem fazer locutor e ouvinte; depende das imagens que se pressupõem fazer locutor e ouvinte sobre o referente; depende, em último lugar, dos atos de linguagem que o locutor realiza no momento do discurso. E é essa a razão pela qual aquela parte teve de ser estendida. E, na medida do possível, tentar-se-á evitar repetir o que foi dito, só o fazendo nas ocasiões em que a repetição se fizer imprescindível para a clareza. Duas outras observações fazem-se necessárias, ambas de caráter metodológico: a primeira concerne à extensão do que se entende por organização argumentativa e a segunda refere-se especificamente ao processo pelo qual se atingiu essa organização.

Quanto à primeira questão, normalmente se tem pensado o ato de argumentar teoricamente para o discurso todo, e geralmente se tem apontado para certas ocorrências parciais dentro do discurso. Sem contestar o fato de que esse ato se revela em partes do discurso, a intenção no presente caso é tentar captar uma estruturação mais ampla que dê conta da afirmação já explicitada de que o discurso todo constitui um ato de argumentação. Assim, não se pretende ater-se aqui aos múltiplos exemplos que possam ocorrer dentro dos discursos, mas colocar em evidência um mecanismo mais geral que justifique aquela afirmação. Isto é, se o ato de discursar constitui um ato de argumentar, ele deve revelar em sua totalidade as marcas desse ato.

Quanto à segunda observação, aquela relativa ao processo pelo qual se chegou a essa organização, ele se baseou fundamentalmente em três processos complementares: o primeiro, a delimitação de alguns tipos fundamentais de atos ligados à argumentação; o segundo, o da seleção de enunciados, agrupados não pela ordem em que se apresentam, mas pela sua pertinência aos atos definidos anteriormente; o terceiro, o da paráfrase desses enunciados, no sentido de se obter uma generalização provisória do seu conteúdo. Esses procedimentos ficarão mais claros no transcorrer desta exposição.

No caso dos discursos observados, o ato de argumentar parece estar fundado em três atos distintos que guardam entre si uma relação aproximada à relação do tipo implicativo: um ato de *promover* o ouvinte para um lugar de decisão na estrutura política; um ato de *envolvê-lo* de forma tal a anular a possibilidade da crítica; e um ato de *engajar* o ouvinte numa mesma posição ou mesma tarefa política. Por uma medida de economia verbal, chama-se ao primeiro ato *Promoção*, ao segundo *Envolvimento* e ao terceiro *Engajamento*. Esses três atos podem ser vistos sob dois aspectos distintos, ambos salientando sua natureza pragmática: o primeiro deles refere-se ao caráter eminentemente atuacional de cada um deles, já que evidenciam o sentido ativo do próprio locutor em relação ao ouvinte: o segundo aspecto refere-se à sua complementaridade necessária, à medida que cada um deles se revela (pensada sua natureza pragmática) como incompleto para a obtenção de um efeito de sentido no ouvinte.

É o conjunto dos três que permite a cada um justificar-se na sua função pragmática, isto é, na sua relação com um fim determinado que o locutor visa obter no ouvinte.

Para uma demonstração inicial de como funcionam no seu conjunto e no todo do discurso, esses três atos conjugados utilizar-se-ão de três discursos de tensão, pronunciados em situações distintas: Plataforma da Aliança Liberal; Rio Grande, de Pé, pelo Brasil; e Discurso de Tomada de Posse. A escolha desses três discursos como pontos de demonstração deve-se basicamente à facilidade com que podem ser comparados a partir das diferentes e conseqüentes situações em que foram produzidos: o primeiro deles, como já se assinalou neste trabalho, foi pronunciado numa situação pré-eleitoral; o segundo, numa situação de revolta pela derrota sofrida (que o locutor atribui à fraude); o terceiro foi pronunciado quando, já vitorioso o movimento de revolta, o locutor assume o poder diante da junta governativa. A diferença das situações imediatas em que foram produzidos e certas recorrências que se poderão observar entre esses três tipos de discurso vão permitir a formulação de algumas generalizações em torno dos demais discursos.

Nas páginas dedicadas à discussão das imagens mútuas que se fazem locutor e ouvinte, salientou-se que o locutor tem do ouvinte não uma imagem empiricamente testável, mas uma imagem que lhe serve para a obtenção dos efeitos de sentido a que visa. Salientou-se ainda que essas imagens podem ser equacionadas segundo uma perspectiva interpessoal na qual o locutor entende que o direito à palavra ou a apropriação da palavra lhe garante uma posição de domínio sobre o próprio ouvinte, e segundo uma perspectiva dos pressupostos que tem sobre o ouvinte, isto é, daquilo que considera que o ouvinte deve ter como válido e indiscutível. Sobre esse aspecto, observou-se que a imagem que o locutor tem do que o ouvinte consideraria como válida se funda em certas significações do tipo "coletividade", "povo", "democracia", "consciência nacional", "nacionalidade", "bem", "mal" etc., que operam enquanto instâncias últimas para a sanção de qualquer ato ou entidade políticos. Salientou-se, ainda, que a imagem que o locutor pressupõe que o ouvinte tenha dele não se liga à sua individualidade, mas à sua função. Salientou-se também que o locutor atende basicamente à imagem que o ouvinte faz do locutor político e que essa imagem se funda na concepção de que o locutor político responde pelos interesses de forças superiores às suas (a coletividade, o povo, a Nação etc.). Salientou-se que, nessa medida, se articulam de maneira mais precisa as significações confusas com a significação mais precisa de poder público, que é aquela que interessa ao locutor para o desencadeamento de seu discurso. O primeiro dos atos a que se deu o nome de promoção se funda inteiramente sobre essas condições.

2. Como se disse acima, é através desse primeiro ato que o sujeito promove o ouvinte a um lugar de decisão das relações políticas. O discurso político não se justifica senão à medida que é dirigido a um ouvinte cuja participação interessa ao locutor, mesmo que esse ouvinte não tenha condições reais de decidir.

No caso específico do primeiro discurso, o ouvinte é a coletividade eleitoral brasileira e, indiretamente, a nação brasileira. A esse eleitorado é atribuído o poder de decidir (pelo voto), o que se pode observar nos enunciados:

(1) "Ao povo cabe decidir."[2]
(2) "O êxito (da reação liberal) dependerá do voto popular."[3]

No segundo discurso, esse poder de decisão da coletividade acha-se explicitado de forma um tanto contraditória:

(3) "Entreguei ao povo a decisão da contenda."[4]

Observe-se aqui certa contradição entre o poder de decisão do povo (que decidiu inclusive a candidatura do locutor no primeiro discurso) e o ato de "entregar", que indica uma separação entre o sujeito e o ouvinte: esta contradição justifica o caráter ilusório desse poder de decisão que é atribuído ao ouvinte.

No terceiro discurso encontram-se expressões que ilustram de maneira mais sintética esse ato.

(4) (o povo brasileiro) (é) "senhor de seu destino e supremo árbitro de suas finalidades coletivas".[5]

Um exame pouco mais aprofundado desses trechos permite detectar aí "um sentido fundamental", uma espécie de constante de significação que não se deixa ocultar pelas variações sintáticas ou lexicais: "o povo decide". A melhor linha de análise para a comprovação desse significado é encontrada nos trabalhos de

2. G. Vargas, N.P.B., I, p. 54.
3. Idem, p. 54.
4. Idem, p. 63.
5. Idem, p. 69.

Halliday[6] e é dentro dessa linha que tentará desenvolver a análise de tais enunciados:
Nos enunciados 1 e 3 o povo funciona como "agente" do processo de decidir. O conjunto "povo decide" acha-se modalizado por uma espécie de junção de dever e poder (caber), ou, então, "povo" cumpre além da função de agente a função de beneficiário ("entreguei"). O enunciado 2, em que o significado "povo" se acha lexicalizado através de um adjetivo ("popular"), pode ser analisado da seguinte forma: "voto popular" = "voto do povo" = "o povo vota". "Povo" é, portanto, agente do processo *votar*. Sua função agentiva determinará um beneficiário (o êxito da reação liberal). O enunciado 4 é caracteristicamente um enunciado relacional equacional[7], mas pode ser analisado no quadro da transitividade, se se observar sobretudo a transitividade dos nomes: "senhor" e "árbitro". Segundo Halliday, a transitividade implica:

Agente: (no caso, o povo brasileiro)
Processo: (no caso, senhor/árbitro) compreendidos como determinar/decidir
Alvo: "destino/finalidades coletivas"

Este esboço de análise justifica o sentido fundamental "o povo decide" dos enunciados que caracterizam o ato de promoção nos três discursos à medida que existe um agente constante (o povo), um processo constante (decidir), embora situados e explicitados diferentemente.

3. O segundo ato, o do envolvimento, traz aos discursos os elementos extralingüísticos: de um lado, a noção pressuposta sobre poder político e que constitui parte das condições definidas pela imagem que o locutor pressupõe que o ouvinte faz dele; e, de outro lado, a imagem que o locutor faz do referente e aquela que ele pressupõe que o ouvinte faz desse mesmo referente.
3.1. A noção pressuposta de poder político e que, como já se indicou anteriormente, incide sobre a natureza coletiva desse

---

6. Halliday, M. A. K. "Language Structure and Language Fonction" in *New Horizonts in Linguistics* (ed. J. Lyons).
7. V. Halliday, *op. cit.* Uma estrutura equacional relacional tem normalmente a fórmula *x* y.

mesmo poder aparece de forma explícita nos três discursos em questão.

No primeiro discurso, a plataforma é caracterizada como sendo subordinada:

1. "Aos anelos e às exigências da coletividade, que anseia com uma renovação, como nós a preconizamos, capaz de colocar as leis e os métodos do Governo ao nível da cultura e das aspirações nacionais."[8]

Ao mesmo tempo a candidatura do locutor é da responsabilidade do próprio povo:

2. "Trata-se, pois, de uma candidatura popular."[9]

De forma menos explícita essa noção acha-se também no segundo e no terceiro discurso:

3. "Sempre estive, igualmente, pronto à renúncia de minha candidatura assumindo a responsabilidade de todas as acusações que, por certo, recairiam sobre mim, uma vez adotadas medidas que satisfizessem as legítimas aspirações coletivas, com aceitação dos princípios propugnados pela Aliança Liberal e execução de providências que correspondessem aos desejos generalizados no povo brasileiro."[10]

4. "Para não desfraudarmos a expectativa alentadora do povo brasileiro, para que este continue a nos dar seu apoio e colaboração, devemos estar à altura da missão que nos foi por ele confiada."[11]

5. Assumo, provisoriamente, o Governo da República, como delegado da Revolução, em nome do Exército, da Marinha e do povo brasileiro..."[12]

8. G. Vargas, N.P.B., I, p. 19.
9. Idem, p. 54.
10. Idem, pp. 59-60.
11. Idem, p. 71.
12. Idem, p. 74.

No enunciado 1 o problema da noção sobre o poder público pode ser avaliado a partir da seqüência "exigências da coletividade", seguindo ainda o modelo de Halliday. Coletividade funciona como agente de exigir ("exigências da coletividade = coletividade exige"). Têm-se aí dois dos elementos da transitividade proposta por Halliday. O terceiro elemento necessário nesse esquema é o alvo do processo "exigir" – que nesse caso preciso é a "submissão da plataforma". A estrutura transitiva desse trecho seria:

Agente: "a coletividade"
Processo: "exigir"
Alvo: "a submissão da plataforma"

É, no entanto, necessária uma análise dessa última seqüência recuperando sua forma verbal (que, aliás, está explicitada no texto): "submissão da plataforma = plataforma se submete". A forma medial "se submete" assinala as funções de alvo e agente que são atribuídas à plataforma. Entendendo o processo de submeter como exigindo um beneficiário, vê-se que esse beneficiário é a própria coletividade (veja Halliday, o problema da função inerente). A análise mais satisfatória desse enunciado seria seu desdobramento:

Processo 1: exigir
Agente 1: a coletividade
Alvo 1: a plataforma se submete
Processo 2: submeter
Agente 2: a plataforma
Alvo 2: a plataforma
Beneficiário: a coletividade

Esse esquema tem um sentido aproximado de "a coletividade exige a submissão da plataforma à coletividade". No entanto, acontece que do ponto de vista do locutor a Plataforma da Aliança constitui a forma mais perfeita de poder político. É a partir dela, por exemplo, que ele vai criticar seus adversários. Assim, através dessa equivalência que é feita pelo locutor entre Plataforma e Poder Político Ideal (o termo ideal é totalmente provisório), pode-se pensar em substituir as ocorrências em que aparece Plataforma da Aliança Liberal pela expressão Poder Político Ideal. Vê-se, assim, que o sentido fundamental dessa noção sobre o poder político poderá ser: "A coletividade exige a submissão do poder político a ela mesma." Este enunciado poderá ainda ser reestruturado da seguinte forma: pela redução de "a coletividade exige" à modalidade "dever"; pela tematização de "poder político"; pela explicitação do fato de que "submeter" tem, como beneficiário, a coletividade. Ter-se-ia, dessa forma, "Deve o poder político beneficiar a coletividade" como sentido fundamental subjacente ao segmento analisado.

Esse sentido fundamental parece estar subjacente ao trecho 2, no qual o locutor declara sua intenção à renúncia desde que "fossem adotadas medidas que satisfizessem as legítimas aspirações coletivas, como aceitação dos princípios propugnados pela Aliança Liberal e execução de providências que correspondessem aos desejos generalizados do povo brasileiro".

Parafraseando, o locutor vê-se desobrigado de sua função política desde que seja respeitado aquilo que caracteriza o poder político: satisfação de legítimas aspirações coletivas, execução de providências que correspondessem aos desejos generalizados do povo brasileiro (princípios propostos pela Aliança). Vale a pena observar, numa análise detalhada, como esses enunciados revelam um sentido similar ao anterior: tomemos para tanto aqueles núcleos fundamentais mais estreitamente ligados à noção de poder político:

a) "uma vez adotadas medidas que satisfizessem as legítimas aspirações coletivas",
b) "aceitação dos princípios propugnados pela Aliança Liberal",
c) "execução de providências que correspondessem aos desejos generalizados do povo brasileiro".

No caso de (a) tem-se : "medidas" como agente e tem-se "legítimas aspirações coletivas" como beneficiário diretamente ligado ao sentido de "satisfazer" (o verbo satisfazer, em várias ocorrências do português, funciona como verbo parcialmente transitivo como é o caso do próprio verbo beneficiar, à medida que a ele não se liga um alvo, mas basicamente um interessado no resultado dessa ação). No caso, o locutor coloca como uma das condições para sua renúncia a adoção de medidas que "satisfaçam às aspirações da coletividade", e que, parafraseando, beneficiariam a coletividade. Em (c), parece que o locutor simplesmente precisa o sentido daquilo que entende por "aspirações coletivas" (povo brasileiro) à medida que o enunciado é todo parafrásico em relação a (a): "providências" que correspondessem aos "desejos generalizados do povo brasileiro" parecem repetir não só sinonimicamente o enunciado (a) (medidas, providências / satisfazer, corresponder / aspirações da coletividade, desejos do povo brasileiro), mas também o próprio esquema transitivo:

Agente: "providências",
Processo: "corresponder",
Beneficiário: "desejos do povo brasileiro".

O enunciado (b) tem uma estrutura muito mais complexa do que os dois precedentes: é distribucionalmente equivalente a (a) e (c), pois constitui também uma das condições de renúncia do locutor; tem um significado específico bastante curioso: o termo "aceitação" conduz à mesma pergunta feita aos termos "adotadas" (a) e "execução" (c). Todos os três termos pressupõem necessariamente um agente que aí se acha oculto e que, contextualmente, se pode concluir seja "o poder político vigente". Ao contrário dos enunciados anteriores (a) e (c), este enunciado não tem nenhuma forma explícita que designe um beneficiário coletivo nem contém uma forma verbal que exija um beneficiário. O processo "aceitar" é complementado por "princípios propugnados pela Aliança Liberal"; em sua descrição semântica, esse verbo implica praticamente uma não-ação por parte do seu agente e um sentido ativo da parte de seu alvo, isto é, o verbo aí tem, de certa forma, uma estrutura inversa à da transitividade, à medida que é o alvo que acaba determinando o sentido da ação. Os "princípios propugnados pela Aliança Liberal" é que efetivamente dão o sentido da ação de aceitar. Em última instância, o elemento determinante acaba sendo a Aliança, cujos princípios devem ser aceitos pelo "poder político vigente". O que pode ser traduzido como: "o poder político vigente aceita os princípios propugnados pela Aliança Liberal" ou "a Aliança Liberal determina os princípios a serem aceitos pelo poder político vigente". Observado o fato de que no discurso anterior o locutor situa a Aliança Liberal como poder político "ideal", o enunciado pode ser considerado como equivalente ao enunciado: "O poder político 'ideal' determina os princípios a serem aceitos pelo poder político vigente." Como se viu, anteriormente, "esse poder político 'ideal'" definia-se como beneficiando a coletividade, e esse enunciado ratifica os enunciados (a) e (c) e salienta a importância determinadora do termo Aliança Liberal.

O enunciado 4 (lembre-se de que se trata de um discurso em que o locutor se investe do poder máximo no governo provisório) funda-se praticamente no mecanismo do "dado" e do "novo" proposto por Halliday[13] e que coincide, em princípio, com o mecanismo proposto por Ducrot entre "posto" e "pressuposto"; por uma questão de coerência de linha da análise, adotar-se-ão os termos de Halliday. Salientam-se aqui três segmentos fundamentais:

a) "Para não desfraudarmos a expectativa alentadora do povo brasileiro",
b) "para que este continue a nos dar seu apoio e colaboração",
c) "devemos estar à altura da missão que nos foi por ele confiada".

Convém iniciar as considerações pelo enunciado (b), em que o novo é a continuidade do apoio e da colaboração do povo brasileiro às forças representadas pelo locutor. O dado é o apoio já fornecido. Transitivamente, o agente aí é o "povo", o alvo é "apoio e colaboração" e o processo é "dar". O segmento define-se como uma finalidade, que reitera a finalidade que caracteriza o enunciado (a), em que o dado é a "expectativa do povo" e o novo, a assun-

13. Halliday, *op. cit.*

ção do atendimento dessa expectativa. Em termos da transitividade, o locutor, incluído na primeira pessoa do plural, nesse momento em que assume um poder, que ele declara ser atribuído pelo povo no segmento seguinte ("missão que nos foi por ele confiada"), coloca-se como finalidade (revertendo a frase ao seu equivalente afirmativo) – ser agente de um processo que atenda à expectativa do povo. Isto é, de um processo que tenha como beneficiário a coletividade. Assumindo o poder que em (c) declara ser atribuído ao povo, o locutor modaliza, pelo verbo *dever*, o processo em que se engaja (estar à altura de). Em outros termos, o enunciado (c), onde o locutor reitera o caráter coletivo da missão que assume, situa no plano da obrigatoriedade o atendimento a essa missão ("devemos estar à altura"). O trecho em questão reafirma, por um lado, o caráter determinante da coletividade na configuração do poder político e, por outro, afirma a obrigatoriedade do poder político de atender aos interesses dessa mesma coletividade, obrigatoriedade com a qual o locutor concorda. O ato de assumir esse poder explicitado no enunciado 5 confirma essas considerações, não só à medida que o locutor se declara "delegado" da Revolução – representante, portanto, de um movimento de renovação que no discurso todo é caracterizado como popular, mas também à medida que assume o poder "em nome do" (portanto, respondendo por) Exército, da Marinha e do povo brasileiro. Aqui cabe salientar que o fato de destacar o Exército e a Marinha, de certa forma isolando-os do quadro geral "povo brasileiro", justifica-se no próprio texto, à medida que o locutor insiste na importância das armas para a solução do estado de coisas do País, e no próprio contexto dos discursos (o discurso seguinte é dirigido às Forças Armadas), onde o locutor insiste em exaltar o papel dessas forças, tanto nos momentos que precederam à Revolução, quanto nos momentos decisivos de sua implantação.

O conjunto dos enunciados considerados fornece-nos assim um sentido básico fundamental, e recorrente nos três discursos, que pode ser sintetizado na seguinte fórmula: "Deve o Poder Político beneficiar a coletividade."

3.2. O segundo componente do ato de Envolvimento é a imagem que o locutor tem sobre o referente e aquela que ele pressupõe que o ouvinte possa ter sobre esse mesmo referente. Conforme se assinalou anteriormente, o locutor, para ter justificado seu discurso, assume ou a ignorância do ouvinte ou a possibilidade de o ouvinte ser vulnerável a outra imagem que não a sua. Em outras palavras, o discurso acha-se justificado pelo pressuposto de uma diferença entre sua imagem e outra, que, conforme se assinalou, no caso dos discursos analisados, não é jamais atribuída ao ouvinte propriamente dito, mas ao adversário. Nos três discursos analisados, apresenta-se essa imagem através de alguns enunciados em que normalmente o referente, nos três casos a *situação* ou a *realidade do País*, se acha modificado por uma qualificação que indica a imagem do locutor (e este processo de qualificação justifica-se pelo pressuposto de uma qualificação oposta pelo adversário). Para uma amostragem simplificada dessas considerações selecionaram-se os seguintes enunciados:

1. (situação do País) "regime de insinceridade"
2. "a realidade brasileira se reduz ... a censuráveis privilégios e monopólios"
3. (situação brasileira) "regime de ficção democrática"
4. (situação brasileira, regime de) "dominação das oligarquias".

Pode-se observar nesses enunciados que seu processo não tem uma estrutura transitiva, mas uma estrutura do tipo equacional relacional, cujo segundo termo está precedido de um termo de valor negativo (*in*-sinceridade, *ficção*-democrática) ou, então, onde se configura um sentido negativo em relação ao sentido fundamental definido em outros enunciados do discurso, onde o poder político deve beneficiar a coletividade: "privilégios e monopólios" e "dominação das oligarquias" revelam que a situação, descrita pelo ângulo do locutor, contraria o próprio dever característico do poder político. Isto quer dizer que a situação está descrita pelo locutor como oposta àquilo que considera que o ouvinte possa julgar que seja o poder político. O sentido fundamental dos enunciados acima pode, portanto, ser resumido como sendo "o poder político (atual), não beneficia à coletividade, pois ele é:

e beneficia:
    insincero;
    não-democrático;
    monopólios; e
    oligarquias".

É possível estabelecer para (2) e (4) uma interpretação complementar baseada no modelo transitivo, e isso só não é feito aqui para não se redundar excessivamente na análise: basta indicar a natureza transitiva de "privilégio" e "dominação" e a equivalência funcional de privilégio em relação ao monopólio, para salientar o fato de que esses termos caracterizam o poder político de forma contrária àquilo que foi definido como "ideal" de poder político. A partir desses enunciados pode-se deduzir que o beneficiário da situação não é a coletividade e que o poder político atual não realiza a forma ideal de poder político, isto é, os princípios da Plataforma da Aliança Liberal.

É importante observar que esta situação se apresenta evidente e explícita nos três discursos, mas enquanto ela constitui uma evidência dominante, no primeiro e no segundo, apresenta-se como uma evidência dominada no terceiro (quando o poder político passa para as mãos do locutor).

Pelo ato de envolvimento, o locutor, ao mesmo tempo que verbaliza a imagem que o ouvinte deve fazer da função política, situando-a num nível ideal, assume essa imagem e coloca-a em confronto com a sua imagem sobre o referente. Desse confronto nasce a condição fundamental para o ato seguinte, o do Engajamento, que constitui a alternativa fornecida ao ouvinte para a solução do impasse que eventualmente lhe criou durante o Envolvimento, ou para sua adesão à situação que se descreve nesse mesmo Envolvimento.

4. Esse ato de engajamento constitui o ato último, que explicita a própria finalidade do discurso. No caso dos discursos epidíticos, onde não há uma finalidade prática, esse ato também parece existir à medida que o envolvimento visa, de certa forma, a uma adesão a um ponto de vista. Embora não faça parte dos discursos selecionados, tem-se um bom exemplo disso no discurso "Pela Prosperidade do Brasil", pronunciado no dia 7 de setembro de 1935[14]. Nele o locutor faz um elogio à Nação, rejeita as críticas dos adversários, e praticamente tece toda a sua palavra em torno das noções confusas a que nos referimos anteriormente, concluindo com a conclamação dos brasileiros para uma confiança nos destinos da Pátria. Essas constatações, que podem ser generalizadas para os demais discursos desse tipo, parecem confirmar a afirmação de Perelman de que o gênero epidítico de certa forma subjaz aos demais tipos de discursos públicos[15], na medida em que os elementos que o constituem – fundamentalmente o conjunto pouco definido de significações vagas – aparecem condicionando os demais discursos. No caso dos três discursos em consideração, o engajamento concerne à convocação do ouvinte a três atos distintos: no primeiro, ao voto; no segundo, à rebelião; no terceiro, à reconstrução da Nação:

> (1) ("Não desejei a indicação de meu nome à Presidência da República. Nenhum gesto fiz, nenhuma palavra pronunciei nesse sentido. Minha candidatura surgiu espontaneamente apresentada por várias correntes de opinião...")
> ("A esse apelo submeti-me, não sem relutância, como a um imperativo cívico do instante histórico brasileiro...")
> ("Trata-se, pois, de uma candidatura popular...")
> ("Ao povo cabe decidir, na sua incontestável soberania.")
> "Todos os brasileiros têm não apenas o direito, mas também o dever de se pronunciar por esta ou aquela candidatura no terreno eleitoral, exigindo que o seu voto seja integralmente respeitado."[16]
> (2) ("Estamos ante uma contra-revolução para readquirir a liberdade, para restaurar a pureza do regime republicano, para a reconstrução nacional.")

14. G. Vargas, N.P.B., IV, p. 123.
15. Perelman, Traité de l'Argumentation, pp. 68-72.
16. G. Vargas, N.P.B., I, p. 54.

("Trata-se de um movimento generalizado do povo fraternizando com a tropa, desde o Norte valoroso e esquecido dos governos até o extremo Sul.")

("Não foi em vão que nosso Estado realizou o milagre da união sagrada.")
"É preciso que cada um de seus filhos seja um soldado da grande causa. Rio Grande, de pé, pelo Brasil! Não poderás falhar ao teu destino heróico."[17]
(3) ("Devemos estar à altura da missão que nos foi por ele (povo) confiada.")
("Ela é de iniludível responsabilidade.")
("Tenhamos coragem de levá-la a seu termo definitivo, sem violências desnecessárias mas sem contemplação de qualquer espécie.")
"O trabalho de reconstrução, que nos espera, não admite contemporizadores. Implica o reajustamento social e econômico de todos os rumos até aqui seguidos."

"Mas para que tal aconteça, para que tudo isso se realize, torna-se indispensável, antes de mais nada, trabalhar com fé, ânimo decidido e dedicação."[18]

No primeiro discurso, a convocação configura-se como neutra, isto é, independente de qualquer interesse político partidário. O ato de votar é indicado como um dever cívico, como uma ocasião em que o ouvinte faz valer sua própria vontade. O enunciado todo tem como agente "todos os brasileiros", como processo "pronunciar" e como alvo "esta ou aquela candidatura"; esse ato é modalizado (embora com manifestações léxicas bastante especiais) por *poder* (ter o direito) e *dever*, ao mesmo tempo em que é coordenado a outro enunciado: "exigindo que o seu voto seja integralmente respeitado". A neutralidade de interesse que se revela nesse trecho relativiza-se à medida que se considera que todo o discurso (e os trechos indicados entre parênteses o confirmam), de um lado,

17. Idem, p. 63.
18. Idem, p. 71.

critica a situação vigente e, de outro, aponta como alternativa um governo fundado em princípios que o locutor assume. No entanto, se, do ponto de vista interno ao texto, essa convocação, na forma em que está explicitada, se apresenta de certo modo contraditória à própria direção que tem o discurso (levar o ouvinte a votar no locutor), ela se justifica do ponto de vista da situação específica do discurso: trata-se de um momento de escolha, no qual o princípio do sufrágio universal deve ser considerado. O ouvinte deve ser alertado para suas obrigações cívicas em nome da própria nacionalidade. O locutor atende, com essa convocação, a uma necessidade do momento, em que, coerente com a própria idéia vigente do liberalismo, se deve respeitar o direito de opção do próprio ouvinte. O momento é de legalidade e o locutor deve respeitá-lo.

No segundo discurso, o ato de engajamento para o qual o ouvinte é convocado é o da participação no movimento que o locutor chama de contra-revolução. O apelo é feito com base na modalidade do necessário ("é preciso"), e o esquema frasal inicial é o relacional/equacional, fundado no verbo ser, que relaciona o primeiro termo (seus filhos), a quem se dirige o locutor, a um segundo termo qualificador ("um soldado da grande causa"). O segundo apelo, que reitera o primeiro, tem um valor enfático: a modalidade do necessário é substituída pelo imperativo ("Rio Grande, de Pé, pelo Brasil"), ao mesmo tempo que um processo situado no futuro, com função imperativa, nega a possibilidade de uma omissão do ato por parte do ouvinte ("não poderás falhar"), determinado por uma entidade pouco definida ("teu destino heróico"). O imperativo dessa convocação parece justificar-se assim pela atribuição de uma destinação histórica à qual o ouvinte, metonimicamente definido por (Rio Grande), não pode fugir. Ao contrário do que se passa no primeiro discurso, neste, o locutor faz o apelo a um ato de compromisso partidário, que disfarça sob uma capa de desinteresse e que se caracteriza como atendendo às necessidades mais amplas do país ("para restaurar a pureza do regime republicano, para a reconstrução nacional"). A neutralidade a que se força o locutor no primeiro discurso, no momento de convocação para a ação do voto, transforma-se numa neutralidade não mais em nome da legalidade, mas em nome das finalidades "patrióticas" da revolução.

No terceiro discurso, o locutor, ao mesmo tempo que tece um quadro negativo da situação até então vigente, afirma os propósitos renovadores do movimento vitorioso e as necessidades de uma ação que vise ao saneamento da situação. A palavra que sintetiza essa ação é: "reconstrução", pois a situação até então vigente se caracteriza como sendo a destruição da própria nação. A convocação para a ação é feita aqui de modo indireto: o locutor inclui-se entre os convocados, isto é, fala de uma tarefa que ele mesmo assume para si também ("o trabalho que nos espera não admite medidas contemporizadoras"). O trecho onde a convocação parece mais explícita (o último citado) também é especificado pela modalidade do necessário ("torna-se indispensável") e tem um agente indeterminado que, visto dentro do contexto, pode ser considerado como um agente genérico, no qual se inclui o próprio locutor que é agente de um processo intimamente ligado, por sua própria significação, ao ato da convocação (reconstrução) expresso pelo verbo trabalhar, intensificado pelos modificadores "com fé, ânimo decidido e dedicação".

5. Nos dois primeiros discursos (onde há uma coincidência de situação descrita) é possível pensar o encadeamento dos três atos da seguinte forma:

(1) (se) a coletividade decide;
(2) a. (se) o poder político deve beneficiar a coletividade;
    b. (se) o poder político atual não beneficia a coletividade;
(3) (então) a coletividade deve agir (pelo voto) – 1º discurso;
    (pela rebelião) – 2º discurso.

No terceiro discurso, com a alteração da situação, temos:

(1) (se) a coletividade decide;
(2) a. (se) o poder político deve beneficiar a coletividade;
    b. (se) o poder político anterior não beneficiou a coletividade;
    c. (se) o poder político atual beneficia a coletividade;
(3) (então) a coletividade deve agir (pela reconstrução da Nação).

6. As considerações feitas em torno desses três atos e sua manifestação nos três discursos acima permitem algumas generalizações, restritas evidentemente ao conjunto dos discursos estudados. Os discursos de tensão posteriores à tomada do poder, bem como os discursos de prestação de contas têm um esquema bastante similar ao do terceiro discurso. E o fato justifica-se: respondendo pelo Governo Provisório, o locutor responde por um poder instituído e dominante, e todo seu discurso constitui uma tentativa de levar o ouvinte à aceitação deste poder como aquele que corresponde à imagem ideal de poder político. A diferença entre os discursos de tensão pronunciados nos momentos de evidência de outro tipo de poder e os discursos de prestações de contas não parece situar-se, portanto, no nível do esquema fundamental da argumentação, mas da direção do próprio discurso, pois os primeiros orientam-se em direção à refutação da posição do adversário e os últimos orientam-se em direção à posição do próprio locutor. Assim, o exame do discurso da Revolução Paulista[19] permite observar que nele ocorrem os três atos na mesma relação acima explicitada: a categoria da promoção do ouvinte acha-se explicitada num enunciado no futuro, onde se atribui ao ouvinte (o povo brasileiro) o direito ao pronunciamento sobre a situação. É ele quem decidirá e quem julgará ("O povo brasileiro não tardará em proferir o seu pronunciamento soberano sobre os atos e sobre a obra da Revolução. Nas urnas de maio vindouro, os seus representantes, legitimamente eleitos, poderão dizer se os revolucionários agiram ou não inspirados no supremo bem da Pátria. Antecipar esse pronunciamento pela força nunca será o melhor meio de garanti-lo. Violentam, insultam e abastardam a opinião soberana do País aqueles que, sobrepondo-se ao seu definitivo *veredictum*, ousam arrogar-se o direito de falar por ela, quando falam, apenas pela voz de suas paixões.")[20] O locutor caracteriza o ouvinte como soberano, isto é, como determinador, como elemento de decisão, e caracteriza o processo eleitoral como lugar dessa decisão, ao mesmo tempo

---

19. G. Vargas, N.P.B., II, p. 73.
20. Idem, p. 75.

que caracteriza qualquer movimento contrário às eleições como contrário à própria vontade popular. O segundo ato tem nitidamente dois momentos: o primeiro, o da caracterização da noção de dever político de qualquer poder político (isto é, o de beneficiar a nação), que não aparece na forma mais explícita, mas numa forma indireta:

"Se ao movimento sedicioso, agora ateado no grande Estado, se pretende emprestar, como querem fazer crer os seus promotores, o objetivo de levar a Nação à normalidade institucional, nada há que o justifique... (foi promulgada a lei eleitoral; marcou-se a data em que devem efetuar-se as eleições...)."[21]

O benefício à Nação, à coletividade do País, acha-se aqui situado no ponto preciso da normalidade institucional. Trata-se de um ponto reivindicado pelos adversários cuja validade não é contestada. O que se contesta é a posição do adversário, mas não o princípio, porque este o locutor declara estar cumprido. O locutor aceita, assim, como nos demais discursos, essa noção a respeito das obrigações do poder político. Só não aceita as críticas que lhe são dirigidas, refutando-as com a citação de fatos que mostram sua decisão em cumprir essa *função*. É justamente no segundo momento deste ato que ele o faz: descreve o referente, no caso, medidas que indicam a disposição do governo sobre as eleições de maneira tal que sua exposição deixa claro que a imagem sobre o referente feita pelo adversário não se justifica; ao mesmo tempo, deixa claro também que o Poder que representa não só tem propósitos de atendimento às exigências de normalidade, como também já praticou atos nesse sentido (essa passagem foi citada entre parênteses acima). O referente, portanto, é considerado positivamente pelo locutor, que através disso refuta a crítica adversária. O terceiro ato, o do engajamento, constitui a convocação da adesão do ouvinte à causa da Revolução que o locutor assume:

21. Idem, p. 73.

"Sem outra ambição que a de servir ao Brasil, não furtando a quaisquer sacrifícios, tranqüilo em face das injustiças, apelo para os meus concidadãos e aguardo o julgamento da minha conduta passada e futura até ao momento, pelo qual anseio de transmitir, ao eleito dos seus sufrágios, os nobres mas pesadíssimos poderes de que me investiu a Revolução."[22]

O trecho não é explícito. O verbo "apelar" não vem aí empregado na sua forma normal, isto é, com a explicitação das finalidades do apelo, mas é possível entender, tendo em vista o segmento seguinte, iniciado por "aguardo", que apelo é feito no sentido da adesão às medidas tomadas pelo Governo em conseqüência das quais o ouvinte terá oportunidade de julgar a conduta passada e futura do locutor.

Outro discurso de tensão ("O Levante Comunista de 27 de Novembro de 1935")[23] revela uma curiosa manipulação dessa mesma organização argumentativa. A discussão que aí tem lugar situa-se em dois terrenos distintos: o primeiro, de natureza doutrinária, e o segundo, de natureza pragmática. O locutor pretende, com esse discurso, que o ouvinte assuma sua mesma perspectiva política. Mas desta vez, ao contrário do que ocorre com o discurso considerado anteriormente, a perspectiva combatida não se precisa num só ponto de discussão, mas coloca em questão o próprio regime. O locutor, aqui, assume não apenas a defesa de um tipo de governo, mas também a de um regime do qual é um dos defensores. A resposta, portanto, não pode ser dada num só plano. O primeiro ato, o da promoção do ouvinte, acha-se aqui um tanto diluído numa forma que assinala o poder de decisão da coletividade, dentro de uma seqüência narrativa. Explica-se o fato: o discurso foi pronunciado um mês após o levante, e a simples narração dos fatos permite ao locutor a realização desse ato sob uma forma verbal distinta daquelas indicadas anteriormente:

"Felizmente, a Nação sentiu esse perigo e reagiu com todas as suas reservas de energias sãs e construtoras.

22. Idem, p. 76.
23. G. Vargas, N.P.B., IV, p. 139.

> A quase unanimidade das forças políticas do país, integradas todas na opinião pública, mobilizou-se a fim de fortalecer o Governo na adoção das medidas necessárias para agir dentro da lei e dar maior eficiência às suas decisões repressivas."[24]

Essa capacidade de decisão atribuída à coletividade funciona nesse discurso não apenas, como nos demais, como um ponto de partida para os outros atos da argumentação, mas também como uma prova da representatividade do próprio Governo. A narrativa dos fatos, onde o locutor apresenta a Nação como contrária ao levante, demonstra seu poder de decisão e comprova a justeza do poder político vigente e, conseqüentemente, do próprio regime.

O segundo ato de envolvimento nesse discurso apresenta, no seu primeiro momento (o da definição de poder político), algumas significações a mais, que se justificam pelo caráter doutrinário do discurso:

> "O poder público, posto a serviço dos interesses vitais da nacionalidade, cuja estrutura se assenta sobre a família e o sentimento de religião e de pátria, poderá refletir essas preocupações, orientando-se no mesmo sentido e concorrendo, na esfera das suas atividades, para a grande obra de salvação nacional que o momento está a exigir e que deve ser iniciada sem tardança."[25]

Até o termo "nacionalidade", esse ato tem a mesma significação que lhe foi atribuída anteriormente: mas é fundamental, dentro do espírito doutrinário do discurso, colocarem-se também, ao lado do seu caráter pragmático (o atendimento dos interesses da nacionalidade), os parâmetros, digamos, morais, que devem reger o poder público: a *família*, a *religião* e a *pátria*. Nenhum dos três se acha definido no próprio discurso, mas todos operam como sustentáculos do tipo de poder político ideal, proposto pelo locutor. Embora somente explicitada no final do discurso, essa noção está latente desde o início e é em nome dela que se efetua e se justifica o segundo momento do ato de envolvimento, que se

---

24. Idem, p. 142.
25. Idem, p. 145.

situa, em primeiro lugar, num âmbito doutrinário, na discussão puramente teórica do comunismo, onde se pode observar a importância das noções, sobretudo de religião e família, para a concepção política do locutor:

"Alicerçado no conceito materialista da vida, o comunismo constitui o inimigo mais perigoso da civilização cristã. À luz da nossa formação espiritual, só podemos concebê-lo como aniquilamento absoluto de todas as conquistas da cultura ocidental, sob o império dos baixos apetites e das ínfimas paixões da humanidade – espécie de regresso ao primitivismo, às formas elementares da organização, caracterizadas pelo predomínio do instinto gregário e cujos exemplos típicos são as antigas tribos do interior da Ásia."[26]

E onde o comunismo é apontado como incompatibilizável com as significações fundamentais para o locutor: cultura, progresso, ordem, nacionalismo:

"Em flagrante oposição e inadaptável ao grau de cultura e ao progresso material do nosso tempo, o comunismo está condenado a manter-se em atitude de permanente violência, falha de qualquer sentido construtor e orgânico, isto é, subversiva e demolidora..."[27]

"A dissimulação, a mentira, a felonia constituem as suas armas, chegando, não raro, à audácia e ao cinismo de se proclamarem nacionalistas e de receberem o dinheiro da traição para entregar a Pátria ao domínio estrangeiro."[28]

Dentro desse mesmo momento, em segundo lugar, a discussão situa-se no terreno prático, no qual, ao mesmo tempo que nega a validade das medidas tomadas pelo regime comunista:

"Também eles se diziam protetores do proletariado e suprimiram a sua liberdade, instituindo o trabalho escravo; prometiam

26. Idem, p. 139.
27. Idem, p. 140.
28. Idem, p. 140.

a terra, e despojaram os camponeses das suas lavouras, forçando-os a trabalhar por conta do Estado, sob o jugo de uma ditadura feroz, reduzidos ainda à maior miséria."[29]

Relativiza sua crítica, apontando a efetivação de medidas por parte do Goveno que injustificam a crítica e as propostas dos adversários:

> "O programa apregoado pelos sectários do comunismo no Brasil, ignorantes do que vai pelo País e vazios de idéias válidas, incluía, como aspiração do proletariado nacional, reformas já executadas e em pleno vigor. O nosso operário nada teria a lucrar com o regime soviético."[30]

A imagem sobre o referente (o comunismo de um lado e a realidade social do país de outro) é elaborada, portanto, de forma que conduza o ouvinte à não-aceitação da doutrina adversária tanto do ponto de vista de seus princípios (que ferem os valores fundamentais indicados) como do ponto de vista da própria realidade nacional, à medida que o locutor declara a execução de medidas que suprem as deficiências apontadas pelo adversário.

O último ato efetua-se na convocação do ouvinte para a assunção de uma posição que se contraponha às idéias adversárias:

> "As seduções do comunismo, como doutrina e falso remédio para curar males políticos, serão mínimas ou deixarão de existir no dia em que pudermos opor-lhes a resistência de convicções próprias, seguras e claramente conformadas, com projeções definidas no campo social e econômico e, mesmo, no das artes e da filosofia."[31]

de forma que elimine seu perigo moral ("resistência de convicções próprias") e seu perigo no terreno prático ("com projeções no campo social e econômico"). Como nos demais discursos, o ato aqui se manifesta através de alguns processos modalizados por

---

29. Idem, p. 141.
30. Idem, p. 143.
31. Idem, p. 145.

dever ou necessidade: ("torna-se indispensável também fazer obra preventiva e de saneamento, desintoxicando o ambiente...")[32] ou: "Mas para chegar lá, precisa (o homem brasileiro), a par da educação, de assistência e de trabalho, uma diretriz moral que o eleve sobre as preocupações exclusivamente materiais da vida."[33]

Nos discursos de prestações de contas, essa organização repete-se sem maiores alterações. A observação a ser feita aqui concerne sobretudo ao segundo momento do ato de envolvimento que se refere à imagem sobre o referente; como discursos que visam garantir para o ouvinte a validade do Governo vigente, a lista de realizações tem a função básica de comprovação de que o Governo atende aos interesses da coletividade. Isto é, em termos da Retórica de Perelman, constituem, em seu conjunto, a prova realística da excelência do próprio Governo. Numa citação feita anteriormente, viu-se que o locutor assinala de modo explícito a importância não só da argumentação, mas também da exposição dos fatos. A questão que se coloca e cuja resposta demandaria uma pesquisa histórica em profundidade, em documentos de outros locutores, está em saber até que ponto estes fatos estão relatados realisticamente. Neste trabalho, simplesmente, aponta-se para o fato de que todos os relatos estão sendo apreciados, positivamente, como o testemunho da correção do Governo. Para não nos estendermos demasiadamente na questão, citamos aqui algumas passagens, de alguns discursos, onde essa apreciação se apresenta clara:

"Com a maior sinceridade, delineei aos vossos olhos o quadro sucinto da situação do País.
Por ele ajuizareis o intenso esforço do Governo Provisório."[34]
"Desta exposição vereis... a obra de conjunto realizada pelo Governo Provisório nestes três anos de reajustamento da vida nacional. Avulta o seu valor, se recordarmos que ela se executou em período de forte convulsão política."[35]

32. Idem, p. 144.
33. Idem, p. 145.
34. G. Vargas, N.P.B., I, p. 251.
35. G. Vargas, N.P.B., III, p. 156.

"Apresentando à Nação a simples nomenclatura das Leis orgânicas por ele promulgadas, o Governo Provisório pode sem orgulho proclamar que cumpriu o seu dever..."[36]

Um lugar particular cabe ao discurso pronunciado no dia 1º. de janeiro de 1937 ("A situação do Brasil de 31 de dezembro de 1936")[37], onde o locutor faz um apanhado geral e menos técnico das realizações em 1936, novamente, como prova da excelência do Governo Provisório na busca de um estado de tranqüilidade, já caracterizando, ao mesmo tempo, a existência desse momento, o que lhe permitiria sua projeção futura. O Governo atende à plenitude das exigências de suas funções e, com isso, o País chega a um estado de tranqüilidade suficiente para propor o engajamento do ouvinte numa ação nova, que definiria um novo governo: as eleições.

"O ano que vai entrar, acredita-se, terá parte das energias nacionais desviadas para o debate em torno da campanha presidencial e escolha do brasileiro que a vontade expressa do povo indique para a suprema direção do País."[38]

O engajamento, explícito ou implícito, dos demais discursos de prestações de contas, no sentido da reconstrução nacional, é aqui substituído por uma formulação vaga. O discurso parece ter sob esse aspecto uma função mais epidítica, com o locutor voltado mais para si mesmo e para sua ação do que para uma ação concreta:

"Nestas palavras quero traduzir, de coração, a serena confiança que me dá o sentido do dever cumprido e o desejo ardente de reavivar, também, no vosso espírito, com a chama dos sagrados entusiasmos, a força da fé nos destinos da Pátria, cada vez mais digna do nosso amor, cada vez mais nobre, mais bela e feliz."[39]

36. Idem, p. 200.
37. G. Vargas, N.P.B., IV, p. 209.
38. Idem, pp. 215-6.
39. Idem, p. 217.

A única ação concreta parece ser, portanto, a ação do voto, cuja promessa o locutor assume, enquanto abertura para nova etapa na história do País e enquanto encerramento de uma tarefa que esse e os demais discursos de prestações de contas insistem em afirmar como cumpridas ou em cumprimento. No entanto, nesse mesmo discurso é possível perceber que o direito ao voto, às eleições, obtido pelo transcurso da própria história do Governo Provisório, circunscreve-se dentro dos limites que esse mesmo governo delimita:

"De minha parte, farei quanto for possível para que o pronunciamento da opinião nacional ocorra dentro dos marcos da democracia ativa, em atmosfera livre e sadia, circunscrito ao debate pacífico dos comícios."[40]

"Dentro de uma linha de conduta inteiramente imparcial, permanecerei vigilante aos reclamos da ordem e às exigências do livre exercício dos direitos políticos, certo de contar, para isso, com a colaboração patriótica e disciplinada das Forças Armadas."[41]

O ouvinte é convocado, assim, para uma ação cujo âmbito está inscrito dentro dos limites traçados pelo Governo que o locutor representa. A diferença entre essa convocação e a convocação feita no primeiro discurso, do ponto de vista do locutor, reside basicamente nessa restrição prévia do âmbito da ação, isto é, no direito que ele assume de prever um limite para a ação do ouvinte, fornecendo, com isso, para si mesmo, por antecipação, o direito de intervir nesse mesmo ato. A alteração fundamental está, portanto, na interpretação da noção de liberdade que aqui é invocada ("atmosfera livre e sadia"), submetendo-a aos limites daquilo que chama "democracia ativa". A esse tipo de democracia dar-se-á um nome distinto, posteriormente[42]. À violação de seus limites responderá o golpe de 1937.

Essa organização argumentativa revela-se de modo similar, mas não idêntico, nos discursos teóricos examinados. As razões

---

40. Idem, p. 216.
41. Idem, p. 216.
42. É o que Azevedo Amaral chamará Estado Democrático-autoritário em 1938.

dessa similaridade podem ser atribuídas, em princípio, a um vínculo, mesmo que indireto, dos locutores de posição política determinada e, também, ao fato de que os discursos teóricos considerados – mesmo se arrogando imparcialidade e objetividade – fundam sua argumentação em apreciação sempre valorativa e sempre parcial dos fatos, ao mesmo tempo que se fundam sobre o mesmo domínio vago de significações, que caracterizam o discurso militante. As razões da não-identidade podem ser equacionadas em termos das condições que configuram o locutor como se dirigindo não à totalidade da coletividade, mas à parcela pensante dessa mesma comunidade. Assim, tanto nos discursos de Azevedo Amaral, quanto nos discursos de Oliveira Viana, o primeiro e o terceiro ato da argumentação distinguem-se no sentido que lhes é atribuído no discurso militante. Nesse último, o primeiro ato situa o ouvinte num lugar de decisão da própria situação política, configurando-o como imprescindível à ação proposta; ao mesmo tempo, o último ato configura-se como uma convocação para uma ação determinada, na grande maioria dos casos. No caso dos discursos teóricos, o ouvinte não é situado num plano de decisão prática da ação política, mas como ouvinte pensante, que Azevedo Amaral considera explicitamente como situado no topo da hierarquia da Nação, embora sem nenhuma função ativa no processo político. Nesses mesmos discursos pode-se afirmar que, em oposição aos discursos militantes, não existe um engajamento no sentido de se solicitar, da parte do ouvinte, uma atitude concreta, mas no sentido da adesão teórica (que efetivamente não elimina uma ação prática; apenas a elimina do âmbito de seu alcance). O ato em que há convergência bastante grande entre os dois tipos de discurso é precisamente aquele ato central, o do envolvimento do ouvinte. Em ambos os autores observa-se que o primeiro momento desse ato coincide com o primeiro momento do ato de envolvimento da argumentação dos discursos de Vargas: ambos caracterizam o poder político como respondendo necessariamente aos interesses da coletividade. Tomando como exemplos "O Estilo e o Regime" (A. Amaral)[43] e "Liberdade ou Nacionalidade?" (O. Viana)[44] tem-se:

---

43. Azevedo Amaral, *O Estado autoritário e a realidade nacional*, p. 139.
44. O. Viana, *Problemas de política objetiva*, p. 107.

"O Estado deve promover o bem público."[45]

"Esta subordinação dos interesses dos indivíduos, do grupo, do clã, do partido ou da seita ao interesse supremo da coletividade nacional – da Nacionalidade – exprime-se, para cada cidadão, na vida de todos os dias, pela capacidade de obediência e de disciplina, pelo culto do Estado e da sua autoridade."[46]

Enquanto Azevedo Amaral se contenta em tomar essa concepção de poder político como ponto de partida pacífico para a elaboração de sua argumentação, O. Viana encontra nessa mesma noção a razão fundamental para justificar sua argumentação. Azevedo Amaral, partindo da própria indefinição do que considera "promover o bem público", tenta, em seu discurso, a caracterização do Estado Novo como estado democrático e nacionalista[47], considerando-o distanciado tanto da concepção totalitarista quanto da concepção democrático-liberal.

No segundo momento do Envolvimento, o locutor coloca o ouvinte diante de três concepções distintas de Estado: o totalitarismo (onde inclui o fascismo e o comunismo), a democracia liberal e o Estado autoritário. Sua argumentação em favor do Estado autoritário faz-se a partir da crítica às demais concepções: no primeiro caso indica a impossibilidade de se atender ao interesse da coletividade, à medida que o Estado totalitário atende apenas ao interesse de uma só classe; ao mesmo tempo, sobrepõe ao indivíduo o próprio Estado, dificultando o exercício da liberdade; no segundo caso, indica a exacerbação do exercício da liberdade e a impossibilidade, com isso, de atendimento dos interesses da coletividade. A solução estaria, portanto, num tipo de Estado intermediário onde a restrição da liberdade e a afirmação da autoridade não atingissem os limites do totalitarismo. Para não permitir a acusação de que essa concepção de Estado se confunde com o fascismo, alega que a autoridade é inerente à democracia e que o corporativismo não é um privilégio do fascismo, invocando para tanto fatos da História. Esse mesmo ato de envol-

45. A. Amaral, op. cit., p. 155.
46. O. Viana, op. cit., p. 119.
47. A. Amaral, op. cit., p. 177.

vimento é bem mais incisivo no discurso de O. Viana: a partir de dois exemplos históricos concretos (os movimentos de autonomia do Acre e do Triângulo Mineiro), que interpreta como resultantes da dissolução dos laços de Nacionalidade e da corrosão dos interesses da coletividade, assinala a inviabilidade de uma política liberalista, sem os riscos da dissolução da própria unidade nacional. O locutor relativiza de maneira frontal a importância do conceito de liberdade, colocando acima dele os princípios de autoridade e disciplina e o culto do Estado, que são provas do espírito coletivista. Em ambos os autores, observa-se que o segundo momento se faz através do processo da apreciação valorativa das alternativas políticas, e essa apreciação resulta de critérios que, embora se assumam como objetivos, se fundam nas noções vagas de liberdade, autoridade, nacionalidade e civilização. É Oliveira Viana quem explicita esse mesmo recurso ao afirmar, num trecho já citado anteriormente: "Porque é preciso recordar, com Seeley, que a Liberdade e a Democracia não são os únicos bens do mundo; que há muitas causas dignas de serem defendidas em política, além da Liberdade – como sejam a Civilização e a Nacionalidade."[48]

Na verdade, Civilização e Nacionalidade não só são aí discutidas, mas também interpretadas segundo um princípio comum, também vago, que, segundo o autor, se contrapõe à liberdade e que, segundo Azevedo Amaral, é perfeitamente combinável com esta.

7. O procedimento de análise delineado nessa primeira parte do presente trabalho pode ser esquematizado através de uma organização por etapas:

Na primeira, a tarefa foi caracterizar as condições de produção, centradas basicamente sobre os seguintes objetivos:

– Delimitação das significações ou valores que condicionam os discursos analisados (no caso, dominantemente, tivemos: povo, coletividade, nação, nacionalidade, país; democracia, liberdade, civilização, progresso; família, religião, bem).

48. O. Viana, op. cit., p. 116.

– Delimitação da noção de poder político à qual o locutor responde em seus discursos, e que fica clara inclusive nos discursos teóricos (no caso, configura-se unicamente a concepção de que o poder político deve beneficiar a coletividade).
– Delimitação da intenção e da convenção assumidas conseqüentemente no ato que o locutor visa praticar sobre o ouvinte. Essa intenção serviu para mostrar que dois gêneros distintos obedecem a uma convenção decorrente da própria intenção assumida pelo locutor: o discurso político-militante e o discurso político-teórico.

A tarefa da segunda etapa foi a detecção de uma organização (a que chamamos argumentativa) que manifestasse a forma pela qual o locutor tenta a obtenção de resultados pragmáticos (discurso militante) ou intelectuais (discurso teórico). Essa organização fundada no ato ilocucionário de "argumentar" pareceu compreender três atos distintos:

– Ato de promover o ouvinte a um lugar de decisão na estrutura política (o ouvinte é a coletividade ou a parcela da coletividade que decide politicamente) ou a um lugar privilegiado na hierarquia social (o ouvinte pertence à camada pensante dessa hierarquia).

– Ato de envolver o ouvinte, no sentido de prepará-lo para a convocação que caracteriza o terceiro ato. Compreende, pelo menos, dois momentos fundamentais:

a) Consideração de que todo poder político deve atender às exigências da coletividade (sem que, com isso, se chegue a uma discussão do que se entende por coletividade e muito menos por exigências).

b) Consideração de que o poder político assumido pelo locutor atende à consideração anterior e de que as demais propostas políticas não o fazem. Consideração que se funda basicamente no quadro de noções vagas, definido na etapa das condições de produção e que tem, mesmo no discurso teórico, a função de fundamentar a apreciação do locutor sobre a validade das posições políticas aparentemente em discussão.

– Ato de engajar o ouvinte na posição política do locutor (discurso teórico) ou em ato concreto que contribua para a consecução prática dessa mesma posição (discurso militante).

Esse procedimento coloca em evidência o papel que tem o locutor nos processos de construção e manipulação do efeito de sentido que visa atingir no ouvinte e, nessa medida, evidencia e dá prioridade ao papel da subjetividade de um discurso em que, no fundo, o locutor não pretende falar por si mesmo, mas em nome da função e do papel exteriores à sua própria individualidade. A noção fundamental, portanto, desse procedimento é a noção de sujeito, entendida na sua relação com o processo específico de manipulação (no caso, manipular noções prévias ao próprio discurso, ou informações particulares, articulando-as no horizonte de seu interesse). A importância dessa noção deve ser precisada.

Saliente-se antes de mais nada que, tomando tal noção como fundamental, não se teve a pretensão de interpretá-la como definidora da totalidade de significações que os discursos estudados possam ter. Ao contrário, ela só pode dar conta de um aspecto desse discurso (sua organização argumentativa), onde, redundantemente, seu papel se efetua; em decorrência, permite assinalar, dentro da própria organização argumentativa, a forma pela qual o sujeito conduz o ouvinte à aceitação de sua proposta política, ou, precisando melhor, da proposta política que assume. Como se observa, o discurso aí é considerado, na sua individualidade, como manifestação de uma individualidade que é a do locutor. Enquanto ato de argumentar, o discurso é da responsabilidade desse sujeito e é nele que se afirma. E, segundo essa perspectiva, o sujeito é praticamente absoluto e configura-se praticamente solitário, não só no exercício da palavra como também no exercício da sua função. No entanto, se se observar que essa supervalorização do sujeito só se faz dentro de um quadro de condições de produção restrito, essa visão hipertrofiada do sujeito atenua-se, ou melhor, dilui-se. Aqui ele não agencia, mas, simplesmente, sujeita-se, de um lado, a um consenso de noções (a que se denominou vagas) e, de outro, a uma convenção que lhe é imposta pela assunção de uma finalidade intelectualizada ou de uma finalidade prática. Em outras palavras ele se submete não só às condições de produção que lhe fixam o quadro de referências, para seu discurso e para a posição política que assume, mas também às condições de produção que lhe fixam o modo discursivo, segundo os objetivos mais ou menos intelectivos ou mais ou menos pragmáticos que assume. Sob um prisma de interesse que se centra sobre o problema das condições gerais de produção, as quais fixam as significações que vão sancionar o discurso e a posição política, o interesse da noção de sujeito é puramente operatório e não guarda em si nenhuma reserva de ontologismo: é tomado na sua mera função de articulador, de usuário e de emissário dessas significações; e seu discurso é tomado como o lugar concreto dessa articulação. Nessa medida parece lícito aceitar essa operabilidade como modo de obtenção de uma lista dessas significações cuja organização, em termos de um conhecimento subjacente e prévio ao discurso, exige uma pesquisa muito mais ampla e pluralizada. Evidentemente, o presente trabalho, em relação aos resultados dessa pesquisa, não constitui senão uma etapa muito elementar, um primeiro e problemático passo no sentido de se chegar a uma formulação daquilo que constitui a instância mais profunda que se oculta nos discursos estudados. Essa investigação consistiria na constituição de um corpo de textos representativos do próprio saber político da época, não necessariamente restritos aos documentos de finalidade exclusivamente política, e no confronto das noções que subjazem a eles, de forma que se possa pensar não mais num quadro de noções, mas na formulação de uma posição política, cuja cristalização mais evidente e mais clara se acha nos discursos teóricos. Nessa pesquisa, e nesse interesse, repete-se, a noção de sujeito deixa de ser dominante e a individualidade cede lugar a um conhecimento difuso, ao mesmo tempo restritivo, da produção discursiva. Vista sob esse aspecto, a noção de sujeito não constitui senão uma etapa a ser superada necessariamente e nisso se está perfeitamente de acordo com as perspectivas mais recentes na análise da ideologia ou mesmo com a proposta de Foucault, onde o sujeito individualizado inexiste. Saliente-se, no entanto, que dificilmente se pode pensar em alcançar essa etapa se não se considerar o nível em que esse sujeito se afirma.

Além dessa importância, ao mesmo tempo afirmativa e negativa da noção de sujeito, do ponto de vista de sua operacionalidade, convém salientar aqui que "colocar em evidência seu papel" tem uma importância que transcende à sua própria função política e que se refere à sua função enquanto locutor, isto é, que se situa na base de qualquer outro tipo de discurso. Colocar em evidência seu papel em discurso que o dispensa como individualidade aponta para a existência, na constituição do discurso, de um mecanismo que desmascara qualquer pretensão em relação à neutralidade do texto. Coloca-se, portanto, a hipótese de que um discurso teórico da época aqui delimitada não se distingue de um discurso militante, no que diz respeito à sua submissão a um manuseio interessado do locutor. Generalizar essa hipótese para os discursos contemporâneos das ciências humanas é um risco, que não se assume. A tarefa aqui requer outra investigação, esta situada no âmbito da filosofia das ciências, pois só mesmo uma pesquisa centrada nos discursos científicos poderá decidir se, efetivamente, se realiza atualmente a ruptura almejada por O. Viana, Azevedo Amaral, entre tantos outros, entre a prática discursiva interessada e militante e a prática discursiva neutra e desinteressada.

PARTE II

Nota prévia. Esta parte está anunciada na primeira. A preocupação que regeu o procedimento de análise da organização argumentativa, bem como da montagem dos componentes das condições de produção, tem como fundamento um aparelho conceitual complexo, devido à sua procedência diversificada.

Aqui, pretende-se simplesmente estabelecer um esquema desse aparelho conceitual, através de uma leitura de suas principais fontes (a retórica e a lingüística de enunciação), apontando para a convergência de algumas das suas principais indagações.

Capítulo 4 **Retórica ou ação pela linguagem**

1. Preliminares

Na tentativa de propor uma análise da linguagem, vários estudiosos etiquetaram com o termo "retórico" uma das partes dessa linguagem. Por que essa etiqueta? Quais são as conseqüências que se poderia tirar dessa denominação?

Tomemos três exemplos de trabalhos lingüísticos para chegar a algumas conclusões a esse respeito.

O. Ducrot, no seu artigo "Presupposées et sous-entendus-L'Hipothèse d'une Sémantique Linguistique"[1], falando do que compreenderia por uma descrição semântica de uma língua, afirma que se trata de "un ensemble de connaissances qui permettent de prévoir, si un énoncé A de L a eté prononcé dans des circonstances X, le sens que cette occurrence de A a pris dans X"[2].

Afirmando que as dimensões dessa tarefa ultrapassam os limites de uma só ciência, propõe uma descrição semântico-"lingüística", a partir do desdobramento daquela tarefa. A descrição semântica teria, de um lado, uma descrição semântico-lingüística que atribuiria certa significação a um enunciado, independentemente de

1. In *Langue Française* 4.
2. Idem, p. 31.

todo contexto³ (é o componente lingüístico), e, de outro lado, um componente "retórico" que teria por tarefa, dadas a significação obtida no componente lingüístico e as circunstâncias X, prever a significação efetiva de A na situação X. Afirma ele: "L'hipothèse incorporée dans ce schéma est que les circonstances de l'élocution n'entrent en jeu que pour expliquer le sens réel d'une occurrence particulière, qu'après qu'une signification a eté atribuée, indénpendamment de tout contexte, à l'énoncé lui-meme⁴.

Do que se salientou acima, vê-se que Ducrot etiqueta como "retórico" o conjunto de fatores que individualiza o sentido, descrito fora do contexto pelo componente lingüístico. E as leis desse domínio, segundo Ducrot, poderiam ser autenticadas, por exemplo, "pela psicologia geral, pela lógica, pela crítica literária etc."⁵. Trata-se, portanto, de um domínio de natureza não-lingüística, no sentido de que seus elementos não têm um papel determinante na estruturação do sentido fundamental. A distinção entre os pressupostos e os subentendidos feita por O. Ducrot torna clara essa separação de terreno. A partir da análise de quatro enunciados, o autor mostra, através de algumas técnicas de natureza sintática, que o papel desempenhado pelos pressupostos justifica sua pertinência ao componente lingüístico, ao passo que o papel desempenhado pelos subentendidos justifica sua classificação dentro do componente retórico. Os subentendidos no artigo de O. Ducrot aparecem como pertinentes a esse sentido. A distinção entre

(1) "Jacques ne déteste pas le vin."
(2) "Jacques continue à fumer."
(1') "Jacques aime beaucoup le vin." (subentendido)
(2') "Jacques fumait auparavant." (pressuposto)

é que, no caso do subentendido, o locutor não assume a responsabilidade pelo que poderia ser superposto ao sentido literal dessas palavras, ao passo que, no caso do pressuposto, ele é uma parte do sentido cuja responsabilidade pertence ao locutor que não po-

3. Idem, p. 32.
4. Idem, pp. 32-3.
5. Idem, p. 32.

de livrar-se dele. Portanto, pode-se inferir que esse componente retórico abarca não somente fatores não-controláveis da fala, mas também fatores que não desempenham um papel nas regras sintáticas. Os subentendidos de um enunciado do tipo "Jacques ne déteste pas le vin" (podendo ir desde "Jacques gosta de vinho" até "Jacques é um beberrão") têm uma natureza que somente o contexto poderá justificar. É esse contexto que vai, desse modo, justificar a passagem da interpretação literal do primeiro subentendido ao julgamento moral do segundo. Da mesma forma, poder-se-ia atribuir a esse mesmo contexto o fato de o locutor não ter escolhido uma fórmula "mais direta" do tipo "Jacques aime beaucoup le vin" que, naturalmente, limitaria as possibilidades de subentendidos.

Numa outra perspectiva, M. Pêcheux (em *Analyse Automatique du Discours*) utiliza também o termo "retórico". Este serve-lhe para classificar algumas operações que se estabelecem entre os enunciados para a formação de um discurso. Os operadores retóricos opõem-se aos operadores lógicos que, em certos tipos de enunciado, aparecem como necessariamente implicados por eles. Os operadores retóricos ultrapassam o nível da necessidade lógica e situam-se no nível da necessidade individual, cuja responsabilidade não pode ser assumida senão pelo locutor-receptor individualizado. Embora com finalidades completamente distintas das de O. Ducrot, M. Pêcheux utiliza o termo "retórico" de modo mais ou menos semelhante, servindo-se dele para designar as operações que não têm uma natureza lógica, o que quer dizer, cuja previsibilidade não é considerada como passível de uma sistematização. É o sentido da não-esquematização que marca a intersecção dos pontos de vista de ambos os autores[6].

Em Grimes (*The Thread of Discourse*) observa-se também o uso desse termo. Aqui ele designa um tipo de proposição e um tipo de relação semântica pertencentes à organização do

---

6. Observe-se, no entanto, que os objetivos desses dois autores são distintos: Ducrot interessa-se por uma descrição lingüística que leve em consideração as marcas da enunciação, ao passo que Pêcheux se interessa por uma teoria ideológica das significações.

conteúdo. As relações retóricas explicariam a maneira pela qual as proposições se agrupam em contextos mais amplos; opondo-se às relações lexicais, cuja finalidade é explicitar a maneira pela qual as palavras se colocam em relação entre si para formar uma proposição. O termo "retórico" foi empregado aqui num sentido mais dilatado do que o empregado por Ducrot e por Pêcheux: serve para designar não o que não pode ser esquematizado do ponto de vista lingüístico (ou lógico), mas as relações semânticas de um tipo específico (de natureza lingüística também): "Propositions whose arguments are not related do their predicates via semantic roles" (isto é, predicados lexicais) "are called rethorical predicates. Their main function could be thought of that of organizing the content of discourse. The join lexical propositions together, and they join other rethorical propositions together."[7] Grimes não questiona a possibilidade de sua esquematização, isto é, o termo retórico cobre um domínio lingüisticamente apreensível. Resta saber se esse domínio corresponde ou não aos domínios que Ducrot ou Pêcheux chamam "retórico". Parece que "retórico" para Grimes não tem nada que ver com o domínio coberto por esse mesmo termo em Ducrot; ao mesmo tempo parece haver certa intersecção entre o pensamento de Grimes e o de Pêcheux. Os dois situam o termo "retórico" no nível dos operadores interfrásticos. A diferença entre ambos é que Grimes não distingue o que depende e o que não depende do individual (e é por isso que chega a esboçar um quadro geral desses operadores). Nesse ponto pode-se dizer que não há convergência de emprego entre Grimes e Pêcheux. O problema da possibilidade de esquematização desses operadores não se coloca para Grimes. E isso se deve ao fato de que ele, ao contrário de Pêcheux, não coloca nenhuma hipótese sobre a logicidade dos operadores interfrásticos. Essa constatação parece muito importante, pois é justamente a existência dessa hipótese em Ducrot e em Pêcheux que os conduz a adotar uma posição em que a distinção entre "lingüisticidade" e "retoricidade", como se se tratasse de dois pó-

7. *The Thread of Discourse*, p. 250.

los inconciliáveis, corresponde à contradição logicidade-ilogicidade. Grimes tenta dilatar o domínio das pertinências da pesquisa lingüística. Por trás da sua proposta, parece existir uma "crença" na possibilidade de se chegar a uma sistematização do discurso. Pode ser que essa crença se deva a seu ponto de partida que não é nem a logicidade estrita que sustenta os trabalhos iniciais de Ducrot[8], nem o formalismo que limita as idéias de Pêcheux. Mas essa diferença não anula um ponto comum entre esses três autores. Os três chamam "retórico" o que ultrapassa certo nível a que poderíamos chamar "nível de informação imediata"[9] (o sentido fornecido pelo *componente lingüístico*, em Ducrot, seja pelo *enunciado mínimo* em Pêcheux, seja pelos *predicados lexicais* em Grimes). Para esses três autores, isso quer dizer que o termo retórico cobre um domínio que, em relação àquele "nível de informação imediata", tem natureza complexa. Ducrot situa aí o jogo das leis da psicologia geral, da crítica literária, enquanto para Pêcheux é o lugar da liberdade individual e para Grimes é o lugar das combinações dos predicados mínimos. Essa natureza complexa, no entanto, devido a essa mesma complexidade, não é explicitada por Grimes, cujas hipóteses, como foi dito, não são tão limitadas quanto as dos outros dois autores. Do conjunto de suas idéias poder-se-ia deduzir que o "retórico" cobre o lugar onde o sentido dos enunciados se combina com o sentido de outros enunciados, num quadro onde entra em jogo a individualidade do sujeito falante e seu contexto. O consenso que agrupa os três autores em torno do sentido do termo "retórico" é que este se refere não ao domínio frasal, mas ao domínio discursivo, cujas finalidades e motivações, mesmo que possam ser classificadas, não poderiam jamais ser sistematizadas lingüisticamente, em virtude de sua natureza complexa. Parece que esse consenso foi bastante difundido entre os lingüistas desde o início do século. E isso pode ser explicado, entre outras razões possíveis, pelo

---

8. Veja *Langue Française* 4, p. 37: "Et rien n'autorise à considérer l'illogisme comme principe explicatif des faits de la langue."

9. Trata-se de uma etiqueta provisória: talvez "nível de informação simples" fosse mais convincente para designar o que se quis dizer por "nível de informação direta".

fato de que a Lingüística, depois de Saussure, escolheu um percurso que a distanciou do estudo dos discursos realizados[10]. Esse percurso foi definido por uma hipótese feita sobre o fenômeno da linguagem fundada numa perspectiva que se poderia chamar algébrica: a generalidade de uma língua explica-se (deve ou pode ser explicada) por um sistema, no fundo taxonômico, cujas categorias compõem não o discurso e nem mesmo a frase, mas as *possibilidades* de um paradigma. A sintagmática (salvo em algumas contribuições bastante problemáticas dentro do estruturalismo em lingüística) era considerada como o lugar em que a liberdade do indivíduo começava a desempenhar o seu papel.

A alteração provocada pela contribuição de Chomsky[11], desse ponto de vista, foi notável, à medida que propõe, como tarefa da Lingüística, a elaboração das regras abstratas que teriam por finalidade explicar a geração das frases gramaticais de determinada língua. A hipótese de partida de Chomsky provém de um ponto de vista estritamente psicológico. Sua "competência" não pode ser concebida fora de um indivíduo (embora ideal). Essa idealidade individual, lugar do objeto lingüístico, justifica os limites que ele se impõe. Seu modelo não ultrapassará jamais os limites da frase, pois, além dela, não se situa mais o indivíduo ideal, mas o sujeito individualizado. Além disso, seu modelo propõe a pesquisa do "anterior" ao signo, pois em torno deste se situam todas as restrições que compõem o imediato da estratégia discursiva. O "anterior ao signo" situar-se-ia fora, portanto, de todo contexto; isso não significa, porém, que Chomsky não se preocupe com o problema do sentido (lembre-se de que o autor propõe a investigação de um sistema de regras que liguem som e sentido). Isto é, ele se interessa pela estrutura que possui o indivíduo, enquanto representante da espécie humana, para produzir a frase. A prioridade da sintaxe foi definida a partir desse fim. Em relação a Saussure, Chomsky alterou verdadeiramente o sentido das

10. Veja Saussure, *Cours de Linguistique Générale.*
Veja, ainda, M. Pêcheux, *Introduction à l'Analyse Automatique du Discours* e "La Sémantique, La Coupure Saussureènne, Langue, Langage, Discours" in *Langages* 24.
11. Veja Chomsky, sobretudo: *Lingüística cartesiana, Linguagem e pensamento* e *Lingüística y política.*

pesquisas lingüísticas: se para o primeiro a virtualidade do objeto lingüístico se limitava ao conjunto das categorias que fazem parte desse mesmo objeto, para o segundo essa virtualidade se limita às regras de produção das frases, isto é, ela ultrapassa o próprio nível das categorias.

No entanto, apesar dessa alteração, Chomsky não se propõe, de modo algum, o estudo de unidades além da frase, e a coerência de seu pensamento e de seus trabalhos não autorizam a transmigração de seu modelo ao estudo do discurso. Trata-se de uma alteração *no* objeto, mas não *do* objeto; a virtualidade lingüística, quer se situe num "sistema-sujeito" (Saussure), quer num "sujeito-sistema" (Chomsky)[12] não é senão a virtualidade de uma unidade máxima, cujos limites são a idealidade do *sistema* ou do *sujeito*. Um exame dos fundamentos do pensamento desses dois grandes nomes da Lingüística pode ajudar a compreender melhor suas posições em relação ao discurso. Uma das maneiras de conhecer esses fundamentos é saber do objeto de suas indagações fundamentais; a outra é conhecer os seus núcleos teóricos, que finalmente lhes deram um lugar revolucionário na história do pensamento lingüístico.

O que Saussure interrogou sobre a linguagem? Para ele a linguagem era sobretudo um fato social. O quadro dessa concepção Saussure havia herdado do positivismo. Por que "fato social"? Porque como herança histórica, a linguagem é "exterior", "geral" e "impositiva" em relação ao indivíduo. Vale lembrar que, nesse mesmo quadro, não se pode conceber a linguagem senão do ponto de vista sociopsicológico. A faculdade da linguagem não é um dado de uma espécie, mas formada por condicionamentos "exteriores". O "indivíduo" de Saussure é um indivíduo "socializado", mas num sentido bem especial: ele é "socializado" pela determinação de certos fatos dos quais a língua é parte integrante. E é esse indivíduo socializado que Saussure toma como base para sua interrogação fundamental: quais são os elementos da língua que definem a natureza socializada do indi-

---

12. Distinção proposta por Juan Carlos Martinez em "Ideología y Lingüística Teórica" in *Gaceta Literaria* 1, para a oposição Hjelmslev-Chomsky.

víduo; ou, então, graças a quais aspectos da língua se configura um grupo social? Vê-se que a resposta não poderia jamais ser dada por um comportamento puramente psicológico.

Acrescentando a essa interrogação os outros pressupostos saussurianos sobre a linguagem, vê-se que à socialidade da língua se liga sua generalidade, e essa generalidade – oposta à individualidade – justifica sua homogeneidade. A possibilidade de conceber essa herança social, enquanto sistema de signos, decorre dessa homogeneidade que, ao pé da letra, corresponde a um nível bastante refinado de abstração, em relação à heterogeneidade diretamente observável. Essa noção de sistema, obtida quase que dedutivamente da natureza social da linguagem, está estreitamente ligada à concepção saussuriana de signo: a ruptura de Saussure, em relação ao pensamento lingüístico anterior, pode ser considerada a partir daí. A recusa da referência e o critério da pertinência (fundada na noção de valor) estão na base dessa ruptura. Considerando o signo como entidade de dupla face (significante e significado) e considerando o segundo termo (o significado) como entidade mental, Saussure situa essa entidade mínima no nível da abstração, e não no de sua concreção. A noção de sistema completa-se: sistema de entidades virtuais, constituídas por um significante e um significado, indispensavelmente ligados. Qual o critério para a constituição desse sistema? É o critério da pertinência fundada sobre a noção de valor. As entidades lingüísticas o são em virtude de dois fatores: sua individualidade (uma não é a outra) e sua socialidade (uma entidade é lingüística porque desempenha um papel no sistema que define um grupo social dado). A interrogação fundamental de Saussure é, portanto, esta: dado o caráter sistemático da língua, e dado seu caráter social, quais são os elementos que têm um papel definido nesse sistema, de modo que permita que os elementos que fazem uso dele possam configurar-se socialmente? É a noção da diferença, que tem aí um papel fundamental, pois o que Saussure propõe é a constituição não mais de um sistema de onde são eliminadas as diferenças entre as línguas, tal como o faziam até então os lingüistas, mas um sistema em que se especifica a individualidade de uma língua, concebida como um dos fundamentos do grupo social de que faz parte e que ela própria constitui[13]. A constituição desse sistema está fundada sobre a diferença, mas desta vez a diferença interna é que está na base do conceito de pertinência. O que Saussure procura é a explicação de como os homens podem ou não podem pertencer a um dado grupo por meio de determinada língua. Seu objetivo social, nesse sentido estrito, e sua ligação ao signo, enquanto unidade do sistema, explicam-se por esse fim, pois essa entidade tem, tal como a concebeu Saussure, uma espécie de essência social, no sentido restrito dessa palavra, que acabamos de explicitar, ou seja, um signo não é um signo senão à medida que provém da necessidade de um grupo social de se definir enquanto tal. Dessa forma, Saussure teve que se decidir a romper com quase toda a tradição de trabalho lingüístico imediatamente anterior à medida que este caminhava na direção da constituição das famílias lingüísticas ou na direção de pesquisas referentes às técnicas do uso lingüístico[14].

Situado em momento científico diferente, Chomsky não é levado a perguntar dos meios da constituição do grupo social de/pela língua, mas exatamente o contrário. Tendo como ponto de partida um conceito clássico-romântico[15] de sujeito-livre-criador, Chomsky opõe-se fundamentalmente à psicologia behaviorista, representada por Skinner[16]. Ele propõe hipóteses de ordem claramente psicológica: seu objeto de interrogação não é mais o homem determinado pelo contexto, mas o indivíduo livre do contexto, que define a espécie. Como esse homem pode produzir um número infinito de frases que jamais ouviu? Existirá alguma coisa que escape à superdeterminação do meio? A resposta é positiva. A proposição de uma Gramática Universal é mais uma conseqüência disso do que um "parti-pris". E, sem dúvida, Chomsky é muito coerente com o seu ponto de partida: ele recusa-se a pesquisar no nível do signo; procura essa capacidade além desse li-

---

13. Por grupo social entenda-se aqui "grupo socialmente definido pela língua".
14. Sobre esse problema, da ruptura científica da obra de Saussure, veja sobretudo o artigo de Pêcheux citado na nota 10.
15. Veja artigo de Juan Carlos Martinez citado na nota 12.
16. Em *Linguagem e pensamento*, por exemplo.

mite. São as categorias e as relações mais abstratas que busca, e, são, sobretudo, as relações que ele se propõe obter. Ora, essa espécie de viagem científica, fora de todo o contexto, que não seja o próprio contexto ideal, não poderia levar Chomsky à explicação do discurso, pois este não poderia jamais ser pensado no contexto de um indivíduo sem contexto, isto é, de um sujeito falante onde não há senão a virtualidade da frase. Pretendendo colocar em questão o determinismo social (cuja importância é evidente no estruturalismo americano), Chomsky cai numa espécie de individualismo bastante limitado para ser tomado como um meio de combater o determinismo mesológico do estruturalismo-behaviorismo. O discurso, situando-se no nível do signo, isto é, da areia movediça das relações sociais, não é o lugar ideal de suas reflexões. Em outras palavras, com o núcleo fundamental de sua teoria, situando-se no indivíduo (que é ao mesmo tempo livre e criador), Chomsky pretende, a partir daí, esquematizar essa capacidade criadora e essa liberdade. Seu objetivo é criar pela Gramática esse sujeito-sistema como uma forma de relativizar o sistema-sujeito do estruturalismo. O problema existente em Chomsky é uma espécie de desvio entre a intenção e o modelo teórico. Colocada como modelo do mecanismo psíquico da geração de frases, a proposta de Chomsky parece ser de uma eficácia bastante forte; mas, colocada como modelo explicativo da criatividade e da liberdade do homem pela língua, sua proposta é bloqueada no nível de sua própria idealidade individual.

Saussure e Chomsky, embora não tenham quase nenhuma relação teórica, aproximam-se quanto ao ponto de vista do objeto que recusam. Essa recusa deve-se ao fato de que suas hipóteses sobre a linguagem inscrevem seu objeto no domínio da virtualidade do falar e não da virtualidade do dizer[17]. Cinqüenta anos foram suficientes para uma transformação importante no objeto da Lingüística: a frase, considerada mesmo por Hjelmslev – o estruturalista mais importante depois de Saussure – como o lugar das variáveis[18], é incluída por Chomsky no objeto lingüístico. Per-

17. Faz-se aqui uma distinção operatória: falar refere-se sobretudo à capacidade da língua; dizer refere-se sobretudo ao ato de significar pela linguagem.
18. Hjelmslev, *Prolégomènes pour une Théorie du Langage*.

gunta-se quantos anos serão necessários para que esse objeto sofra uma nova alteração, incluindo no objeto o discurso. E essa pergunta, que do ponto de vista de algumas correntes lingüísticas, é considerada como fora de cogitação, não pode ser discutida do ponto de vista das hipóteses de tais correntes, pois uma das fontes que a alimentam é domínio que permaneceu, desde muitos anos, fora das preocupações dos lingüistas: a Retórica. Não no sentido que normalmente lhe tem sido atribuído, mas no sentido que se poderá perceber em Aristóteles e modernamente em Perelman, entre outros teóricos.

O que se tentará mostrar é a grande afinidade entre suas idéias e algumas das idéias da nascente lingüística da enunciação, a única perspectiva teórica capaz de encampar, como domínio final de seu desenvolvimento, o discurso. Antes de fazê-lo, proceder-se-á a uma discussão da Retórica antiga e moderna[19] para justificar, a partir daí, que, entre o grande número de questionamentos possíveis sobre a linguagem, o questionamento da Retórica é, também, tão válido quanto os outros e que seu objetivo não é tão difuso como se poderia imaginar, de acordo com aquilo que os lingüistas afirmam sobre esse domínio.

2. A retórica de Aristóteles

Tentar-se-á aqui organizar a discussão sobre Aristóteles, não através de uma ordem que siga estritamente a ordem de sua obra, mas através da escolha de temas que nela se consideram fundamentais. O que se quer fazer não é, portanto, um resumo que pretenda ser um retrato da *Retórica*[20], mas uma interpretação dos temas escolhidos. Parece que o "gênero", as "provas", as "partes do discurso" concentram o núcleo de idéias de Aristóteles naquilo que de momento interessa. Sua pertinência ao pensamento retórico de Aristóteles determinou a escolha da ordem de sua exposi-

---

19. Faz-se referência a duas retóricas: a antiga, tal como a definiu Aristóteles, e a moderna, tal como a propôs Perelman.
20. Aristóteles, *Rhétorique*, tradução de M. Dufour. Belles Lettres.

ção de tal modo que sejam *logicamente relacionados*. Essa ordem foi escolhida a partir do procedimento interpretativo da presente leitura, isto é, através de um procedimento hermenêutico que vai do tema mais geral (o gênero), passando pelo tema mais analítico (as provas), e retornando à reconstituição (as junções das partes do discurso).

Antes que se entre na discussão desses temas, faz-se necessária, no entanto, uma observação sobre aquilo que é a Retórica para Aristóteles. É possível percebê-lo a partir do trecho abaixo:

> "Admitamos, portanto, que a retórica é a faculdade de descobrir especulativamente o que, em cada caso, pode ser apropriado à persuasão. Nenhuma arte tem essa função; todas as outras são, pelo seu objeto, apropriadas ao ensino e à persuasão; por exemplo, a medicina (refere-se) aos estados de saúde e à doença; a geometria, às variações das grandezas; a aritmética, ao problema dos números, e assim as outras artes e ciências; mas podemos dizer que a retórica parece ser a faculdade de descobrir, especulativamente em qualquer dado, o persuasivo; é o que nos permite afirmar que a sua técnica não pertence a um gênero próprio e distinto."[21]

Observe-se primeiramente que Aristóteles chama a atenção para o fato de que, sob todo dado, existe alguma coisa que se presta à persuasão. O que quer dizer que, se cada ciência (poder-se-ia dizer cada domínio de conhecimento) comporta ao mesmo tempo as coisas "próprias ao ensino e à persuasão", a retórica é a única "faculdade" que se interessa pela própria persuasão. O que chama a atenção do Filósofo, portanto, não é a fala do locutor, tomada em sua função de reveladora do conhecimento do mundo, mas, sim, da fala, como uma *forma de ação* (ação específica e particular de persuadir). O problema do conhecimento situa-se no plano de cada ciência.

É exatamente devido a essa concepção da fala do orador, enquanto forma de ação, que Aristóteles é conduzido a considerar como provas técnicas da Retórica ("aquelas que podem ser fornecidas pelo método e pelos nossos meios pessoais") três ele-

---

21. Aristóteles, *Rhétorique* I, Cap. 2 (p. 76).

mentos distintos que se aproximam pelo próprio ato do discurso: "o caráter do orador", "as disposições em que se situa o ouvinte" e "aquilo que o discurso demonstra ou parece demonstrar"[22]. Eis o que afirma Aristóteles a propósito do primeiro elemento:

> "Persuade-se pelo caráter, quando o discurso é de natureza a tornar o orador digno de fé, pois as pessoas honestas nos inspiram a maior e mais pronta confiança sobre todas as questões em geral e uma inteira confiança sobre aquelas que não comportam nada de certo, e permitem a dúvida. Mas é preciso que esta confiança seja efeito do discurso, não de uma prevenção sobre o caráter do orador."[23]

Como se pode observar (Aristóteles não deixa dúvidas sobre esse ponto), o caráter do orador é colocado em ação pela fala, isto é, enquanto orador, a fala é o único meio válido para que possa atingir sua finalidade de persuadir.

Da mesma forma, o papel desempenhado pelo ouvinte depende apenas do discurso:

> "A persuasão é produzida pela disposição dos ouvintes, quando o discurso os conduz a provar uma paixão."[24]

É claro, portanto, que a relação fundamental do ponto de vista da retórica aristotélica, entre orador e ouvinte, é muito mais a relação de *ação verbal orientadora* do que de informação transmitida. É por essa razão que o terceiro elemento (o valor demonstrativo do discurso) não é colocado nos termos de sua verdade absoluta:

> "É o discurso que produz a persuasão, quando fazemos aparecer o verdadeiro e o verossímil daquilo que cada tema comporta de persuasivo."[25]

---

22. Idem, Cap. 2, p. 76.
23. Idem, Cap. 2, pp. 76-7.
24. Idem, Cap. 2, p. 77.
25. Idem, Cap. 2, p. 77.

O valor demonstrativo de um discurso não é evidentemente um valor de verdade moral, mas de "verdade demonstrativa" (como se verá na parte relativa às provas). O discurso de um orador é uma ação em direção ao ouvinte; o objetivo desta ação é a persuasão que só se faz à medida que o discurso tenha um valor demonstrativo, revele o caráter do autor e chegue a tornar o ouvinte disponível à persuasão. O domínio da Retórica seria assim o domínio dos meios para se atingir a persuasão. Sua relação com a Dialética, de um lado, e com a Política, de outro, justifica-se pela natureza "ativa" de seu objeto: o orador é, ao mesmo tempo, um *agenciador* político e um mestre do *raciocínio*, e seu conhecimento não é, portanto, senão um meio da sua ação. Deve ter "a aptidão ao raciocínio silogístico; o conhecimento especulativo dos caracteres, das virtudes; e finalmente das paixões, da natureza e das modalidades de cada uma, das causas e dos hábitos que a fazem nascer nos ouvintes"[26].

A importância desse caráter ativo do discurso será estudada mais adiante. Observe-se por enquanto que, mesmo se atribuindo como objeto os três gêneros (deliberativo, judiciário e epidítico), a citação feita anteriormente, logo no início desta exposição, permite pensar que o domínio da Retórica não se restringe, no fundo, à oratória, mas a todas as formas discursivas que têm finalidade persuasiva: "... a Retórica parece ser a faculdade de descobrir, especulativamente, sobre todo dado, o persuasivo; é o que nos permite afirmar que sua técnica não pertence a um gênero próprio e distinto". Então, por que Aristóteles escolheu apenas como domínio de sua reflexão esses três gêneros?

Observe-se, de início, que os retóricos se ativeram sobretudo ao gênero judiciário. A extensão da Retórica aos gêneros deliberativo e epidítico marcou uma progressão desse domínio, a partir do próprio conceito de retórica em Aristóteles. Se o que interessa à Retórica é o persuasivo, Aristóteles não vê por que não atentar também para os gêneros que têm essa finalidade persuasiva, dada a função política que os caracteriza. Separada em prin-

26. Idem, Cap. 2, p. 77.

cípio, da Moral, a retórica aristotélica acha-se situada numa ótica que a liga à prática. Esse ponto parece fundamental para se compreender a razão da escolha dos três gêneros. Se para Aristóteles, como o afirma Médéric Dufour, na sua introdução da tradução francesa, a Retórica "pourra remplir son rôle dans la cité, dans la politique"[27], a única maneira de escolher o gênero é a partir das formas discursivas que têm efetivamente um papel na vida do Estado; somente esses três gêneros poderiam ser tomados em consideração pelos retóricos, pois são esses três atos que são de fato utilizados nos momentos decisivos da vida do Estado. Parece claro que a partir do critério da *politicidade*, dificilmente Aristóteles poderia chegar a outros gêneros, embora o persuasivo, para ele, pudesse ocorrer em outras formas discursivas.

Passa-se agora à maneira pela qual Aristóteles definiu esses três gêneros:

Para o autor, "não existem senão três espécies de ouvinte: o ouvinte que julga o passado, o ouvinte que se pronuncia sobre o futuro, o ouvinte que se pronuncia sobre o talento do orador. Para essas três espécies de ouvinte, o orador pode acusar ou defender, aconselhar ou desaconselhar; fazer o elogio ou a crítica"[28]. Pode ainda visar a três espécies de fins distintos: o justo e o injusto, o útil e o prejudicial, o belo e o feio. Os tempos do tema a que se refere são também três: o passado é o tempo daquilo que o ouvinte deverá considerar como justo ou injusto; o futuro é o tempo do que o ouvinte deverá considerar como útil ou prejudicial; e ao presente pertencem, principalmente, os acontecimentos sobre os quais o orador tece sua crítica ou seu elogio. Os três gêneros (judiciário, deliberativo e epidítico) definem-se, assim, a partir de três elementos fundamentais: o ouvinte, os fins e o tempo, elementos que só podem ser considerados no seu conjunto. Um tipo definido de ouvinte implica um tipo definido de fim que por sua vez implica um discurso cujo tema se situa num tempo determinado. Exceto o gênero epidítico, todos têm tempo e ouvinte definidos por função pública. A esse aparelho de três

27. Idem, Introdução de M. Dufour, p. 13.
28. Idem, Cap. 3, pp. 83-4.

elementos, acrescenta-se naturalmente o gênero correspondente: um certo gênero só se justifica à medida que o conjunto – ouvinte, fim, tempo – o exija. Desse conjunto, é, evidentemente, o primeiro elemento que chama mais a atenção de Aristóteles: "Os gêneros oratórios são em número de três; pois há somente três tipos de ouvinte."[29] Isso pode ser explicado justamente pela concepção *ativa* de Aristóteles sobre o ato de orador. Os gêneros são três, pois visam a três espécies de ouvintes, os quais não são definidos senão pela sua ação pública; desse ponto de vista, o ouvinte, cuja função não é tão definida, só entra num discurso sem conseqüência política imediata (o discurso epidítico) e tem sobretudo um papel de espectador ("aquele que se pronuncia sobre o talento do orador"). Esse tipo de ouvinte que se define pela ausência da ação autentica essa espécie de discurso, cuja descrição não é tão clara quanto as outras (isso será observado no momento da exposição específica de cada gênero). A natureza ativa e prática do orador está, assim, na base da definição dos gêneros. Seria possível dizer que existe uma espécie de movimento quase circular, cujo início seria marcado pela finalidade a que visa a ação do orador. Essa finalidade determina o ouvinte, essa primeira determinação determina, por sua vez, dado gênero, e o conjunto dessas duas determinações orienta o papel do orador cuja ação se define pela sua finalidade.

Contrariamente ao que se pode observar em Cícero, por exemplo (*De Oratore*, Livros I e II e *Orator*)[30], para Aristóteles o orador não existe senão *na* e *pela* ação. O distanciamento progressivo do orador de sua ação não deixou de ter conseqüências no desenvolvimento da Retórica. Tomada numa espécie de acepção ideal, a Retórica seria mais um discurso sobre a "essência do orador". Cícero, por exemplo, no *Orator*, chega a evocar Platão, para definir o Orador Ideal:

> "Quanto a mim, imaginando o orador supremo, desenhá-lo-ei de uma forma que ninguém jamais o tenha sido."[31]

29. Idem, Cap. 3, p. 83.
30. Cícero, *De Oratore*, Livros I e II, *Orator*, Belles Lettres.
31. Cícero, *Orator*, p. 4.

"Os modelos das coisas que Platão chama 'idéias' são a garantia e o guia mais profundo não somente da especulação intelectual, mas também da expressão; ele afirma que elas não são geradas, mas eternas, e que elas residem em nossa razão e em nossa inteligência."[32]

Ligada a essa definição do orador ideal, encontra-se nos textos de Cícero, sobre a Retórica, toda uma série de qualidades necessárias ao orador que pretende aproximar-se desse ideal. Essa oposição entre Aristóteles e Cícero evidencia o fato de que o caráter classificatório e normativo da Retórica decorre da distância entre uma concepção da Retórica enquanto *techné*, tal como a havia formulado Aristóteles, e uma concepção inteiramente formal, tal como a formulou Cícero, e mesmo Quintiliano[33]. Parece-nos que os dois se ativeram muito mais ao Livro III de Aristóteles, o que significa que se ativeram muito mais à *forma* que ao *fundo* da tarefa da Retórica[34]. Parece ainda que essa atitude desviou o sentido da retórica tal como havia proposto Aristóteles. O consenso dos estudiosos sobre esse campo, de certa forma, tem sido, desde há séculos, o de que se deveria importar com as formas de persuadir, isso sem atentar para o fato de que para Aristóteles a retórica deveria ser uma investigação especulativa sobre aquilo que cada tema comporta de persuasivo. Se o objetivo visado pelo orador era persuadir o ouvinte, isso não significaria que a retórica deveria restringir-se simplesmente às formas para atingir esse objetivo. Observa-se, segundo M. Dufour, no momento em que fala do plano da *Retórica* aristotélica que "le corps de tout discours est une argumentation. Celle-ci est étudiée dans le Livre I et II, le Livre III était réservé à l'étude de la forme"[35]. Isso explica o que pretendeu dizer anteriormente ao afirmar que "nous n'avons pas ici un recueil de leçons sur l'art oratoire... mais l'exposée d'une *techné*"[36]. Para definir o

---

32. Idem, p. 4.
33. Veja Perelman, *Traité de l'Argumentation*, onde o autor observa a retomada da moral em Quintiliano.
34. A utilização de forma e fundo é tomada aqui da maneira como Aristóteles concebe essas palavras.
35. Aristóteles, *Rhétorique*, Livro I, Introdução, p. 31.
36. Idem, Introdução, p. 30.

que seria *techné*, M. Dufour cita a *Ethique à Nicomaque* onde Aristóteles afirma:

> "Assim como existe uma arte arquitetural, que é o mesmo que uma qualidade racional criadora, não existe *techné* que não seja uma qualidade racionalmente criadora, nem uma tal qualidade que não seja uma *techné*; esta é o mesmo que uma qualidade criadora raciocinando segundo a verdade. Toda *techné* é relativa à produção; instituir uma *techné* é buscar especulativamente os meios de produzir as coisas que podem indiferentemente ser ou não ser, ou cuja origem está no agente criador, não no objeto criado; de fato, não existe *techné* das coisas que existem ou são produzidas necessariamente, não mais que aquelas que são produzidas naturalmente; estas têm seu princípio em si mesmas."[37]

E um pouco mais adiante, M. Dufour afirma:

> "La techné s'élève donc tout près de la science, parce qu'elle comprend, comme elle, une partie spéculative et désintéressée; elle collabore avec la nature, qu'elle complète, et rivalise avec elle, en proposant aux modes de l'activité humaine des méthodes créatrices."[38]

A *techné*, segundo Aristóteles, interessando-se pelo fundo (teoria da argumentação, invenção de provas) e pela forma (diferentes modos de expressão dessas provas e o lugar que elas devem ocupar na ordenação do discurso), não poderia jamais ser reduzida unicamente à forma. No entanto, freqüentemente, os estudiosos foram levados a fazê-lo, sobretudo quando se trata das figuras, esquecendo-se de que o "repertório" fornecido por Aristóteles e por outros teóricos não tinha uma finalidade normativa. Nesse ponto convém recorrer às idéias de G. G. Granger (*Essais d'une Philosophie du Style*), que fala do estilo como resultado do esforço de expressão do sujeito falante para transmitir sua experiência, dado o caráter redutor do código, isto é, o estilo não é considerado como sistematizável[39]. Mas, no capítulo que se re-

---

37. Idem, Introdução, p. 30.
38. Idem, Introdução, p. 31.
39. G. G. Granger, *Essais d'une Philosophie du Style*, Cap. V.

fere especificamente ao problema do estilo[40], Granger estabelece uma diferença fundamental entre os códigos *a priori* e o código *a posteriori*. Os primeiros são aqueles dados antes mesmo de sua utilização por parte do locutor (a língua, por exemplo), ao passo que o código *a posteriori* é deduzido do uso. Isso não corresponde evidentemente a uma definição essencial, mas, sim, operatória dos códigos: o uso pode ser sistematizado, isto é, pode-se, de acordo com certos critérios objetivos, esquematizar os traços considerados fundamentais, mas, contrariamente aos códigos *a priori*, a existência do código *a posteriori* tem uma fonte individual, e não é tão condicionante quanto aquele. No entanto, observa Granger, um código *a posteriori* pode tornar-se um código *a priori*, e é, aliás, dessa forma que o autor explica a formação daquilo que se chama normalmente Escola Literária. Essa contribuição de Granger permite retornar ao problema da forma aristotélica na retórica: as figuras de estilo "apropriadas" a cada gênero parecem ter natureza diferente daquelas "provas objetivas" da oratória. Aristóteles fez, no caso, uma espécie de codificação *a posteriori* dos modos de expressão. Os retóricos ativeram-se, durante séculos, a essa codificação, como se se tratasse de imanência discursiva dada e condicionante. Essa codificação não é de modo algum a parte mais importante da obra de Aristóteles. Perelman salienta que esse desvio da retórica e sua absorção por outras disciplinas determinaram sua perda de prestígio:

> "Ce n'est que dans une perspective dogmatique ou dans une vision scientiste que dialectique et rhétorique n'ayant plus de valeur probatoire, se transforment en téchniques pédagogiques, psychologiques, ou littéraires, visant à reforcer, l'adhésion à des vérités établies au moyens d'autres procédés."[41]

Essa espécie de tecnicização da retórica está assim ligada ao pedagogismo que freqüentemente confundiu o exercício da oratória com a aquisição das figuras de estilo:

---

40. Idem, Cap. VII.
41. Perelman, "Une Théorie Philosophique de l'Argumentation" in *Le Champ de l'Argumentation*, p. 15.

"Tous les traités de rhétorique que nous possédons étaient destinés à l'enseignement en classe de rhétorique, où l'on s'entrainait à reconnaître d'abord, puis à utiliser systematiquement ces figures."[42]

A importância que se atribui aqui a esse desvio da retórica e à sua transformação em conjunto de normas se deve inicialmente à necessidade de fazer observar que há certa diferença entre a definição aristotélica e aquelas que a tradição manteve; além disso, deve-se também à necessidade de evidenciar a importância capital do pensamento de Aristóteles sobre o segundo tema da presente discussão: as provas. Antes de se chegar à discussão desse ponto, observe-se que a caracterização específica de cada gênero está estreitamente ligada a certo tipo de prova. É a razão pela qual não se foi além na consideração dos gêneros. Relembre-se ainda que, na tarefa de ordenar a definição dos gêneros em Aristóteles, se salientou sua essência *ativa* que, do ponto de vista pessoal, é o centro do pensamento aristotélico em retórica.

Para compreender o problema das provas e seu papel na perspectiva de Aristóteles, é preciso antes recordar que, para ele, todo discurso comporta algo de persuasivo, sendo que os três gêneros citados são aqueles que comportam prioritariamente esse persuasivo, dada a sua finalidade política. Possuem estruturação argumentativa, pois persuadir alguém significa conduzi-lo a *crer* no que se diz, através de mecanismo que permita o êxito do ato discursivo. A demonstração[43] está, portanto, na base desses três gêneros. É o que podemos apreender da afirmação de Aristóteles quando diz que é preciso servir-se das provas para a demonstração (qualquer que seja a prova, há sempre algo a demonstrar)[44].

O critério fundamental da demonstração é ter provas que possam conduzir o ouvinte a concordar com a "verdade" das coisas

---

42. Daniel Delas, Prefácio ao livro *Essais de Stylistique Structurale* (M. Rifaterre).

43. Aristóteles usa aqui a palavra demonstração da mesma maneira como o faz na Dialética. Faz-se, neste trabalho, uma distinção entre esse termo e Argumentação, seguindo Perelman. Esta última concerne à Retórica, e a demonstração, à Lógica.

44. Aristóteles, *Rhétorique* II, Cap. 20, pp. 103-6.

de que fala o orador: o discurso é persuasivo por parecer "demonstrado por razões persuasivas e dignas de crença"[45].

As provas de que se pode servir o orador classificam-se em técnicas e extratécnicas. As provas técnicas, às quais Aristóteles não dedica senão algumas páginas, são aquelas que não dependem do discurso do orador. Embora não despreze essa espécie de prova, o Filósofo não se ateria jamais a elas, pois, para ele, enquanto retórico, a tarefa fundamental não é se contentar com o que existe, mas criar o que é possível: uma testemunha, por exemplo, pode ajudar a convencer, mas é algo existente; sua existência não depende do ato criador do orador:

> "Entendo por provas extratécnicas (as provas) que não foram fornecidas por nossos meios pessoais, mas que foram devidamente dadas: por exemplo, as testemunhas, as confissões sob tortura, os escritos e outros do mesmo tipo."[46]

A invenção refere-se, evidentemente, às provas técnicas: o caráter do orador, que não pode ser desligado do discurso; as paixões do ouvinte, que não devem ser despertadas senão pelo discurso; e, finalmente, o valor demonstrativo do discurso[47]. Se as provas não podem ser feitas de outra forma, o orador deve dominar o raciocínio silogístico (para Aristóteles a única maneira de demonstrar logicamente)[48] e ainda deve ter um conhecimento especulativo dos caracteres e virtudes. Essas necessidades justificam, portanto, o fato de a Retórica ser considerada por Aristóteles como ramificação da Dialética e da Política (parte da ciência moral que não se confunde com outras partes referentes às ciências arquiteturais, que são mais elevadas).

Quais são para Aristóteles os raciocínios que fazem parte das provas referentes ao valor do próprio discurso? O autor propõe dois: o "exemplo" e o "entimema". Examine-se inicialmente o que ele entende por "exemplo" e qual a sua importância.

45. Aristóteles, *Rhétorique*, Livro I, Cap. 2, p. 79.
46. Idem, Cap. 2, p. 76.
47. Idem, Cap. 2, p. 77.
48. Veja Aristóteles. *Tópiques* I, cit. por M. Dufour.

O exemplo na dialética corresponde à indução[49]. As relações que estabelece são aquelas de parte para parte, do semelhante ao semelhante, quando dois termos entram no mesmo gênero, e um é mais conhecido que o outro[50]. Essa espécie de raciocínio parte, portanto, da experiência, isto é, de algum fato que se pressupõe como sendo mais conhecido pelo ouvinte e, além disso, aceitável e válido.

Os entimemas são definidos por Aristóteles como uma espécie de silogismo:

"Chamo entimema o silogismo da retórica."[51]

A generalidade desses dois tipos de prova está estreitamente ligada à generalidade dos temas aos quais se refere. A persuasão não tem um fim sobre um indivíduo, mas sobre o que é provável para os homens. Além disso, o exemplo e o entimema não raciocinam senão sobre premissas prováveis (conseqüência do aspecto prático da oratória).

Falando das premissas dos entimemas, Aristóteles observa que somente pequena parte de suas premissas é necessária. A maior parte delas é fundada sobre o verossímil e sobre o índice. A justificativa de Aristóteles é direta:

"A maior parte dos temas de nossos julgamentos e de nossos exames poderia ter solução diferente."[52]

Em outros termos, se o ato do orador tem finalidade prática na vida do Estado, seu discurso não pode ter somente premissas necessárias. A circunstancialidade tem aí um papel determinante: a verdade dos discursos não é absoluta. A evidência disso está na afirmação de Aristóteles segundo a qual as premissas dos enti-

---

49. Aristóteles, *Rhétorique*, Livro I, Cap. 2, p. 78.
50. Idem, Cap. 2, p. 82.
51. Idem, Cap. 2, p. 78.
52. Idem, Cap. 2, p. 80.

memas estão fundadas no verossímil e no índice, para cuja definição o Filósofo remete aos *Analíticos*:

> "O verossímil e o índice não são idênticos: o verossímil é uma premissa provável. Aquilo que se sabe que pode tornar-se ou não se tornar, ser ou não ser, a maior parte do tempo, é verossímil; por exemplo, odiar quem vos odeia ou amar quem vos ama. O índice deve ser uma premissa demonstrativa necessária ou provável: quando uma coisa é, sendo uma outra, quando uma coisa se torna se tornando outra coisa, ulterior ou posteriormente, essas últimas são índices do tornar-se ou do ser."[53]

Uma observação importante deve ser feita sobre esse ponto: o verossímil e os índices, enquanto premissas dos entimemas, fundam-se numa relação entre o que deve ser demonstrado e o que é provável, ou que é necessário. (O próprio Aristóteles distingue um tipo irrefutável de índice – o *tekmerion* – onde o indiciado é necessariamente decorrente da premissa: "Um índice de que alguém está doente é que ele tem febre."[54])

Recorde-se que a estrutura do silogismo de primeira figura é a seguinte:

A é verdadeiro para todo B
B é verdadeiro para todo C

portanto:

A é verdadeiro para todo C.

A similaridade entre os silogismos e os entimemas é de funcionamento e não de ocorrência formal. Isso quer dizer que essa estrutura silogística é uma necessidade lógica do discurso, embora nem sempre explicitada. Aristóteles observa que as premissas muito evidentes não devem ser explicitadas. No Livro II (capítulo 21) ele afirma esse mesmo princípio no momento em que

---

53. Aristóteles, *Premiers Analytiques* II, 2770. asqq, cit. por M. Dufour.
54. Aristóteles, *Rhétorique* I, Cap. 2, p. 81.

fala das máximas. Estas são uma espécie de entimemas onde falta uma das proposições:

"'Não existe um homem que seja livre' é uma máxima que se torna um entimema se acrescentarmos: 'pois ele é escravo do dinheiro ou da sorte'."

Explicitamente esse entimema teria a forma seguinte:

1. Ser escravo é verdadeiro para todo aquele que tem dinheiro ou sorte.
2. Ter dinheiro ou sorte é verdade para todo homem.
3. Ser escravo é verdadeiro para todo homem.

Aristóteles, desse modo, parece indicar uma espécie de subjacência fundamental ao discurso: além disso se ele não se interessa pela multiplicidade de ocorrências verbais no plano do fenômeno é porque, à parte seu lado cognitivo, o discurso é concebido como um todo e pode ser estudado enquanto tal. Há, para Aristóteles, diferença entre o que é manifestado pelo discurso e o que o discurso sustenta. As provas de que o orador se serve para convencer, não tendo necessidade de ser totalmente explícitas, deixam, no plano das imagens que o orador faz do ouvinte, algumas premissas fundamentais. A distinção entre um silogismo e um entimema é, sob esse ponto de vista, muito importante, pois se o primeiro exige uma explicitação clara de todas as suas proposições e o segundo não o exige, vê-se que suas finalidades (e mesmo sua natureza) são distintas, apesar de sua proximidade formal[55]. A distinção feita por Perelman entre demonstração e argumentação (já se comentou esse ponto na primeira parte deste trabalho) pode ser útil na compreensão do problema. Se os entimemas são próprios à Retórica, e os silogismos próprios à Dialética, vê-se, segundo Perelman, que Aristóteles fez uma distinção entre os objetos de cada uma das disciplinas. Comparados com os silogismos, os entimemas, embora tenham uma estrutura semelhante, são mais

---

55. Perelman, *Traité de l'Argumentation*, onde faz uma aproximação entre a Retórica e a Dialética, opondo-as aos Analíticos.

flexíveis. A logicidade que se poderia ver na argumentação é apenas a logicidade com fim determinado, ao passo que os silogismos que fundam a demonstração têm natureza contemplativa[56]. O caráter flexível do entimema em relação ao silogismo teria dupla função: por sua flexibilidade, não impõe o absoluto sobre o relativo (chegando mesmo a liberar o orador da explicitação de certas afirmações); e por sua logicidade, revela-se como "raciocínio razoável e racional" que poderá conduzir o ouvinte à adesão.

Essa relatividade das premissas dos entimemas, que justifica seu fundamento sobre o "verossímil" e sobre os "índices", marca o caráter prático da tarefa do orador e aí se pode compreender por que Aristóteles a pensou mais como atividade criadora do que como prática de princípios determinados: sua criatividade corresponde à habilidade pela qual o orador chega à persuasão sobre fatos circunstanciais. Não se trata, portanto, de demonstração (não interessada), mas de argumentação (engajada). O absoluto moral tem aí papel importante, porém, é mais a capacidade de escolher as premissas aceitáveis, em dado momento, que define o talento do orador[57].

Para Aristóteles as premissas comuns aos três gêneros podem ser encontradas naquilo que chama "lugar"; mas, dada a diferença entre os gêneros, tais "lugares" não bastam para que se cumpra a tarefa do orador; é preciso que este procure premissas específicas, as quais Aristóteles denomina "espécies". Estas não pertencem à Retórica ou à Dialética, mas "à ciência da qual se terão emprestado os princípios"[58]. O Livro I, a partir do capítulo 4, trata das espécies, ao passo que os lugares são estudados somente no Livro II. A discussão confunde-se com exposição de ciência política: o orador deve ter conhecimento do que é o Estado, do que são as leis e os acontecimentos, para poder estar bem fundado no seu raciocínio. Seu discurso, no entanto, não se confunde com o do cientista, pois seu objetivo não é a exposição desse conheci-

---

56. Esse fim determinado concerne ao objetivo prático da oratória. Veja Perelman, *op. cit.*, p. 40.
57. Veja, na parte seguinte deste trabalho, a importância das noções na classificação proposta por Perelman, para a compreensão do problema do absoluto moral e da moral de contingência.
58. Aristóteles, *Rhétorique* I, Cap. 2, p. 83.

mento; este serve como *espécie* da qual se serve para sua argumentação. Mas é preciso observar que entre esses elementos existem alguns que parecem mais gerais que outros; conseqüentemente, estes parecem ser premissas essenciais de cada gênero. Por exemplo, a "felicidade como objetivo dos homens". Mas tendo em vista que as circunstâncias que envolvem o que deve ser aconselhado/desaconselhado, louvado/criticado, defendido/condenado não permitem uma escolha absoluta, Aristóteles observa a relatividade dessas premissas necessárias. É aí que se pode ver claramente o intuito da separação entre moral e retórica, pois o bem, o belo e o justo têm, na prática, "sentido de circunstância". Falando dos bens, por exemplo, Aristóteles faz uma distinção entre os bens incontestados (ou melhor, de conceitos absolutos, tais como justiça, coragem, saúde, beleza) e os bens contestáveis (o bem considerado como aquilo cujo contrário é vantajoso para o inimigo). Essa relativização das premissas necessárias por premissas circunstancializadas constitui um dos pontos fundamentais da retórica de Aristóteles, onde se encontra o que se poderia chamar de assunção da amoralidade da oratória, que, partindo de conceitos tão genéricos e assumindo-os como premissas, preenche essa generalidade por conteúdos contingenciais que visam à adesão de um ponto de vista necessariamente parcial (o das forças políticas que representa o orador). É sobre esse ponto preciso, aliás, que se fundou, na primeira parte deste trabalho, a descrição do mecanismo argumentativo dos discursos estudados.

Passa-se agora ao problema das "espécies", acrescentando que estas ligam as premissas circunstancializadas às premissas gerais – as espécies do gênero deliberativo fundam-se, por exemplo, naquilo que pode ou não servir. O pronunciamento não se refere a uma delimitação estrita entre esses dois contrários, pois servir ou não servir depende das circunstâncias daquilo sobre que se deve deliberar. E, no entanto, há um princípio geral, do qual o orador se pode valer – *o que serve é útil, o que é útil é bom e o que é bom conduz à felicidade.*

Da mesma forma, para aquilo que deve ser julgado, se a justificativa é um fim geral, são, no entanto, as circunstâncias que vão permitir decidir sobre o que é justo ou injusto, ou sobre o que é menos ou mais justo. O gênero epidítico é o gênero que coloca em evidência de forma mais patente esse aspecto, ao mesmo tempo circunstancial e absoluto das espécies: louva-se o belo, critica-se o feio, mas como decidir sobre o que é belo ou sobre o que é feio, se não existe senão um número restrito daquilo que é absolutamente belo? A decisão necessita, portanto, ser argumentada, mesmo que o público seja apenas espectador (isto é, mesmo que não lhe seja atribuída nenhuma função de decisão política).

Ao lado das espécies existem os "lugares", e boa parte do Livro II refere-se a eles. Trata-se, como já se afirmou neste trabalho, de uma região de onde o orador tira suas premissas comuns a todos os três gêneros. Como tais, os lugares não se referem à especificidade de cada gênero, e só compreendem premissas muito gerais. A exposição de Aristóteles sobre eles pode ser dividida em duas partes: a primeira sobre os "lugares" dos três gêneros; e a última sobre o "lugar" dos entimemas.

Os lugares gerais para Aristóteles são três: o lugar do possível e do impossível; o lugar do existente e do inexistente; e o lugar da amplificação e da depreciação. Os dois primeiros referem-se diretamente à temporalidade (não falamos do que está fora da temporalidade): o juiz só age sobre o passado; o que deve deliberar tem sua ação voltada para o futuro; e o que critica ou elogia tem sua ação fundada no presente (tendendo ao futuro, como explicitaria mais tarde Quintiliano). Esse fechamento de horizonte nos três tempos orienta, de certa forma, a escolha dos três lugares; assim, quando Aristóteles fala do lugar do possível e do impossível, afirma:

"Algo que pode ter um começo pode ter também um fim; pois nenhuma coisa impossível é ou começa a ser."[59]

E um pouco mais adiante:

"Se algo pode ter um fim, o começo será também possível."[60]

59. Aristóteles, *Rhétorique* II, Cap. 19, p. 100.
60. Idem, Cap. 19, p. 100.

A condição da possibilidade é, portanto, sua temporalidade, ou, em outras palavras, a viabilidade de seu fim e de seu começo. No capítulo 2 do Livro I, Aristóteles afirma que não se discute aquilo cuja existência não depende da decisão das pessoas. Isso pode ajudar a compreender a importância do "lugar" do possível para Aristóteles; se a oratória é ação política, é preciso que se refira a algo que seja possível na ação política. Respeitada essa condição, o orador vai argumentar a partir de algumas premissas tiradas desse lugar.

> "Se é possível que algo seja ou tenha sido, seu contrário também parecerá possível."[61]

A argumentação não se refere, portanto, ao que é simplesmente possível, mas a coisas do mesmo gênero que são possíveis. Se é possível condenar, é possível perdoar. É o ponto de vista do orador que vai conduzir a escolha de uma entre essas duas ações.

O segundo lugar é aquele do existente e do inexistente, que é também definido por uma espécie de temporalidade necessária:

> "Algo foi (ou não foi) feito, se (por exemplo) aquilo que foi destinado pela natureza a ser o foi. O que ela destinava mais a ser o fora também."

Ou de forma mais concreta:

> "Se se chegou a seduzir, é porque se havia tentado seduzir."[62]

No futuro o raciocínio é semelhante:

> "Se uma ação, que tem por objetivo certa coisa, foi produzida, é verossímil que esta coisa seja também produzida."[63]

---

61. Idem, Cap. 19, p. 100.
62. Idem, Cap. 19, p. 102.
63. Idem, Cap. 19, p. 103.

O terceiro lugar, aquele da grandeza ou da pequenez das coisas, é caracterizado como o lugar do relativo; é a temporalidade que dá as dimensões das próprias coisas. É aqui que Aristóteles explicita, de uma vez por todas, a separação entre Retórica e Ética:

"Para a prática, os fatos particulares têm uma importância mais decisiva que os universais."[64]

O fato de Aristóteles se ter dedicado muito pouco à especificação desse lugar não significa de modo algum que não lhe tenha atribuído alguma importância. Ao contrário, se se julga sobre o que é possível, sobre aquilo que é existente, a maneira de argumentar sobre a possibilidade e sobre a existência depende de um raciocínio suficientemente convincente que domine as dimensões absolutas e relativas das coisas:

"Sobre grandeza ou pequenez absoluta das coisas, sobre grandeza ou pequenez relativa, e, em geral, a evidência das coisas, grandes e pequenas, resulta para nós daquilo que foi dito."[65]

E o que Aristóteles disse anteriormente, até esse momento, de sua obra, a propósito dos "lugares", refere-se sempre à relatividade das coisas, o que justifica a estrutura implicativa dos enunciados sobre a possibilidade:

"Se uma coisa é possível num grau de excelência,
então,
ela é igualmente possível no seu grau ordinário."

E, ainda, é o que explica a eliminação do impossível do nível da decisão:

"Nada que é impossível não é nem começa a ser."[66]
"Não se apaixona por e nem se desejam coisas impossíveis."[67]

---

64. Idem, Cap. 19, p. 103.
65. Idem, Cap. 19, p. 103.
66. Idem, Cap. 19, p. 100.
67. Idem, Cap. 19, p. 100.

E é o que justifica igualmente a estrutura também implicativa dos enunciados sobre a existência:

"Se alguém podia e queria ter feito então,
ele o fez."

Confirma-se, após essas considerações sobre os lugares comuns aos três gêneros, que Aristóteles, através deles, delimita o espaço do pensamento retórico ao nível da prática. Pronunciado numa sociedade, em certas condições históricas, o discurso do orador, entendido como uma ação política, só deve procurar suas premissas naquilo que essa sociedade e as condições históricas lhe colocam à disposição, enquanto verdades válidas num dado momento. Portanto, o "lugar" não deve ser considerado como um definitivo moral. M. Dufour, na nota escrita sobre esse ponto, confirma essa afirmação:

"Par *lieux communs* les grecs entendent, non des morceaux tout preparés, mais des catégories sous lesquelles sont rassemblés les moyens d'argumentations."[68]

O raciocínio do orador não procura, pois, nos "lugares" o raciocínio do ponto de partida, mas constrói suas premissas a partir de categorias, tais como "o mais ou o menos", "o possível e o impossível", "o existente e o inexistente". O fato de que esses pares não pertencem exclusivamente ao domínio da Retórica significa que, em si mesmos, eles não têm relação direta com a prática, mas oferecem a esta raciocínios abstratos que o orador deve retrabalhar dando-lhes um sentido imediato. Por exemplo, no comentário feito por M. Dufour, sobre o Livro II, Capítulo 19, este lembra que Aristóteles classifica o possível e o impossível entre os opósitos e, a esse respeito, escolhe o seguinte trecho de Aristóteles nas *Categorias*:

"A respeito dos opósitos devemos dizer em quantos sentidos são ordinariamente entendidos. Ora, duas coisas opõem-se uma

68. Idem, Cap. 19, p. 99.

à outra em quatro sentidos, ou são os opósitos de relação, ou são os contrários, ou uma é a privação e outra é a posse, ou uma é a afirmação e outra é a negação. Cada um desses pares são opósitos, falando *grosso modo*; na relação, por exemplo, temos o dobro e a metade; nos contrários, temos o mau e o bom; na privação e possessão, temos a cegueira e a clarividência; na afirmação e negação, temos 'ele está sentado' e 'ele não está sentado'."[69]

A logicidade das categorias de que são formados os lugares dos gêneros exige, portanto, da parte do orador, exercício de raciocínio, mais que de conhecimento efetivo do mundo.

À natureza "lógica" dos raciocínios objetivos (elementos e espécies) Aristóteles acrescenta provas subjetivas ou morais, que são, também, decisivas. No Livro II, Aristóteles faz um estudo dessas provas, ao falar da autoridade do orador, do caráter do ouvinte e das paixões que o primeiro deve despertar no último para persuadi-lo. Aristóteles não aprofunda a descrição das paixões, mas trata de descrever os argumentos que podem ser em cada caso úteis para que o orador possa emocionar o ouvinte. Trata-se não de um conhecimento especulativo, mas pragmático, subordinado ao interesse do orador. A definição das paixões está totalmente ligada ao ouvinte, que não está diante do orador para aprender o que são essas paixões, mas para ser conduzido, por elas, à adesão. Trata-se, portanto, do mesmo processo pelo qual Aristóteles define as provas objetivas; ambas são circunscritas nos limites, ao mesmo tempo, fluidos e fechados da pragmática. Seu fechamento deve-se ao conjunto estrito orador-ouvinte-sociedade, e sua fluidez à relatividade moral desse conjunto. O discurso para Aristóteles parece ser um jogo no qual o orador não poderia sair da dupla natureza das provas, sem correr o risco de sair de seu próprio papel.

É por isso que Aristóteles vê apenas duas partes no discurso:

"Não há senão duas partes no discurso, pois é necessário dizer qual é o tema e demonstrá-lo... Dessas duas partes, uma é a

---

69. Aristóteles, *Catégories*, c 10, 11 b, 15 sqq, citado por M. Dufour na análise do Livro II, Cap. 19.

proposição; a outra, a confirmação. Como se se tratasse de um lado, do problema e, do outro, da demonstração."[70]

À pluralidade das partes propostas por outros teóricos, Aristóteles opõe essas duas partes, isto é, estabelece um critério de partição, não do ponto de vista da manifestação mais imediata, mas da subjacência lógica de todo discurso. Tudo o que concerne à definição, à caracterização do objeto do discurso, pertence à proposição. Tudo o que concerne à argumentação pertence à confirmação. Um discurso inteiro pode ser reduzido, portanto, em Aristóteles, a uma entidade simples, tão simples como o são as entidades lógicas. As justificações dadas por Aristóteles são claras: as outras partes, tal como a peroração, não ocorrem sempre em todos os discursos; da mesma forma, a comparação dos argumentos, o exórdio etc. Essas só existem como derivadas das duas partes fundamentais. Por que Aristóteles insiste nessa simplicidade? De tudo o que se afirmou neste trabalho até aqui, decorre que a perspectiva do Filósofo sobre a Retórica não é a mesma perspectiva de um pedagogo, que dá as regras da arte oratória normativamente. Como já se salientou anteriormente, Aristóteles tenta descrever as condições necessárias da produção do discurso. Além disso, não tem uma perspectiva de cientista, pois não está interessado no conteúdo, isto é, nas idéias, de que fala o orador, mas no mecanismo através do qual este age sobre o ouvinte, conduzindo-o à adesão das idéias. Para ele o discurso do orador deve, portanto, ter essencialmente aquilo que conta nesse mecanismo.

3. A retórica de Perelman

No início da sua introdução à *Nouvelle Rhétorique*, Perelman observa que a publicação de uma obra que retoma a Dialética e a Retórica antigas, após três séculos de cartesianismo, só pode ser interpretada como um questionamento do próprio car-

---

70. Aristóteles, *Rhétorique* III, Cap. 13, p. 77.

tesianismo. De fato, trata-se de uma obra com finalidade polêmica, cujo objetivo é relativizar a tendência unilateral da lógica e da teoria do conhecimento de Descartes. O centro da discussão de Perelman é o problema do conhecimento; para melhor compreender a posição do autor, parece ser útil tomar, ao mesmo tempo, *La Nouvelle Rhétorique* e os artigos que foram republicados em *Le Champ de l'Argumentation*. Mesmo no momento de fazer uma sistematização da sua teoria servir-nos-emos dessas duas obras, já que certos problemas tratados na *Nouvelle Rhétorique* foram discutidos de maneira mais clara em *Le Champ de l'Argumentation*.

Perelman traça para sua obra um projeto que ultrapassa os próprios limites da *Nouvelle Rhétorique* e que consiste em repropor o problema do conhecimento, cuja natureza não pode ser reduzida a um só nível (o lógico), devido à sua complexidade. Essa redução do conhecimento apenas disfarçaria e adulteraria sua própria natureza. É no artigo intitulado "Une Théorie Philosophique de l'Argumentation" que Perelman explicita sua crítica ao cartesianismo, no ponto preciso da noção de *evidência*. Para Descartes, diz ele, trata-se "d'une force qui s'impose à tout esprit doué de raison et qui manifeste la verité de ce qui s'impose de cette façon"[71]. Perelman indica que essa força pressupõe a existência de "notions claires et distinctes dont des rapports donnent lieu à des propositions évidentes"[72]. Isto é, a noção de evidência em Descartes não parece a Perelman algo que se situa no plano da experiência, mas algo que é obtido a partir de certo distanciamento em relação à natureza das coisas (se se toma a evidência como intuição racional). Essa postura que Descartes vê muito claramente na matemática deu origem a uma posição que parece ser, para Perelman, uma espécie de atemporalização do conhecimento: parte-se das evidências (tomadas racionalmente) e deduz-se a partir daí. Se essa evidência (como qualquer raciocínio situado fora da complexidade das coisas) é atemporal, tudo o que decorre disso é necessariamente desprovido de sentido em relação à realidade. É, aliás, a partir desta constatação que o au-

---

71. Perelman, *Champ de l'Argumentation*, p. 16.
72. Idem, p. 19.

tor critica o estudo da linguagem fundado em hipóteses matemáticas, que caracteriza o estado atual das pesquisas lingüísticas. O que Perelman critica no cartesianismo é essa concepção atemporal do conhecimento e, além disso, o caráter atomista (em relação ao todo do real) implicado pelo pensamento cartesiano. Atemporal pelo próprio artifício da evidência, como ponto de partida da reflexão, atomista pelo fato de que essa evidência não se refere senão a domínios tão restritos do real que jamais seria possível a recuperação da totalidade através dela.

A proposição de uma teoria filosófica da argumentação está fundada no fato de que a natureza sempre complexa dos objetos de nosso conhecimento não admite uma redução que os compartimentalize ou os atemporalize. Em outras palavras, os objetos do conhecimento, tendo natureza complexa, "exigem" abordagem coerente com essa complexidade. E, segundo Perelman, essa abordagem não poderia ser outra senão aquela assentada sobre a argumentação. Já se referiu neste trabalho àquilo que o autor entende por argumentação e retoma-se aqui o problema, mesmo correndo o risco de alguma redundância. Num outro artigo do autor "La temporalité comme caractère de l'argumentation", é feita importante distinção entre argumentação e demonstração, em dois conjuntos de oposição:

> "Nous avons donné le nom d'argumentation à l'ensemble de techniques discoursives permettant de provoquer ou accroître l'adhésion des esprits aux thèses que l'on présente à leur assentiment; le terme de demonstration étant réservé aux moyens de preuve qui permettent de conclure, à partir de la vérité de certaines propositions, ou encore, sur le terrain de la logique formelle, de passer à l'aide de régles définies de transformation, de certaines thèses d'un système, à d'autres thèses du même système."
> "Tandis que le démonstration, sous la forme la plus parfaite, est une enfilade de structures de formes dont le déroulement ne saurait être recusé, l'argumentation a un caractère non contraignant; elle laisse à l'auditeur l'hésitation, le doute, la liberté de choix, même quand elle propose des solutions rationnelles, aucune ne l'emporte à coup sur."[73]

73. Idem, p. 41.

Esses dois conjuntos de oposição levam Perelman à conclusão de que o tempo não tem papel algum na demonstração, ao passo que é essencial na argumentação. Parece que esta distinção é fundamental para se compreender a importância do papel da argumentação nas reflexões sobre os objetos do conhecimento, a que se atém Perelman. Observe-se, no entanto, entre parênteses, que esta distinção não é muito clara em Aristóteles, que quase sempre emprega o termo "demonstração" em sua Retórica. Observe-se, ainda, que essa distinção não está suficientemente generalizada atualmente: basta ler a excelente introdução de Jean Claude Milner em seu livro *Arguments Linguistiques*, onde as palavras "argumento" e "argumentação" são empregadas em sistemas demonstrativos (no sentido de Perelman)[74]. Milner opõe os raciocínios pela demonstração através de testes e os raciocínios por demonstração de argumentos. Retornando à discussão, afirmou-se que Perelman atribui à argumentação uma importância capital. É preciso explicar melhor essa afirmação.

Para o autor, o que importa ao conhecimento são os objetos tomados em suas contingências (daí a importância da temporalidade). Ora, dado que a contingência implica, necessariamente, complexidade, só resta ao pesquisador assumir essa complexidade em vez de fugir dela. Nesse momento, este não pode senão propor raciocínio "non contraignant", tendo em vista que seu ponto de partida não é o das evidências incontestáveis, mas possíveis e verossímeis; é preciso que saiba como chegar a uma conclusão convincente ou persuasiva. E, além disso, dado que a linguagem da qual se serve aquele que fala está fundada em noções não definitivamente elaboradas, mas continuamente em elaboração (ao contrário da lógica), o orador necessita de uma espécie de aproximação das noções (isto é, de atualização temporária) para poder falar e atingir sua finalidade. Num artigo anterior à *Nouvelle Rhétorique* ("Les notions et l'argumentation"), o autor afirma que "discernimos numa língua viva:

1. as noções formalizadas, tal como a noção de peão no xadrez;

---

74. Milner, *Arguments Linguistiques*.

2. as noções semiformalizadas, como as noções científicas e jurídicas;
3. as noções da experiência empírica vulgar, tal como a noção de ouro;
4. as noções confusas, no sentido estrito do termo, tais como a noção de mérito e a noção de bem;
5. e, finalmente, as noções concernentes a totalidades indeterminadas ou complementares a semelhantes totalidades, tais como as noções de universo, de coisa, ou de não-vivo."[75]

Se o discurso do orador não pode privar-se da língua, que comporta domínios nocionais de estatutos tão diferentes, é à argumentação que ele recorre e não à demonstração, já que esta pressupõe noções claramente elaboradas. O "Campo da Argumentação" é, portanto, suficientemente vasto para reduzir o domínio da demonstração ao da matemática. As ciências humanas e a filosofia não poderiam de modo algum ser consideradas como domínio discursivo e demonstrativo. Indique-se, no entanto, que, pelo menos do ponto de vista lingüístico (a crítica que faz à sua formalização parece clara), a posição de Perelman não parece ser inteiramente justa. As formalizações em Lingüística, em geral, situam-se mais na produção do que propriamente no processo. Viu-se em Chomsky e em Saussure que seus objetos são claramente delimitados teoricamente e a atemporalidade que lhes poderia ser atribuída não é hipótese sobre o fenômeno, mas sobre o objeto teórico. A crítica é válida para os que, não conhecendo a ruptura entre objeto teórico e fenômeno, confundem as evidências do objeto teórico com as "evidências" do fenômeno. Além disso, a formalização em Lingüística, sobretudo como a propõe Chomsky, está fundada sobre hipóteses que (pelo menos no plano delas próprias) têm natureza formal. Resta saber se essas hipóteses são válidas ou não. E parece ser muito cedo para julgamento sobre isso. O único ponto a levantar agora é o da semântica. O próprio Chomsky confessa o caráter problemático desse componente em seu modelo[76]. As "demarches" em Lingüística, sobretudo nos Estados Unidos, chegam a um limite bastante fluido: certas noções são aí utili-

---

75. Perelman, *Le Champ de l'Argumentation*, p. 79.
76. Chomsky, veja *Change Hypothèses*.

zadas formalmente, como se se tratasse de noções já definidas (animado, humano etc.). O fato de serem chamadas sintáticas não altera em nada o caráter problemático do seu emprego. Esse problema será discutido no próximo capítulo. Esta observação foi feita simplesmente para mostrar que, embora estando de acordo com a posição de Perelman, é preciso separar o que parece ser proposição teórica do que parece ser discurso simplesmente polêmico. Perelman, em seu projeto de propor um comportamento filosófico, não se priva, algumas vezes, de um estilo engajado que o obriga à redução do valor daqueles que se situam no terreno "inimigo". Sua coerência é louvável (propõe argumentação, argumentando), mas é preciso situar-se em termo médio, para se poder discernir a partir de sua proposta de utilização do "lugar da amplificação e da depreciação", o que parece ser o mais razoável.

A *Nouvelle Rhétorique* não deve ser interpretada como simples reproposição da Retórica e da Dialética antigas. Perelman introduz aí inovações bastante relevantes, além de interpretação esclarecedora de alguns pontos obscuros na obra de Aristóteles. Apesar da referência que faz a outros teóricos, é, sem dúvida, a este que se refere no que concerne à constituição do aparelho conceitual de seu trabalho.

Para não repetir tudo o que Aristóteles disse sobre a Retórica, tomam-se aqui somente os pontos em que o autor realmente modificou a proposição original, ou, então, os pontos que ficaram esclarecidos por sua interpretação.

A obra tem como objeto o estudo das "techniques discoursives visant à provoquer ou à accroître l'adhésion des esprits aux thèses qu'on présente à leur assentiment"[77]. Nesse mesmo contexto ele salienta a importância das técnicas discursivas e não de "meios discursivos"; a palavra "techniques" deve ser compreendida no seu sentido original, isto é, no âmbito da *produção*, como já foi observado quando se tratou de Aristóteles. O campo dessa disciplina (é aqui que se pode ver a primeira inovação) é muito mais vasto que aquele proposto por Aristóteles, quando se refere a qualquer domínio do conhecimento[78] que comporte um raciocí-

---

77. Perelman, *Traité de l'Argumentation*, p. 5.
78. Perelman, *Le Champ de l'Argumentation*, p. 13.

nio argumentativo, no sentido indicado há pouco. É por essa razão, aliás, que Perelman recupera, para a reflexão retórica, o gênero epidítico que os retóricos latinos haviam marginalizado por sua não-funcionalidade política. Para Perelman, trata-se do gênero da adesão por excelência, embora não exija do ouvinte resposta no plano da ação. Sobre esse ponto é preciso observar uma importante diferença que o autor estabelece entre dois tipos de adesão a que se referiu em texto transcrito na primeira parte deste trabalho: a persuasão e a convicção, cuja distinção se funda na natureza do ouvinte presumido pelo locutor:

"Nous nous proposons d'appeler persuasive une argumentation que ne prétend valoir que pour un auditoire particulier et d'appeler convaincante celle qui est censée obtenir l'adhésion de tout être de raison."[79]

E, para atingir o ouvinte, é preciso que quem fala o leve em consideração na sua complexidade, que pode ser compreendida não somente pela existência de língua comum entre orador e ouvinte, mas também pelas condições físicas que os ligam. Se, como afirma o autor, o ouvinte é "o conjunto daqueles sobre os quais o orador quer influir, pela sua argumentação"[80], é preciso considerar que esse conjunto é uma imagem que o orador cria, segundo seus objetivos. E não se trata de uma imagem simples, pois o quadro no qual se situam orador e ouvinte é o quadro em direção ao qual convergem variáveis psicológicas e sociológicas. O autor, no artigo "Les Cadres Sociaux de L'Argumentation"[81], tenta evidenciar a dimensão sociológica do conhecimento argumentativo, fundando-se, sobretudo, no fato de que, em primeiro lugar, as noções válidas para a argumentação dependem das instituições sociais, e, em segundo lugar, pelo fato de que a linguagem da argumentação é produzida por uma tradição social.

Assim a noção de ouvinte universal, de que faz uso Perelman, não é uma noção ideal *do ponto de vista da teoria*, mas do ponto de vista do orador:

---

79. Perelman, *Traité de l'Argumentation*, p. 36.
80. Idem, p. 25.
81. Perelman, *Le Champ de l'Argumentation*, p. 24.

"Il s'agit non pas d'un fait expérimentalement eprouvé, mais d'une universalité et d'une unanimité que se représente l'orateur de l'accord d'un auditoire qui devrait être universel, ceux qui n'y participent pas pouvant pour de raisons légitimes ne pas être pris en considération."[82]

Ao lado desse tipo de ouvinte, considerado em certos tipos de discurso, haverá também outros tipos de discurso que considerarão grupos particulares de ouvintes. As premissas para esses tipos diferentes de ouvinte são também diferentes, e se baseiam "nos acordos" diferentes.

As premissas que visam ao ouvinte universal se fundam sobre os seguintes objetos de "acordo":

a) os fatos e as verdades (sempre não controvertidos, isto é, postos e aceitos enquanto tais);
b) a presunção (ligada ao normal e ao verossímil).

Não se trata, pois, de objetos definidos, mas cuja definição é suposta como aceita.

As premissas que visam à adesão de grupos particulares baseiam-se em valores. Sobre esse problema, Perelman assinala que "estar de acordo com um valor é admitir que um objeto, um ser ou um ideal, deve exercer sobre a ação influência determinada, que se pode levar em conta na argumentação, sem que se considere, no entanto, que esse ponto de vista se imponha a todo o mundo"[83].

O valor é, portanto, o correlato teórico daquilo que para os antigos era a opinião. Perelman distingue, segundo seus objetos, valores abstratos (justiça, verdade), valores concretos (França, Igreja) e valores que são ligados a valores concretos, tais como fidelidade e lealdade. Lembra-se aqui o quadro de noções formalizadas ou semiformalizadas, o que quer dizer que, quando se trata de grupos particulares, a tarefa do orador se torna muito mais complexa, dada a fluidez dos conceitos de que se vale. O autor ao falar dos valores abstratos afirma que estes servem largamen-

---
82. Perelman, *Traité de l'Argumentation*, p. 41.
83. Perelman, *Traité de l'Argumentation*, p. 99.

te à crítica, pois, não levando em consideração as pessoas, fornecem critérios a quem pretende mudar a ordem estabelecida.

No entanto, a contribuição mais importante de Perelman sobre esse ponto é, efetivamente, a maneira pela qual trata da questão do "lugar" de onde se tiram as premissas. O autor estuda dois lugares fundamentais:

Primeiramente, o lugar da quantidade: "Les lieux comuns qui affirment que quelque chose vaut mieux qu'autre chose pour de raison quantitatives."[84] Nesse caso, o preferível é o que tem mais qualidades.

Em seguida, temos o lugar da qualidade, que serve para contestar a verdade do número[85]. Nesse caso o preferível é o que tem tal qualidade.

Todos os demais lugares estão correlacionados com esses dois primeiros. Assim, temos:

– o lugar da ordem, que exprime a superioridade do anterior sobre o posterior;
– o lugar do existente, que exprime a superioridade do que é atual e real sobre o que é possível, eventual e impossível;
– o lugar da essência, ou seja, a atribuição de um valor superior aos indivíduos, enquanto representante bem caracterizado da essência. (Um belo coelho é aquele que se aproxima mais de todas as qualidades atribuídas ao próprio coelho.)

Perelman organiza a discussão da estruturação dos argumentos, remetendo-se diretamente aos exemplos e aos entimemas de Aristóteles. Sobre esse ponto parece que Perelman apenas organizou a herança da antiga retórica.

Essencialmente o autor redefiniu a retórica sob dois pontos fundamentais: dilatou a extensão de seu campo, que passa a compreender toda manifestação discursiva que visa à adesão do ouvinte, e reduziu a tipos básicos os "lugares". Além disso, salientou a natureza temporal da argumentação e, conseqüentemente, seu caráter não restritivo. Perelman funda, assim, sua teoria sobre o

84. Idem, p. 118.
85. Idem, p. 119.

domínio da fluidez. Esse aspecto parece ser fundamental, pois, recusando-se a uma "atomização" do real, Perelman escolhe como ponto de reflexão não o que nesse real é passível de uma sistematização atemporal, mas o que é movimento.
A contribuição das duas retóricas para o estudo da linguagem parece bastante importante. Nesta exposição tentou-se demonstrar que, contrariamente ao consenso científico atual, esses dois trabalhos, pelo menos, não têm um caráter normativo e não se restringem ao domínio das figuras (ao menos de expressão), mas abrangem sobretudo uma *descrição* do ato discursivo. É verdade que ambos os filósofos não consideram a ruptura sistema-realização; Aristóteles, pela natureza *prática* de sua retórica, e Perelman, como resultado de uma tomada de posição contra esse tipo de ruptura, em favor do evidenciamento dos fenômenos de ordem temporal. Do ponto de vista das teorias ditas clássicas da Lingüística, as duas retóricas só se referiram àquilo que não lhes interessa, isto é, ao processo discursivo. Mas, se não se pode postular, para um domínio tão fluido, hipóteses suficientemente completas, para dar conta dele, e se essas teorias não se atribuem como finalidade, senão à explicação, quer do que seja a língua, enquanto estrutura de oposição definida, antes de qualquer ato de comunicação, quer da língua, enquanto sistema abstrato de regras que dão conta da produção das frases, por que não pensar ou especular sobre a língua em sua realização? Qual é a interdição, *de fato*, que expulsa essa realização para o domínio da temporalidade e da subjetividade? Não pode essa própria temporalidade-subjetividade ser característica objetiva e objetivável, portanto passível de ser pensada racionalmente? Se a resposta a essa última questão é positiva, a resposta à primeira nega a própria interdição em questão; se é negativa, conduz à resposta racional sobre alguns pontos importantes que se tomam emprestados de Perelman:

– Quais são os critérios objetivos que justificam o jogo da temporalidade como não pertinentes ao sistema lingüístico?
Da mesma forma, quais os critérios que justificam o jogo de determinações, do tipo deixis-anáfora, como não pertinentes ao sistema lingüístico?

– Como justificar objetivamente, independentemente de seu uso, a distinção entre noções do tipo confuso (bem, verdade) e as do tipo fidelidade, lealdade, que têm um papel discursivo totalmente diferente? A consideração desse papel não é uma tarefa necessária da pesquisa lingüística? Não se pensa aqui que a explicação do discurso seja a única finalidade das pesquisas lingüísticas, mas que ela é uma das mais válidas, desde que não se deseje que tais investigações, privando-se da própria linguagem, se tornem um discurso em torno de si mesmas. Além da capacidade de falar determinada língua, o homem tem a capacidade geral de um raciocínio verbal que lhe permite ser compreendido pelo ouvinte. A questão final que se coloca é a seguinte: independentemente das constantes, que têm papel na produção da frase, não existiriam outras constantes lingüísticas, suficientemente determinantes, para justificar os discursos, não como uma realidade totalmente aleatória, mas como uma totalidade regida por princípios especiais e defíníveis?

É nesse ponto que se pode ver a importância da retórica para os estudos da linguagem.

Em primeiro lugar, por causa da extensão do seu objeto de estudo, o discurso deve ser visto como um todo (apesar da finalidade prática que lhe é atribuída). Tendo em vista o fato de que o efeito da adesão (que poderia ser traduzido em termos de compreensão), no sentido de que o discurso "compreende" na sua realização o que fala e aquele a quem se fala, a Retórica tem uma idéia não-atomizada desse objeto. E cada partição é feita somente a partir de seu papel no todo do discurso.

Em segundo lugar, na perspectiva aberta por Perelman, a Retórica não abrange somente gêneros específicos, mas também todo domínio discursivo que tenha como finalidade a adesão. É difícil pensar, salvo no caso dos performativos, em ocorrências de discurso que não se proponham à adesão. As *técnicas* da adesão, no sentido já indicado dessa palavra, de que se ocupa a pesquisa retórica, referem-se àquilo que se poderia chamar raciocínio verbal, cuja importância para o conhecimento do funcionamento lingüístico não é nada minimizável. Esse tipo de raciocínio não deve ser considerado simplesmente como degenerescência do raciocínio lógico.

Em terceiro lugar, a Retórica não chega ao limite da teoria do conhecimento, tal como chega normalmente a Lingüística; ela não se propõe uma semântica formalmente definida, mas uma semântica cujo quadro final é uma tarefa ligada a uma sociologia do conhecimento, isto é, fundada numa espécie de conjunto nocional definido temporalmente. O jogo da linguagem faz-se nesse conjunto, em que a ambigüidade não é defeito, mas a condição necessária para a produção do discurso e da discussão.

Em quarto lugar, se é verdade que as formas discursivas estão em função de seus fins, os estudos antigos sobre o gênero podem fornecer informações preciosas de uma tipologia do discurso, que não seria definida por uma classificação, mas derivada da teoria da produção discursiva. E, finalmente, se a interrogação sobre o que ultrapassa os limites da frase torna claros alguns problemas de sua estruturação, a Retórica, interrogando as entidades discursivas (logo as entidades mais amplas da frase), pode fornecer informações fundamentais ao estudo desta.

Capítulo 5 **Lingüística e significação**

1. Significação e conhecimento do mundo

O desenvolvimento da Lingüística, no domínio da semântica, tem incidido sobre problemas cuja dimensão não é nada minimizável, cuja importância é maior do que se possa imaginar e cujas conseqüências na progressão dos estudos nesse domínio têm implicações diretamente ligadas às perspectivas teóricas que têm regido a semântica nas últimas décadas. A título de exemplo, tomem-se aqui dois trabalhos que representam correntes lingüísticas totalmente diferentes: *Sémantique Structurale* de A. Greimas e "The Structure of Semantic Theory", de Katz e Fodor.

Lembre-se que do ponto de vista teórico, o trabalho de Greimas segue (interpretativamente) o plano de Hjelmslev, que, nos *prolégomènes*, faz referência à relação entre semântica e sintaxe, afirmando que a semântica trataria das *invariantes* do plano do conteúdo, ao passo que a sintaxe trataria do estudo das variedades do plano do conteúdo. Este teria, de um lado, invariantes que se articulariam em variantes, as quais poderiam ser livres (variações) ou ligadas (variedades)[1]. A sintaxe trataria, portanto, dos elementos

---

1. Hjelmslev, *Prolégomènes Pour Une Théorie du Langage*, Cap. 16.

contextualizados do plano do conteúdo, que em outros termos seriam definidos segundo relações sintagmáticas. Parece que Greimas interpretou essa proposição da seguinte forma: situou as invariantes no nível semiológico e, entre as variantes, reteve apenas as variantes livres (variações) pelo fato de as variedades serem objeto da sintaxe. Entre parênteses, mesmo que Hjelmslev tenha afirmado que, desse ponto de vista, a sintaxe não poderia jamais ser uma tarefa completa, pela natureza ao mesmo tempo sintática e semântica das variáveis da sintaxe, o trabalho de Greimas não chega a apontar que a direção de sua descrição seria uma sintaxe. Retomando-se a discussão, Greimas situa no nível "profundo" de seu modelo as categorias semiológicas (por exemplo, esfericidade-solidez-especialidade) que se organizariam em sistemas sêmicos. É nesse nível que se situariam os significados mais genéricos que caracterizariam os seres do mundo[2].

As entidades constitutivas desse nível seriam articuladas num nível mais alto da escala, que conduziria à fala; dessa forma se caracterizariam os classemas, entidades constitutivas do nível semântico que só se definem enquanto "variações" das invariantes semiológicas: *humano, animal, objeto* são classemas, isto é, entidades do conteúdo que não são necessariamente contextuais, isto é, sintáticos (variedades, no sentido de Hjelmslev). Elas se situam num nível *pré-frasal*. Por exemplo, os elementos semânticos do tipo ± *animal*, ± *humano* são significações que, articulando categorias semiológicas, não bastam para a descrição de uma frase dada. No exemplo utilizado por Greimas "Le chien du comissaire aboie", vemos que existem duas interpretações possíveis, fundadas na oposição ± *animal* que não é uma oposição que possa dar conta seja da relação entre "chien" e "aboie", seja das características idiossincráticas da palavra "chien" (dimensionalidade, matéria, forma etc.).

O que é semântico para Greimas se situa no nível intermediário entre os sistemas sêmicos imanentes e a manifestação discursiva. Esta conteria categorias (tais como agente, beneficiário)

2. Mais genéricas ou mais específicas, pois se o nível semiológico retém as significações que organizam os traços semânticos dos objetos do mundo, esses mesmos traços devem também dar conta de sua diferença.

que poderiam dar conta das relações sintagmáticas e seria o nível privilegiado da liberdade do sujeito falante.

A proposição fundamental de Katz e Fodor[3] situa-se num projeto teórico inteiramente oposto àquele de Greimas. No entanto, pode-se observar entre eles algumas aproximações bastante fortes. Os autores salientam a íntima relação de seu projeto com o de Chomsky, atitude redundante até certo ponto, pois seu texto não faz senão repetir a proposição fundamental deste último, isto é, o lugar privilegiado, em seu modelo, do componente sintático que forneceria o "input" para o componente semântico.

O trabalho de Katz e Fodor, embora se proponha apenas a fornecer os princípios formais desse componente, conduz ao ponto fundamental da presente discussão. A forma do componente semântico seria constituída de três espécies de marcadores: os marcadores gramaticais, os marcadores semânticos e os diferenciadores. Os primeiros, como se observou acima, forneceriam o "input" da análise semântica, isto é, *grosso modo*, a descrição formal do mecanismo sintático, cujas categorias forçosamente seriam mais poderosas e, portanto, menos específicas que as categorias semânticas (e as regras de sua combinação). O papel do componente semântico seria um papel interpretativo, o que quer dizer, capaz de especificar a estrutura fornecida pelo componente sintático, e essa especificação seria feita com o auxílio do dicionário e das regras projetivas. Nesta discussão não importa evidentemente o modo de funcionamento desse componente, mas sua constituição. Observe-se que os autores colocam em xeque a possibilidade de constituir exaustivamente um quadro de diferenciadores, cuja natureza é semelhante às categorias semiológicas de Greimas (líquido-sólido etc.) pela sua especificidade significativa. E quais são as categorias propostas como semânticas pelos autores? São as mesmas que Greimas situa sob essa mesma etiqueta: *humano, animal, objeto* etc. A diferença entre os dois modelos está, portanto, numa inversão de ordem; para Katz e Fodor o ponto de partida são os marcadores gramaticais, seguidos dos marcadores semânticos e estes seguidos dos dife-

3. Katz e Fodor, *The Structure of Semantic Theory*.

renciadores, ao passo que se teria em Greimas (utilizando a mesma nomenclatura) os diferenciadores, os marcadores semânticos e a sintaxe[4]. Essa inversão tem uma importância fundamental na caracterização da posição teórica de Katz e Fodor, mas não impede que alguns problemas colocados para o trabalho de Greimas permaneçam ainda sem solução. Entre esses problemas poderíamos salientar a dificuldade de se ter uma técnica de apreensão e de separação das categorias semânticas e sintáticas. Nesse ponto vê-se que Greimas não deveria ter tido dificuldades, já que não chegou mesmo a falar de sintaxe. (O que não quer dizer que seu modelo seja mais simples no sentido técnico da palavra.) O problema permanece aberto para o projeto de Hjelmslev: como poderíamos constituir as invariantes e as variedades do plano do conteúdo? Para ele um traço semântico caracteriza-se como um traço fonológico, e tentaremos compreender seu pensamento, partindo do domínio mais conhecido, que é o da fonologia: suponha-se o fonema /s/, uma invariante na língua portuguesa segundo uma simples comutação na maioria dos contextos onde pode aparecer; essa invariante *pode* articular-se livremente na posição interconsonantal em 𝒮/𝓏 ; 𝒮/𝓏 seriam portanto variantes livres das invariantes /s/, mas o fato de utilizar 𝒮 ou 𝓏 liga-se a fatores contextuais (variedades) (𝒮 diante de consoantes surdas, 𝓏 diante de consoantes sonoras). No plano do conteúdo, as coisas iriam passar-se da mesma forma: um traço semântico qualquer seria uma invariante, se a operação de comutação tivesse demonstrado sua pertinência sistemática. E essa invariante poderia ou não articular-se em variações (independentemente de todo contexto) e deveria articular-se em variedades (diretamente ligadas aos contextos). Supondo que a interpretação de Greimas seja correta, tome-se o exemplo que ele próprio utilizou:

"Le chien du comissaire aboie."

Greimas indica que os traços *animal*, *humano* e *objeto* se situam no nível contextual, o que para Hjelmslev significa sintá-

---

[4]. Foi citado também nessa discussão Hjelmslev, pois se trata aqui de comparar dois modelos completos da língua. A referência unicamente a Greimas seria insuficiente, pois este se propõe somente à especulação sobre a semântica.

tico. Se não se pode atribuir esses traços senão segundo o contexto, só se poderia concebê-los como variedades. Então, se eles são classificados como variedades terão o mesmo valor dos traços que deveriam dar conta das relações, por exemplo, entre "chien" e "aboie" (chamam-se tais relações *sujeito de* e *predicado de*). O conjunto dos trabalhos de Hjelmslev e Greimas coloca dificuldades enormes em pontos bem precisos: Hjelmslev, dado o caráter programático dos *Prolégomènes*, não fornece elementos para a constituição das invariantes e variantes do conteúdo, mas indica a natureza semântica da sintaxe. Greimas, propondo-se até certo ponto a seguir Hjelmslev, esquece essa última (e importante) observação e não chega a estabelecer nem mesmo um projeto das relações entre sua semântica e a sintaxe que ao final das contas deve estar subjacente a ela. Além disso, se os classemas – unidades semânticas – não se definem senão em relação *ao* e *a partir do* sintagma, esse critério nos conduziria a considerar como classemas as categorias *sujeito de* e *complemento de* etc.

Para Katz e Fodor o problema que se coloca é semelhante à medida que os traços que eles propõem como semânticos, desde que sejam considerados como tendo papel na sintaxe, passam a pertencer ao componente sintático. Assim, Chomsky, por exemplo, assume como sintáticos traços, tais como $\pm$ *humano*, $\pm$ *concreto*, que, na origem, estavam classificados como semânticos. Essa confusão justifica a crítica de Lakoff e Mac Cawley[5] que tentam mostrar que todos os traços sintáticos são semânticos.

Algumas questões podem ser colocadas nesse momento da discussão. Primeiramente, qual é a importância da diferença entre aquilo que é semântico e aquilo que é sintático? Em segundo lugar qual é o problema que está na base desse impasse?

A primeira questão remete-nos diretamente aos pressupostos teóricos das duas correntes: para Hjelmslev-Greimas, a passagem da semântica à sintaxe é a passagem da sistematicidade para a liberdade. Hjelmslev (cujas idéias infelizmente caíram no esquecimento depois de Chomsky) coloca o problema de modo preciso: no nível do sistema não se ultrapassam jamais os limites das

---

5. Veja Lakoff, *On Generative Semantics* e Mac Cawley, *Interpretative Semantics Meets Frankenstein*.

categorias cuja organização comporia a forma do conteúdo. Essa forma poderia "contractar" uma função com qualquer substância, entre as quais há a substância fônica. Isto é, o que é subsistema do sistema lingüístico não é essencialmente lingüístico, pois não necessita realizar-se lingüisticamente. O nível das variantes é o nível do não sistemático, isto é, o nível pelo qual a forma lingüística começa a ser lingüisticamente *concreta*. O centro do conteúdo, e que é de ordem sistemática, é, portanto, a semântica, que comportaria as categorias pelas quais o homem organiza o mundo. Segundo Greimas, essa organização seria de natureza nitidamente perceptiva; é por isso, aliás, que ele concebe como *semiológicos* certos conteúdos que nos remetem diretamente aos mecanismos perceptivos (espacialidade, extensão, movimento). A ótica é nitidamente classificatória, já que a decomposição do mundo exterior é feita com o auxílio dos traços fundamentais que existiriam nos objetos do mundo, e não no sentido de que os objetos seriam classificados em tal ou tal categoria. A possibilidade de o esquema lingüístico "contractar" uma função com outras substâncias que não a fônica conduz Hjelmslev a colocar em evidência a importância que os lingüistas devem atribuir às outras semióticas. Mas é possível acreditar que Hjelmslev não deu importância necessária ao papel do *processo* (enquanto lugar das variedades) no esquema lingüístico, pois, se as variedades são variedades em relação a invariantes, isso pressupõe não uma ruptura entre sistema e processo, mas uma continuidade. Esse ponto parece ser fundamental. Se a sintaxe colocada no processo é uma articulação da semântica e se o processo é a expressão do sistema lingüístico *no mundo*, a sintaxe não é esgotável, pois o processo não é esgotável; a sintaxe não é um domínio fechado, pois o processo não o é. Como o processo, *a sintaxe está no mundo*. Distinguir o que está no mundo do que é forma lingüística é, portanto, a tarefa fundamental da pesquisa científica que deve ter como objetivo a constituição dessa forma.

Para Katz e Fodor o problema coloca-se praticamente do mesmo modo, mas tem como ponto de partida a sintaxe, isto é, uma estrutura relacional, e não mais uma estrutura categórica. E as entidades ditas livres por Hjelmslev não o são mais aqui, já que nessa nova perspectiva, elas são pressupostas como um conjunto finito, condição *sine qua non* para serem consideradas como um ponto de partida. Teoricamente teríamos, portanto, a seguinte ordem: sintaxe, semântica ou, mais explicitamente, sintaxe, marcadores semânticos e diferenciadores. Esses últimos são considerados como idiossincrasias dos itens lexicais e enquanto tal dificilmente sistematizáveis e de um poder explicativo muito restrito. A semântica tem assim uma parte (a dos diferenciadores) que *está no mundo*. Observa-se, portanto, que a tarefa teórica se dividiria em duas partes distintas: uma trataria da separação entre as idiossincrasias e as generalidades semânticas, e a outra trataria da separação destas com relação às generalidades sintáticas. O objetivo dessa perspectiva é considerar a constituição de um sistema explicativo da capacidade da fala, e, dessa forma, o pesquisador não se vê obrigado a se lançar sobre o que liga essa faculdade ao mundo. Parece que, embora tendo expulsado de suas preocupações as "categorias" que forneceriam um conhecimento do mundo, o problema da separação entre sintaxe e semântica não se resolve aqui também. Se, segundo Chomsky, o componente semântico é um componente interpretativo, tudo aquilo que não é interpretativo, mas informação fundamental, passa para componente sintático (que cresce cada vez mais e que esvazia cada vez mais o papel da semântica). A razão disso está em que o componente sintático é suficientemente forte para dar conta das informações fundamentais das frases, e, em nome desse poderio, a distinção entre semântica e sintaxe vai separar não categorias nitidamente distintas, mas categorias de poderio explicativo *mais* forte ou *menos* forte (essas últimas, rejeitadas como específicas, se situariam à margem da ciência e *do mundo*). E basta ver o estado atual das discussões entre lexicalistas e gerativistas para compreender que se trata de um problema de decisão teórica, mais que de problemas empíricos. Se o ponto de partida para os lexicalistas for uma estrutura fortemente informativa, tal se deve mais ao fim ao qual eles se ligam, isto é, à explicação da faculdade da fala como um mecanismo relacional. Mas a partir do momento em que se coloca o problema do significado, vê-se que só muito artificialmente os lingüistas chegarão a construir o modelo da faculdade da fala. Todo esforço de objetividade se relativiza nesse momento, em que a própria natureza dos domínios sintáticos e semânticos não chega a ser tão definida. Em outros termos, estabelece-se a confusão simplesmente por causa da natureza dos "fatos" sobre os quais se debatem as diferentes correntes lingüísticas. É essa natureza que se tentará discutir agora, procurando-se ordenar a questão que subjaz a essa disputa[6]. As categorias do tipo *humano, animal, masculino, concreto* foram sempre consideradas como aquelas que desempenham um papel na definição das palavras no dicionário, isto é, nas palavras anteriormente a seu emprego. Ao lado delas, têm-se outras categorias ditas menos gerais, concernentes à definição mais concreta e mais específica das palavras: *dimensão, forma, matéria, origem, finalidade* etc. A esses dois grupos se acrescentariam ainda categorias do tipo *nome, verbo* etc., concernentes às classes gramaticais. É assim, por exemplo, que se encontra no item "coração" a seguinte definição: "n.m.: organe creux et musculaire, de forme conique, situé dans la poitrine et provoquant la circulation du sang" (*Petit Larousse*). As duas categorias iniciais, *nome, masculino*, cuja dimensão é distinta (o masculino, por exemplo, pode-se combinar com adjetivo, pronome etc., mas só pode ser considerado como um subconjunto do nome). Além disso, nessa definição da palavra "coração" vê-se que se estabelece uma relação sinonímica genérica com órgão e, em seguida, com a especificação da forma ("creux, conique"), da matéria ("musculaire"), do lugar ("dans la poitrine") e da função ("provoquant la circulation du sang"). De fato, essas últimas categorias não são características decisivas do ponto de vista de uma sintaxe considerada como investigação das relações puramente formais, em virtude de sua natureza perceptiva (forma, matéria, lugar) ou nitidamente intelectiva (função, finalidade).

A sintaxe, propondo-se como formal, recorre às informações do tipo *humano, concreto, masculino* etc., para justificar suas re-

---

6. É claro, portanto, que o esforço em estabelecer uma distinção entre sintaxe e semântica depende do modo pelo qual uma teoria concebe a relação de seu objeto com o mundo: para Hjelmslev-Greimas, sendo a língua concebida como um sistema classificatório, nesse caso é a sintaxe que a liga ao mundo; para Katz e Fodor, sendo a língua definida como um sistema relacional, abstrato, é a semântica que, fornecendo as significações a esse sistema, a liga ao mundo.

gras, mas pode deixar de lado traços que não podem ser utilizados como traços lingüisticamente pertinentes, pois a especificação da forma, da origem etc. depende da escolha; por exemplo, do traço *concreto*. Ocorrências do tipo "coração do país" eliminam o significado "organe creux et musculaire", mas mantém por derivação "provoquant la circulation du sang" (a parte mais importante). Mas uma ocorrência do tipo "coração de todos os brasileiros" marca uma escolha no nível do ± concreto. Um dicionário atual nesse caso não pode restringir-se unicamente à marca concreto (±). Trata-se aí de uma influência diacrônica sobre a sincronia que define essa palavra específica, mas cujas categorias iniciais não foram alteradas, pois *concreto* é implicado por + concreto. O critério segundo o qual significados do tipo "forma", "origem", "função" etc. não têm um papel fundamental na língua parece correto desse ponto de vista, pois sintaticamente eles dependem de categorias mais poderosas. Observe-se, no entanto, que alguns exemplos ingênuos da língua portuguesa podem turvar a clareza dos critérios das separações entre o que é e o que não é lingüisticamente importante. Examinem-se de passagem os seguintes exemplos:

(1) O gelo se quebra.
(2) A água se quebra.

onde (2) parece inaceitável pela incompatibilidade entre o traço + *líquido* da água e + sólido ─────────, de quebrar, ao passo que a compatibilidade é satisfeita em (1). Mas nos exemplos:

(3) A água escorre.
(4) O gelo escorre.

vê-se que, embora o verbo escorrer exija o traço + líquido ─────────, o exemplo (4) é considerado aceitável. E isso não por metáfora. Se se tenta explicar por metáfora, será necessário mudar seu conceito. A razão dessa aceitabilidade e de considerar como normal um enunciado do tipo (4) parece-nos ser um pouco mais completa: o problema da compatibilidade não é sempre um problema que se pode delimitar no nível das relações puramente lingüísticas; a generalização das combinações tem como conseqüência a eliminação de enunciados perfeitamente aceitáveis da gramática, considerando como gramaticais apenas aqueles em que essa compatibilidade parece ser evidente ou, então, com uma atitude mais liberal arrisca-se a cair em critérios locais, considerando somente casos específicos e construindo-se gramáticas *ad hoc*.

A partir desse tipo de problema, vê-se que trabalhos desse gênero bloqueiam-se num certo momento, pois, embora se tenha eliminado teoricamente a referência, não existem no aparelho teórico, de onde saíram, critérios suficientemente fortes para garantir essa eliminação. Como explicar por exemplo nesses trabalhos um problema como aquele colocado por um enunciado em francês do tipo "vous allez partir demain", delimitando-se em critérios puramente não referenciais? Parece difícil ter um aparelho, no estado atual das pesquisas lingüísticas, cujo poderio possa explicar a relação entre plural e singular sem apelar para o problema da singularidade ou pluralidade de elementos situacionais (no caso do "ouvinte"); e, no entanto, o problema formal que se coloca nesse caso é o problema de uma compatibilidade não específica, isto é, lingüística.

Parece que são problemas desse tipo que levaram Grimes a afirmar a impossibilidade de pensar-se uma teoria lingüística sem se ter subjacente uma teoria da referência[7]. Isso porque, apesar da possibilidade de elaboração de uma teoria lingüística que desconheça os problemas da referência, é também impossível esquecer que entre as várias funções da linguagem a função referencial é tão não-negligenciável que as teorias mais formalizadas acabam por barrar-se nesse problema. E nesse ponto parece verdadeiramente difícil saber a distinção entre a especulação lingüística e a especulação de uma filosofia do conhecimento, pois ambos os tipos de reflexão acabam por cair no problema da referência.

7. Grimes, *The Thread of Discourse*. Parece que o ponto de vista de Grimes deve ser compreendido não como uma proposição que visa à inclusão da teoria da referência na teoria lingüística, mas como uma proposta que tenha em vista que cada teoria lingüística explicita a teoria da referência que lhe é subjacente.

Finalizando, observe-se que tanto uma semântica estrutural quanto uma semântica lexicalista, dado o caráter cognitivo que elas atribuem à linguagem, se bloquearão num certo ponto por causa desse próprio pressuposto cognitivo, já que as categorias do conhecimento não são defníveis na ontologia de um sistema fechado em si mesmo, mas dependem do jogo sujeito-falante-conhecedor que, apesar de tudo, está fora de uma e de outra semântica. E a consideração desse sujeito exigiria, sem dúvida, como se assinalou em páginas anteriores, outra concepção de linguagem e sobretudo um critério muito mais amplo para a delimitação do que tem ou do que não tem importância para a reflexão lingüística.

2. Significação e ação no mundo

Entre as várias conclusões que Austin[8], durante sua décima segunda conferência, tira de suas reflexões, encontra-se uma que concerne diretamente ao problema da significação. O autor propõe uma reformulação da teoria da significação a partir da distinção entre atos locucionários e ilocucionários. Trata-se de um ponto de vista onde o problema da significação se acha ligado não ao conhecimento do mundo, mas à ação no mundo. Esse ponto de vista originou reflexões da filosofia da linguagem (Searle e Strawson) e de certa forma coincide com trabalhos lingüísticos, tais como os de Benveniste e Ducrot. Para compreender a especificidade desse ponto de vista é preciso assinalar alguns pontos fundamentais nas idéias de Austin. Isso será feito agora separando-as em dois conjuntos: o primeiro refere-se aos conceitos gerais que fazem parte do sistema austiniano. O segundo refere-se ao projeto do autor.

Grosso modo, o "sistema" austiniano funda-se no fato de que um ato de dizer não é simplesmente um ato de descrever, isto é, não é simplesmente a revelação de um conhecimento da parte

---

8. Austin, *Quand Dire C'est Faire* (trad. fr. de *How to do Things with Words*).

do sujeito falante, pois, dizendo alguma coisa, este *age* no mundo. Austin distingue na fala três espécies de atos interligados e cujos limites concretos não são sempre claros: o ato de locução, o ato de ilocução e o ato de perlocução. O primeiro tipo é implicado no segundo, ao passo que o terceiro é quase uma conseqüência do segundo (mesmo que não intencional). A importância atribuída pelo autor ao segundo tipo de ato explica-se pelo fato de que é nele que se concentram três papéis fundamentais da linguagem: descrição + ação + conseqüência. Em outras palavras, é o tipo de ato da linguagem que responde, do ponto de vista teórico, às necessidades de uma ótica que trate do conjunto dos fenômenos da fala. O projeto de Austin decorre justamente dessa emergência do ato de ilocução e pode ser resumido nos seguintes pontos:

a) O ato de discurso, na situação integral dos discursos, é o objeto essencial da investigação.
b) O caráter afirmativo ou descritivo não é o único da linguagem; a investigação deverá tratar de outros caracteres sobretudo do caráter ilocucionário.
c) A partir da distinção entre os atos locucionário e ilocucionário é preciso reformular a teoria da significação.

A justificativa desses três pontos exige uma discussão não das idéias teóricas de Austin, mas sobretudo de suas intenções em filosofia. Enquanto filósofo da linguagem, Austin propõe-se à especulação sobre o papel da linguagem no mundo, não do ponto de vista informativo, mas, como se pôde observar, do ponto de vista da ação significada pelo ato de linguagem. Ora, desse ponto de vista, qualquer indagação sobre o caráter cognitivo da linguagem não tem senão um valor acessório. Austin deixou de lado o problema das unidades mínimas de significações ou o problema dos significados mínimos concernentes às gramáticas, já que o que conta para ele são os significados do ato de dizer, cujos limites, traçando-se além da frase e dos morfemas, se situam no plano de um ato cumprido pelo discurso. O mecanismo técnico da partição deste só é, portanto, aceitável se considerado do ponto de vista do ato ilocucionário, pois é este ponto de vista que fornece as coordenadas da dimensão ativa da fala. Assim, vê-se bem por que Austin pensa que os enunciados afirmativos não são definitivamente tão fundamentais na linguagem, pois esta não se restringe à afirmação ou à negação de alguma coisa. O discurso, na sua totalidade, pode ter outra função que não a informação. O problema da significação não pode reduzir-se à sistematização das marcas pertinentes para a gramática, pois esta função ativa do discurso exige a consideração de outros significados que (embora não desempenhe um papel determinante numa gramática fechada) têm um papel fundamental na consecução do próprio ato da fala.

Uma das características mais importantes dos atos ilocucionários, segundo Austin, é sua convencionalidade, isto é, sua forte ligação com as convenções socialmente dadas através das quais um ato de linguagem tem êxito ou não.

Strawson[9], no entanto, indica a dificuldade de encontrar-se sempre uma convenção que possa garantir o êxito de alguns atos ilocucionários. Segundo esse filósofo, é necessário, além da convenção, acrescentar outra característica a esses atos: a intenção. Para justificá-la e explicitar seu papel, Strawson retoma um trabalho de Grice que lhe serve de ponto de partida. Parece importante reproduzir aqui o raciocínio de Strawson para compreender bem em que ele contribuiu para o desenvolvimento das idéias de Austin. Segundo ele, Grice propõe, na noção de "someone's non naturaly meaning something by an uterance", o esquema e as conclusões seguintes:

l: locutor
x: expressão
i_1: intenção de produzir uma resposta
r: resposta no ouvinte
o: ouvinte

l produz não naturalmente um significado pela expressão x se tem a intenção (i_1) de produzir pela expressão x certa resposta (r) num ouvinte (o) e se tem a intenção (i_2) de que o reconheça (i_1) e que tenha a intenção (i_3) de que esse reconhecimento seja função da razão de o para sua resposta.

9. Strawson, "Intention and Convention in Speech Acts" in *The Philosophy of Language* (ed. por Searle).

Strawson observa que esse esquema não é suficiente e acrescenta a ele a intenção de (i_4) de que o reconheça a intenção (i_2) do reconhecimento de (i_1). Isto é, a intenção (i_4) é uma condição do êxito final da expressão x.

Evidentemente, a natureza desse elemento é de ordem psíquica e complicaria o esquema fornecido por Austin, se Strawson não tivesse indicado que se trata de uma condição formal de certo ponto de vista e que pode ser tomado em seu conjunto funcional e não na natureza complexa que o define. Esse novo componente indicado por Strawson permite-lhe separar dois tipos de atos ilocucionários: o ato ilocucionário convencional, cujo êxito depende de regras de convenções, e o ato ilocucionário não convencional, cujo êxito depende da existência da intenção complexa do tipo i_4. Em outras palavras, no ato ilocucionário convencional o sujeito falante assume também explicitamente a responsabilidade de tornar efetiva sua intenção, ao passo que no ato ilocucionário não convencional ele não pode assumir explicitamente nenhuma responsabilidade, pois não existem condições que possam garantir a efetivação de sua intenção; o efeito aqui é da responsabilidade do ouvinte.

Como se pode observar, Strawson rompe a estreita linha dos atos ilocucionários à medida que a convenção, de um lado, e a intenção, de outro, têm um papel análogo, isto é, garantem uma resposta qualquer no ouvinte.

Antes de se passar à discussão dessas idéias, é preciso acrescentar que para seu desenvolvimento e sobretudo para o desenvolvimento dessa perspectiva teórica, contam muito os trabalhos de Searle[10], cujo papel tem sido praticamente o de sistematizador das contribuições feitas nesse sentido.

O conjunto das idéias de Austin, Searle e Strawson fornece bases para um novo ponto de vista sobre a linguagem, fundado não somente sobre sua função descritiva, reveladora de um conhecimento do mundo, mas sobretudo sobre sua função ativa que coloca em jogo não somente categorias do conhecimento, mas sobretudo a ação do sujeito falante no mundo.

10. Searle, veja Introdução de *The Philosophy of Language*, organizada pelo autor, bem como o artigo "What is a Speech Act", incluído nessa mesma coletânea, e seu livro *Les Actes de Langage* (trad. fr. de *Speech Acts*).

A presente discussão far-se-á somente sobre a questão da diferença entre esse ponto de vista e o que foi discutido anteriormente. Isto é, entre uma concepção da linguagem ligada ao conhecimento e uma que se liga à ação. Indicou-se na parte precedente que as concepções dos estruturalistas e lexicalistas, apesar de seus diferentes suportes teóricos, tinham em comum que as categorias semânticas (e mesmo sintáticas, lembre-se) são categorias saídas de uma classificação das coisas no mundo, e são consideradas como tendo um papel decisivo no funcionamento da língua. Além disso, foi também observado que os problemas cruciais dessa concepção cognitiva da linguagem se situam no nível da delimitação de domínio entre as categorias pertinentes e das categorias não pertinentes à língua, no nível da separação entre categorias semânticas e categorias sintáticas. E, finalmente, indicou-se que um dos cuidados mais evidentes nessas correntes era o cuidado de separar o que pertencia à língua do que pertencia "ao mundo".

O ponto de vista sustentado por Austin, Strawson e Searle não elimina a necessidade de uma pesquisa no plano das categorias do conhecimento. Simplesmente ele levanta outro tipo de problema que provém de uma indagação inteiramente original em relação às indagações feitas tradicionalmente. Expliquemo-lo. Como se afirmou acima, Austin estabelece uma diferença entre os atos locucionários e ilocucionários. Esta diferença funda-se no fato de que os primeiros implicariam sempre os últimos, pois não se pode pensar numa produção de sons que encadeiam os morfemas e frases sem pensá-los no próprio ato de sua enunciação. A contribuição de Searle sobre o problema parece ser de uma importância decisiva: segundo ele, na linguagem, enunciam-se palavras, morfemas e frases; refere-se, predica-se (atos proposicionais); e afirma-se, questiona-se etc. Searle evidencia, portanto, "dois níveis" potenciais e um nível efetivo dos atos de linguagem.

O ato de enunciação concerne sobretudo à capacidade de fala: o ato proposicional concerne à atualização dessa capacidade tomada idealmente, e os atos ilocucionários concernem à capacidade de fazer alguma coisa pela fala. Em relação a Austin (visto que este tinha um interesse muito restrito em sua investigação), Searle apresenta um esquema muito mais vasto, mas também mais problemático. Austin tinha como fim discutir o papel e a natureza das afirmações que ocupavam até então o lugar privilegiado nas especulações em filosofia da linguagem. Fazendo-o é que "descobriu" um tipo de enunciado (os performativos) que não se enquadravam nos limites das afirmações. A importância atribuída a esse tipo de enunciado levou-o a estabelecer uma distinção entre a locução e a ilocução para mostrar que dificilmente se poderia fazer abstração em casos de limites do caráter ativo das afirmações. A especificidade dos performativos serviu para demonstrar o caráter ativo da linguagem e, por essa razão, Austin deixou de lado os enunciados onde esse caráter não parece ter um papel tão fundamental.

Searle estabelece um esquema em que recupera os enunciados afirmativos (os atos proposicionais). A razão disso está no fato de que o filósofo não está, como Austin, preocupado em mostrar a importância filosófica de um tipo de enunciado, mas em indicar as *classes* de atos que se tornam possíveis pela fala; e "afirmar", "referir" constituem alguns desses atos possíveis. A importância dessa recuperação está em colocar em evidência que uma teoria fundada na ação lingüística não resolve os problemas colocados por uma teoria fundada no caráter cognitivo da linguagem, pois todo ato lingüístico é também revelação do conhecimento. Mas o que parece ser importante é que essa nova perspectiva pode desenvolver-se de forma autônoma e talvez fornecer dados fundamentais para a resolução de problemas enfrentados pela perspectiva anterior, já que suas investigações tratarão sobretudo das invariantes concernentes às convenções e às intenções, isto é, tratarão dos fatores que têm um papel decisivo na ativação dos enunciados potenciais. Observa-se, no entanto, que a forma da semântica, tendo como ponto de partida o ato de linguagem, será dificilmente a mesma que aquela proposta por Katz, Fodor ou Greimas. Passa-se aqui à discussão dessa afirmação, partindo-se de dois pontos fundamentais: a noção de ato de linguagem e sua relação com as noções de intenção e convenção.

É Searle quem coloca explicitamente o problema da relação entre teoria da linguagem e teoria da ação, afirmando que falar uma língua é realizar atos de linguagem, e que tais atos são geralmente possíveis pela evidência de certas regras que regem o emprego dos elementos lingüísticos; e é segundo tais regras que elas se realizam. Para justificá-lo Searle afirma que "toda comunicação lingüística implica atos de natureza lingüística. A unidade lingüística não é – como se supõe geralmente – o símbolo, a palavra ou a frase, nem mesmo uma ocorrência do símbolo, da palavra ou da frase, mas a produção ou emissão de símbolo, da palavra ou da frase, no momento em que se realiza o ato de linguagem". E ainda "os atos de linguagem são unidades mínimas de base da comunicação lingüística"[11].

A questão é perfeitamente clara nesses trechos: a linguagem é vista sob o ângulo da comunicação, não concentrado na informatividade da mensagem, mas na força do ato de linguagem. O que chama a atenção do autor é, portanto, a produção entendida como um mecanismo pelo qual o sujeito falante é sujeito de uma ação que se *situa no mundo*. Agir aqui significa fazer algo visando a um resultado definido, que não é obrigatoriamente uma resposta verbal, mas sobretudo uma resposta no plano de outro fazer. A exemplificação mais clara da ação é fornecida pelos famosos performativos. E, dado o caráter socialmente ativo desse tipo de ação, parece-nos claro que o "bem fundado" gramatical não poderia jamais dar conta do êxito e do fracasso desses atos de linguagem. O exemplo dado por Strawson, onde um ato do tipo ilocucionário como o de prometer pode fracassar pela inexistência de uma intenção mostra efetivamente que desse ponto de vista a gramaticalidade de um enunciado tem uma importância semelhante à dos fatores ditos externos no que concerne à consecução do ato. Da mesma forma tem-se o papel das convenções; se uma regra social impõe que tal tipo de enunciado exija um locutor x e não y, e se essa regra não é respeitada, embora o grau de gramaticalidade seja ótimo, assistir-se-á a um fracasso ou a uma comédia. A concepção ativa da linguagem não se define, portanto, por ela mesma, mas está indissoluvelmente ligada à socialidade e individualidade que caracteriza o ato de fala. Em outras palavras, o

---

11. Searle, *Les Actes de Langage*, p. 52.

ato de linguagem tem uma definição social à medida que não pode ser pensado fora das relações entre indivíduos. Retorna-se aqui a uma perspectiva social sobre a linguagem, mas desta vez com outro tipo de indagação. O que conta não é mais a questão de saber quais são os elementos que, na língua, permitem aos indivíduos comunicarem-se, como em Saussure, mas sobretudo a questão de saber quais são os atos que permitem aos indivíduos agir no mundo, pelo uso da língua. Vê-se, conseqüentemente, que não se trata de um tipo de questão diretamente ligada às pesquisas sobre a própria língua. É um tipo de questão que pode justificar pesquisas complexas como o indicou Todorov, ao nomear essa perspectiva como uma *lingüística antropológica*[12]. Mas, embora se tenha compreendido bem as razões pelas quais Todorov empregou essa denominação, é preciso fazer uma pequena reserva a esse ponto. Parece que se a perspectiva acima, depreensível diretamente dos trabalhos dos filósofos da linguagem ordinária, pode justificar uma possível lingüística antropológica, isso não quer dizer que se trata da única via admissível para seu desenvolvimento. Isso parece claro após a leitura de alguns trabalhos de Benveniste e ainda dos trabalhos de Ducrot, que, embora tenham estreitas ligações com os trabalhos de filosofia analítica, não podem caracterizar-se como fazendo parte de uma lingüística antropológica. Convém explicar isso. O que poderia ser uma lingüística antropológica construída sobre os princípios fornecidos por Austin, Strawson e Searle? Segundo o artigo de Todorov, o fundamento dessa lingüística (e a justificativa de seu nome) é o caráter culturalmente institucional dos atos que fundam a linguagem. Os atos que tornam possível e válida a palavra de um indivíduo resultam de condicionamentos culturais. A linguagem desse ponto de vista não pode, portanto, ser senão uma linguagem "efetivamente" cumprida, isto é, o objeto primordial desse tipo de pesquisa "faria abstração do abstrato" de um sistema lingüístico, tal como foi proposto por Saussure, Chomsky e outros. Isso porque (Austin é bem claro nisso) o que conta nessa perspectiva não é mais a questão de saber qual é a forma e o

---

12. Todorov, "Problèmes de l'Énonciation" in *Langages* 17, p. 5.

funcionamento da capacidade de falar, mas qual é a capacidade que faz com que o homem fale de modo x e não z em certas situações.

Ora, os trabalhos de Benveniste e Ducrot, embora partam da observação desses mesmos fatos, encaminham-se num outro sentido. Naquilo que interessa no momento, observe-se que para os dois a importância dos fatos, tais como os performativos, os atos ilocucionários e perlocucionários, não é justificativa para pensar num objeto novo na ciência lingüística (ou de uma nova ciência), mas o argumento fundamental para mostrar que o objeto da ciência lingüística não pode ser considerado como um sistema fechado por regras, digamos, esterilizantes. Para esses autores o objeto lingüístico contém (e deve conter na sua formulação conceitual) elementos que explicam a própria flexibilidade do fenômeno lingüístico. Lembremo-nos aqui do artigo de Benveniste sobre a subjetividade da linguagem e o de Ducrot sobre as escalas argumentativas[13]. Ambos colocam a linguagem como o próprio lugar em que o homem se constitui como sujeito. Contrariamente, por exemplo, a Chomsky, não se trata aqui de uma postura que exclui o sujeito empírico, mas, ao contrário, o incorpora. Isso porque a subjetividade aqui não é uma manifestação de superfície, mas a característica mais profunda e essencial da linguagem. Salvo erro de interpretação, O. Ducrot, em seu artigo, refaz os princípios de seus trabalhos iniciais, e parece-nos que há alguns pontos nesse artigo que não condizem com os artigos anteriores. Por exemplo, a crença na logicidade da língua – assunto que já abordamos neste livro – e, na verdade, uma crença em certa logicidade que, fundando-se num mecanismo formal, descobre essencialmente na língua a imanência da polivalência que é sua força motriz. Para Ducrot, a logicidade resulta sobretudo do esforço do sujeito em ultrapassar essa polivalência, de onde a importância nuclear do componente do tipo "polêmico",

---

13. Benveniste, "De la Subjectivité dans le Langage" in *Problèmes de Linguistique Générale*.

O. Ducrot, "Les Échelles Argumentatives" in *La Preuve et le Dire*. Nesse artigo o autor aponta para a complexidade inerente de certas correlações semânticas observáveis em termos tais como vazio, cheio, quente, frio, grande, pequeno, correlações cujos parâmetros de normalidade são fornecidos pelo sistema lingüístico e cuja importância está em favorecer um jogo de descomplexificação, que pode instaurar-se no diálogo.

supõe-se, deveria ser central em seu esquema¹⁴. Isso porque é este que dá conta da subjetividade essencial da linguagem. Uma pesquisa lingüística no quadro definido por Benveniste/Ducrot pode deixar de lado os atos institucionais, cujas regras são fornecidas pelos contextos culturais, pois seu fim delimita-se fortemente no quadro da linguagem. Observe-se que não se trata de uma perspectiva reformulada da lingüística "tradicional", mas de uma perspectiva cujo poder explicativo vai efetivamente em direção ao discurso, isto é, que não se contenta com as evidências "selecionadas" do racionalismo.

Pela maneira com que se conduziu a presente exposição, pode parecer que se marcou uma oposição entre uma lingüística antropológica e uma lingüística da enunciação. Se isso é verdadeiro do ponto de vista das orientações e mesmo da dimensão dos objetos, não se pode dizer a mesma coisa do ponto de vista do interesse. Desse ponto de vista, observe-se que uma e outra visam relativizar e desprivilegiar certos objetos lingüísticos como domínios definitivamente representativos do fenômeno da linguagem; conseqüentemente, as duas lingüísticas se propõem como centro de reflexão, entidades onde o papel do sujeito é explícito e fundamental, para explicar que o mesmo ocorre em outras entidades onde esse papel não chega a ser tão evidente. A direção contrária das pesquisas (discurso na sua totalidade ou virtualidade argumentativa) não é tão contraditória, mas complementar, pois as duas pressupõem-se mutuamente. Poder-se-ia pensar num domínio de investigação complexo onde uma esquematização dos atos convencionais que condicionam a fala poderia contribuir para o desenvolvimento das pesquisas sobre a fala ou, então, num outro domínio, onde uma esquematização das diferentes estruturações discursivas poderia orientar os estudos sobre os modos de comportamentos culturais ligados à fala. De qualquer modo, por enquanto, o que conta aqui é a abordagem lingüística, tal como a propuseram Benveniste e Ducrot, abordagem que tem uma

14. Remete-se para a discussão desse componente a tese *Intervalo Semântico*, do colega Carlos A. Vogt, onde, estudando a comparação, o autor indica a importância desse componente lingüístico no sentido de permitir, pela indefinibilidade das unidades ditas lingüísticas, o jogo da intersubjetividade.

direção totalmente diferente daquela proposta por Katz e Fodor, de um lado, e por Greimas, de outro.

3. Em direção a uma síntese

Essa oposição, que se poderia chamar de oposição entre uma lingüística do enunciado e uma lingüística da enunciação, pode dar a impressão de uma separação definitiva. Parece, no entanto, possível pensar num momento de síntese onde a montagem científica de um sistema lingüístico será feita de tal forma que os fins visados pelas duas concepções de linguagem sejam naturalmente ligados pela especificidade dos pressupostos que fundariam esta nova perspectiva e não como conseqüência de um hibridismo teórico. Os trabalhos de Halliday parecem ser uma das primeiras tentativas desse movimento de síntese: primeiramente porque o autor pensa num sistema que deve tornar explícita seja a estruturação do enunciado, seja o jogo de enunciação; em segundo lugar, porque esse fim se funda sobre hipóteses coerentes sobre o fenômeno da linguagem. Para justificar essas afirmações, estabelecer-se-á um esquema das idéias do autor expostas em seu artigo "Language Structure and Language Fonction"[15] que representa um momento importante não apenas no quadro de seus trabalhos[16], mas também na própria história do pensamento lingüístico.

O fundamento essencial da perspectiva de Halliday é o seguinte: a unidade fundamental da língua não é a palavra e nem mesmo a frase (isolada artificialmente), mas o *texto*. Este corresponde à noção de realização verbal entendida como uma organização de sentido, tendo o valor de uma mensagem completa e válida num contexto dado. Para Halliday o que conta não é, portanto, o que resta da esterilização resultante do corte artificial da

---

15. In *New Horizonts of Linguistics* (ed. por John Lyons).
16. Teve-se oportunidade de conhecer, posteriormente, dois trabalhos do mesmo autor, que confirmam a importância do artigo citado e, ao mesmo tempo, apontam as direções mais concretas para a configuração de um aparelho conceitual bastante interessante para nossas perspectivas: "La Base Fonctionnelle du Langage" (trad. fr. de "The Functional Basis of Language") in *Langue Française* 34, e sobretudo *Towards a Sociological Semantics*, mais recentemente.

linguagem, mas o que se mantém entre os acidentes desta e o corte ulterior visado pela sua análise em unidades mínimas. Halliday não parte de uma frase a não ser que esta tenha uma forma final e definitiva para a comunidade lingüística. É justamente o contrário da posição de Chomsky, que parte da hipótese de um esquema virtual para derivar daí as formas que esse esquema assume em contextos mais concretos. Essa unidade, que não coincide, portanto, necessariamente com a frase, é uma unidade fundamental para Halliday, pois é ela que fornece essencialmente todas as coordenadas de seu sistema. Essas coordenadas definem-se a partir de três funções que Halliday "descobre" na linguagem: a função ideacional, a função interpessoal, a função textual. Contrariamente à ordem de sua exposição, discutir-se-á inicialmente a função textual que, ligada à noção de texto, fornece as coordenadas de base do "sistema" desse autor.

    Criar textos significa para Halliday utilizar a língua de modo pertinente ao contexto. Se o texto é a unidade fundamental da língua e se ele se liga necessariamente ao contexto, pressupõe-se que a língua deva conter, na sua estrutura, elementos capazes de justificar e explicar essa adequação à experiência. Assim, Halliday indica dois tipos de estrutura que têm um papel de capacitar o sujeito falante a criar uma mensagem, isto é, de dizer alguma coisa a seu interlocutor. Por que *dizer*? Porque (e isso não é dito somente por Halliday, mas também por Ducrot, entre outros) dizer alguma coisa é uma função importante da linguagem, porque *dizer* significa emitir um sentido que interessa ao interlocutor ou que pode chegar a interessá-lo[17]. Nenhum texto pode deixar de lado sua estruturação em mensagem, pois nenhum texto pode deixar de considerar o interesse do locutor em despertar o interesse do ouvinte. A função textual da linguagem trata de fatores de natureza psicológica, mas isso não quer dizer que se trata de fatores cuja especificidade não permita nenhuma sistematização na língua. Assim Halliday mostra que no inglês há pelo menos duas estruturas que fornecem ao sujeito falante a possibilidade de construção do texto: a estrutura temática e a estrutura informacional.

17. O. Ducrot, *Dire et ne pas Dire* (Cap. "Implicite et Présupposition").

A estrutura temática permite distinguir no inglês o *tema* e o *rema*, e permite explicar basicamente a pertinência do lugar dos termos (ou expressões): o tema é o termo que vem no início (como se tratasse do objeto sobre o qual se monta todo o enunciado), e o rema é tudo o que vem após. Atente-se para os seguintes exemplos:

(1) O governo foi eleito pelo povo.
(2) O povo, o governo o esqueceu.

Governo e *povo* são temas das duas proposições, e a noção tradicional de sujeito não dá conta desse fato, pois se trata de um fenômeno estreitamente ligado à *intenção* da mensagem.

A estrutura informacional tem um papel semelhante, mas sua apreensão formal é muito mais difícil que aquela da estrutura temática. Através dela é possível separar, na proposição, o *dado* (o que é ponto de contato entre locutor e ouvinte) e o *novo* (aquilo sobre o qual incide a força informativa da proposição; normalmente em inglês a entonação tem aí um papel importante para separar o *dado* do *novo*). Veja-se nos enunciados abaixo como Halliday proporia esses elementos[18]:

(3) *Esse* governo *não foi eleito* pelo povo.
(4) *Esse governo* foi eleito *pelos trabalhadores*.

No enunciado (3) *esse* e *não foi* podem ser considerados como *novos*, por causa do acento colocado sobre sua especificidade (*esse*) ou por causa da negação (*não*). No enunciado (4) esse continua a ser um *novo* ao lado de *pelos trabalhadores* que marca a intenção de o sujeito indicar a legitimidade do governo em questão, entre outras coisas. Dado que a intenção é dificilmente sistematizável em si mesma, é de crer que, embora importante, essa distinção entre o *dado* e o *novo* e sua apreensão pela entonação tornam difícil, se não impossível, sua organização. No entanto, parece que essas duas noções podem operar pela própria natureza das entidades lingüísticas sobre as quais elas se fundam: por exemplo,

---

18. Supõe-se, no caso, que a entonação incida sobre os termos grifados, embora se esteja consciente de que em português a sistematicidade desse tipo de fato seja muito mais difícil do que no inglês.

os dêiticos ou as posições de evidência das seqüências (exemplificando, a expressão *trabalhadores* no enunciado (4) está numa posição final que torna possível uma entonação mais forte sobre ela). De qualquer modo, a estrutura temática e a estrutura informacional, que se justificam no texto, têm uma natureza claramente enunciativa e discursiva, pois permitem não somente evidenciar as intenções do sujeito falante, mas também a constituição de uma seqüência de sentido preciso e adequado às necessidades da comunicação. Ambas pressupõem, portanto, a relação entre locutor e ouvinte, que se realiza nesse momento por intermédio do texto que o locutor constrói e que tem sempre um valor de mensagem. Mas se é verdade que todo texto pressupõe a relação entre os interlocutores, é preciso, além da estruturação da mensagem, que a língua tenha também a possibilidade de cobrir essas mesmas relações. Isto torna-se possível pela *função interpessoal* da qual o *modo* é um dos suportes lingüísticos possíveis. A afirmação, a negação e a ordem constituem um leque de opções dessas relações; através delas, o locutor assume diante do ouvinte uma posição que deve corresponder à posição que tem um ponto de vista não lingüístico no momento da enunciação. A constituição de um sistema de *modo* responde, pois, às exigências do sujeito falante e do ouvinte (isto é, das entidades produtivas do texto), pois ele comporta as diferentes posições (interrogar, afirmar, ordenar) que assumem os produtores um em relação ao outro.

A *função ideacional* concebida por Halliday, como respondendo à função cognitiva proposta por outros autores, responde, também, à exigência da função textual: fundada no sistema da transitividade, Halliday a concebe como a função pela qual a língua organiza a experiência humana *que se baseia sobretudo na ação*. O sistema da transitividade que sustenta a função ideacional tem como base um *processo* e os *participantes* desse processo (agente, beneficiário, fins, instrumentos). Essas noções não se confundem com as noções de sujeito, objeto, complementos adverbiais, pois são mais específicas e fundamentais que estas. Um exemplo da propriedade dessas categorias pode ser observado nos seguintes enunciados:

(5) O homem abre a porta com a chave.
(6) A chave abre a porta.

Em (5) há um agente (homem), um instrumento (a chave). Apesar da aparência, (6) deve ser analisada da mesma forma. A "chave" é um instrumento e o agente aí está apagado. Halliday pensa num esquema em que se poderiam separar os participantes essenciais dos participantes circunstanciais, sendo que estes não se confundem com os participantes essenciais apagados. Duas observações devem ser feitas a propósito desse sistema e dessa função:

Primeiramente, a composição desse sistema é explicitamente uma herança de Fillmore (que, criticando Chomsky, propõe, no plano mais profundo da frase, categorias sintático-semânticas cujas formas seriam aquelas dos casos de certas línguas). As relações pertinentes na frase em Fillmore têm uma dupla natureza (sintático-semântica), o que torna completamente permeável a fronteira entre esses dois domínios, e sua constituição em casos é fundada sobretudo do domínio da *ação* significada pelo verbo[19]. Parece que Halliday assume inteiramente esta proposta e isso não tem nada de espantoso, pois os casos de Fillmore têm uma natureza explicativa que se harmoniza com a posição teórica de Halliday: eles têm uma organização fundada num esquema de ação, e a ação é o domínio que Halliday privilegia como o domínio da experiência que tem efetivamente um papel na estruturação da proposição (e circularmente no texto).

A segunda observação sobre essa concepção da função cognitiva da língua refere-se à sua natureza: a experiência sistematizada pelo esquema da transitividade não concerne à classificação dos objetos do mundo segundo os traços que os caracterizam, mas ao conjunto sistematicamente ligado dos *papéis* possíveis que caracterizariam as relações entre entidades no mundo. São, portanto, entidades definidas a partir de um critério de dependência em relação a um termo relator (normalmente um verbo): um beneficiário, um agente e um instrumento só podem ser definidos enquanto tais na sua relação com um processo. Assim, as classi-

---

19. Veja Fillmore, *The Case for Case*.

ficações do tipo *humano, animado* são subcategorizações desses papéis e têm uma importância infinitamente menor em Halliday do que em Katz e Fodor, pois referem-se a uma classificação não relacional dos objetos.

Uma verificação das possibilidades de aplicação do conjunto das idéias de Halliday, neste momento, exigiria uma direção que desviaria forçosamente os objetivos e os limites deste trabalho. Isso não implica, no entanto, que não se possa prever, de um lado, a viabilidade de seu projeto total e, de outro, indicar ao menos um problema que parece muito importante e que Halliday apenas indica em seu trabalho: o problema da coesão textual. Se se aceita a afirmação de que a unidade fundamental da língua é o texto, é preciso pensar que esse texto, ultrapassando o nível da frase, deve contar, ao lado dos componentes temáticos, informacionais e cognitivos, com um componente que dê conta da "textura" do próprio texto, que coloca problemas sérios, como os da anáfora ou, então, da ordenação das frases em unidades discursivas mais amplas. Mesmo os trabalhos que tentam aplicar as idéias de Fillmore e Halliday aos estudos do discurso[20] não oferecem meios de resolver o problema da coesão, embora seus autores se proponham trabalhar sobre entidades lingüísticas mais amplas que a frase. É de acreditar que para fazê-lo será necessário pensar a função textual não do ponto de vista de sua importância na frase, mas do ponto de vista do texto enquanto unidade em si mesmo, isto é, enquanto unidade que, embora formada das frases, não é simplesmente um encadeamento destas, mas regulada por regras de encadeamento independentes do tipo específico das frases que a compõem. Se não se ultrapassasse esse tipo de questão, toda aplicação de Halliday para a análise do *discurso* como um todo seria simplesmente uma perigosa metaforização.

A discussão procedida nesse item teve como fim mostrar que, do ponto de vista do discurso, não é interessante ter como pressuposto teórico um sistema semântico que possa deixar de lado o mecanismo discursivo, e que desse ponto de vista uma semântica da enunciação é muito mais interessante que uma semântica fun-

20. Veja o trabalho de D. Slakta "Esquisse d'une Théorie Lexico-Sémantique..." in *Langages* 23.

dada sobre traços que compõem as entidades lingüísticas isoladamente. Mas tentou-se mostrar que, embora fundamental, uma semântica da enunciação, tendo como suporte a relação intersubjetiva, não pode deixar de lado a função cognitiva, e que, por isso, uma posição como a de Halliday é a mais interessante, pois, fundando-se sobre o texto, propõe-se a explicá-lo quer pelas categorias de conhecimento, quer pelas relações interpessoais que nelas se estabelecem, quer nas estruturas lingüísticas que o justificam.

4. Conclusão

A trajetória traçada descreve um movimento de esquecimentos e de recuperações. Na primeira etapa, a que se denominou "Significação e Conhecimento do Mundo", mostrou-se um predomínio da concepção da linguagem na sua função cognitiva (quer no sentido de se revelar como instrumento de comunicação, quer no sentido de se revelar como mediadora entre relações e categorias mentais abstratas e o mundo); na segunda etapa, denominada por nós "Significação e Ação no Mundo", apontou-se um processo de recuperação do caráter ativo da linguagem e a predominância dessa concepção sobre a anterior; e na terceira etapa, indicou-se um processo de síntese, mas síntese parcial, na medida em que, nessa etapa (representada pelo trabalho de Halliday), o que acaba por dominar é ainda seu caráter ativo, já que a própria concepção cognitiva da linguagem é pensada em termos de categorias atuacionais, tal como o demonstra o esquema de transitividade, usado pelo autor para representar as relações das coisas no mundo.

A partir da segunda etapa, com a importância determinante atribuída ao caráter ativo da linguagem, pode-se perceber claramente a instauração de uma crise interna na lingüística, muito mais forte e muito mais incisiva do que aquela provocada pela oposição entre uma concepção funcionalista da linguagem (estruturalismo) e uma concepção representativista (perspectiva lexicalista). Isso porque a dissenção entre essas duas se coloca muito mais numa questão de direito do que numa questão de fato. Fundando-se ambas na dominância do caráter cognitivo da linguagem, a disputa far-se-á em torno de *como* a organizar modelarmente, de forma que faça sobressair essa função. A contraposição entre essas duas concepções e a concepção fundada no caráter ativo marcam, ao contrário, uma contraposição de fato, por instaurar no cerne da própria linguagem um sujeito que, agindo em seu mundo, atua na linguagem e pela linguagem. Esse sujeito está situado epistemologicamente num terreno bastante distinto do sujeito privilegiado da perspectiva lexicalista, ou do não sujeito da perspectiva estruturalista. Seu lugar é, ambiguamente, o *Outro* e a própria *linguagem* que o inclui, na medida em que é nesse Outro e na linguagem mesma que ele pode definir-se como sujeito.

É nessa última perspectiva que se vê de forma clara a necessidade e a possibilidade de recuperação, para a Lingüística, da contribuição da Retórica, tal como a conceberam Aristóteles e Perelman. Não, evidentemente, no sentido de eliminar as preocupações e conquistas que a Lingüística desenvolveu e cristalizou no transcorrer de sua história, desde Saussure, mas no sentido de romper essa mesma cristalização, em benefício de uma visão mais globalizante do fenômeno da linguagem. Isto é, no sentido de se oferecer como uma das alternativas para o conflito que se configura dentro dessa ciência. A *preocupação com a relação entre interlocutores do discurso, com a totalidade discursiva enquanto ato lingüístico, com os efeitos desse ato lingüístico e com o mecanismo desse mesmo tipo de ato* constitui ponto de convergência entre a Retórica e a chamada Lingüística da Enunciação, e sua investigação pode definir um ponto de partida altamente eficaz para a resolução de problemas que não foram devidamente enfrentados dentro da Lingüística, dado o vazio provocado pelo esquecimento de todo o aparelho conceitual fornecido pela Retórica. Da mesma forma, esse tipo de preocupação, uma vez recuperado para a Lingüística, em última instância, provocará a ampliação do âmbito de adequação dos mecanismos descritivos dessa ciência, situando-os no plano da realidade discursiva, resultante da recuperação do contínuo semântico que vai da frase ao discurso.

Este trabalho inscreve-se na preocupação com essa recuperação, isto é, na perspectiva segundo a qual o discurso não é uma somatória livre de frases, mas um todo, semanticamente organizável, no plano da ação que o caracteriza e dos efeitos que provoca. Ao mesmo tempo, inscreve-se, por isso mesmo, numa perspectiva que, embora considere a função cognitiva e a função informativa da linguagem, condiciona-as à sua função ativa dentro da qual elas se articulam, e pela qual é possível entender o sujeito como falante e como atuante, ao mesmo tempo. Além disso, considerando que a crise atual da Lingüística se deve à polivalência do fenômeno da linguagem, não se tem nenhuma preocupação em cristalizar essa perspectiva sob um selo definitivo. Como produto da própria crise, ela traz as marcas da instabilidade e das contradições que a geraram.

Bibliografia

Aristóteles. *Rhétorique*. Livro I. Trad. de M. Dufour. Paris, Les Belles Lettres, 1967
_____. *Rhétorique*. Livro II. Trad. de M. Dufour. Paris, Les Belles Lettres, 1967.
_____. *Rhétorique*. Livro III. Trad. de M. Dufour e A. Wartelle. Paris, Les Belles Lettres, 1973
Apothéloz, Denis; Reichler-Béguelin, Marie José. "Construction de la Référence et Stratégies de Designation". In *TRANEL* 23. Neuchâtel, 1995.
_____, Denis. "Nominalizations, Référents Clandestins et Anaphores Atypiques". In *TRANEL* 23. Neuchâtel, 1995.
Authier-Revuz, J. "Héterogeneité Montrée et Heterogneité Constitutive: Élements pour une Approche de l'Autre dans le Discours". In *DRLAV. Revue de Linguistique*, 26. Paris, 1982.
Austin, J. L. *Quand Dire C'Est Faire*. Paris, Seuil, 1973.
Benveniste. E. "Structures des Relations de Personne dans le Verbe", in *Problèmes de Linguistique Générale*. Paris, Gallimard, 1966.
_____. "La Nature des Pronoms". Idem, ibidem.
_____. "Remarques sur la Fonction du Langage dans la Découverte Freudienne". Idem, ibidem.
_____. "Les Relations de Temps dans le Verbe Français". Idem, ibidem.
_____. "L'Apareil Formel de l'Énonciation." In *Langages* 17. Paris, Didier Larousse, 1970.
_____. "Semiologie de la Langue". In *Problèmes de Linguistique Générale* II. Paris, Gallimard, 1973.
_____. "Langage et Expérience Humaine." Idem, ibidem.
Bakhtin, M. *Marxismo e filosofia da linguagem*. São Paulo, Hucitec, 1990.

Bastos, Lúcia K. *Coesão e coerência em narrativas escolares*. São Paulo, Martins Fontes, 1993.
Bollème, Geneviève. *O povo por escrito*. São Paulo, Martins Fontes, 1988.
Bourdieu, P.; Bottanski, l. "Le Fetichisme de la Langue", in *Actes de la Recherche en Sciences Sociales*, 4. Paris, 1975.
_____ *Questões de sociologia* (trad. Jeni Vaitsman e Marie France Garcia). Rio, Marco Zero, 1993.
Bouveresse, J. *La Parole Malheureuse*. Paris, Minuit, 1971.
Brait. B. "As vozes bakhtinianas e o diálogo inconcluso". In Barros, D. L. P.; Fiorin, J. L.(orgs.) *Dialogismo, polifonia, intertextualidade em torno de Bakhtin*. São Paulo, Edusp, 1994.
Brandão, H. N. *Introdução à análise do discurso*. Campinas, Unicamp, 1991.
Burke, Keneth. *Rhetoric of Motives*. Nova York, University of California Press, 1950.
Charaudeau, P. *Langage et Discours*. Paris, Hachette, 1983.
Chomsky, N. *Linguística cartesiana*. Trad. bras. de Francisco M. Guimarães. Petrópolis, Vozes, 1972.
_____. *Le Langage et la Pensée*. Paris, Payot, 1970.
_____. *Aspects in Theory of Syntasx*. Cambridge, Mass. MIT Press, 1965.
_____. *Linguística y Política*. Trad. esp. de *Linguistics and Politics*. Barcelona, Anagrama, 1971.
_____. "La Forme et le Sens dans le Langage Naturel", in *Hypothèses-Change*. Paris, Seghers-Lafont, 1973.
Cícero. *De Oratore*. Livros I e III, tr. de Edmons Courband). Paris, Les Belles Lettres, 1962.
Cicero. *Orator*. Tr. de Henri Bornecque. Paris, Les Belles Lettres, 1964.
Citelli. Adilson. *Linguagem e persuasão*. Série Princípios. São Paulo, Ed. Ática, 1983.
Coudry, M. I. H. *Diário de Narciso: discurso e afasia*. São Paulo, Martins Fontes, 1988.
Courtine, J. J. "Definition d'Orientation Théorique et Construction de Procédures en Analyse du Discours", in *Philosophiques* 2. Vol. IX. Paris, 1982.
Delas, D. *Essais de Stylisque Structurale*. Paris, Flammarion, 1971.
Ducrot, O. "Implicite et Présupposition", in *Dire et ne pas Dire*. Paris, Harman, 1972.
_____. "L'Acte de Présuposer". Idem, ibidem.
_____. "Les Éschelles Argumentatives", in *La Preuve et le Dire*. Paris, Mame, 1973.
_____. "Pressupposés et Sousentendus", in *Langue Française*, 4. Paris, Larousse, 1969.

Dupréel, D. "La Pensée Confuse", in *Essais Pluralistes*. Paris, PUF, l949.
Filmore, Ch. "The Case for Case", in Bach e Harms (ed.) *Universals in Linguistics Theory*. Nova York, Holt Rinehart e Winston, 1968.
Fauconnier, Gilles. *Mapping in Thought and Language*. Cambridge University Press, 1997.
Foucault, M. "*L'Orde du Discours*". Paris, Gallimard, 1971.
_____. *Arquelologia do saber*. Trad. bras. Petrópolis, Vozes, 1971.
_____. *Vigiar e punir. Nascimento da prisão*. Trad. bras. Petrópolis, Vozes, 1991.
_____. *As palavras e as coisas* Trad. bras. São Paulo, Martins Fontes, 1974..
Franchi, C. "A linguagem como atividade constitutiva", in *Almanaque* 5. São Paulo, Brasiliense, l977.
Gadet, F.; Pêcheux, M. *La Langue Introuvable*. Paris, Maspero, 1981.
Geraldi, J. W. *Portos de passagem*. São Paulo, Martins Fontes, 1993.
Gnerre, H. *Linguagem, escrita e poder*. São Paulo, Martins Fontes, 1987.
Granger, G. G. *Essais d'une Philosophie du Style*. Paris, A. Collin, 1968.
Greimas, J. A. *Sémantique Structurale*. Paris, Larousse, 1966.
Grimes, J. E. *The Thread of Discourse*. Cornell University Press, 1972.
Guespin, L. "Problématique des Travaux sur le Discours Politique, in *Langages* 23. Paris, Didier-Laorousse, 1971.
Guimarães, E. *Texto e linguagem*. Campinas, Pontes, 1987.
Halliday, M. A. K. "Language Structure and Language Fonction", in Lyons, J. (org.) *New Horizons in Linguistics*. Middse, Penguin, 1970.
_____. "La Base Fontionelle du Langage (trad. fr. de *Fonctionnal Basis of Language*". In *Langages* 34. Paris, Didier-Larousse, 1974.
_____. *Towards a Sociological Semantics*. Urbino, Centro Internazionale di Semiotica e di Linguistica, 1972.
Harris, Z. "Analyse du Discours", in *Langages* 13. Paris, Didier-Larousse, 1969.
_____. "Co-occurence and Transformation in Linguistic Structure", in Katz, J. J. e Fodor, J. A (orgs.) *The Structure of Language. Readings in the Philosophy of Language*. Englewood Clifts, Prentice Hall, 1964.
Hjelmslev, L. *Prolegomènes à une Théorie du Langage*. Paris, Minuit, 1971.
Hottois, G. *La Philosophie.du Langage de Ludwig Wittgenstein*. Bruxelas, Presses Universitaires de Bruxelles, 1976.
Jordan, John E. *Questions of Rhetoric*. Holt, Rinehart and Winston., Inc., 1971
Katz, J. J. e Fodor, J. A. (orgs.) *The Structure of Language. Readings in the Philosophy of Language*. Englewood Clifts, Prentice Hall, 1964.
_____. "The Semantic Theory". Idem, ibidem..
Kock, Ingedore G. Villlaça. *Argumentação e linguagem*. São Paulo, Cortez, 1984.

Koch, I.; Travaglia, C. *Texto e coerencia*. 4ª ed. São Paulo, Cortez, 1995.
Koch, I.; Marcuschi, L. A. "Processos de referenciação na produção discursiva", in *DELTA*. Vol. 14. Nº Especial, 1998.
Lahud, M. *Sobre a noção de deixis*, São Paulo, Ática, 1977.
Lakoff. G. "On Generative Semanctics", in Jakobovits, L. A. e Steimberg, D. D. *Semantics. An Interdisciplinarity Reader in Philosophy, Linguistics and Psychology*. Cambridge University Press, 1970.
Longacre, R. E. *Discoure, Paragraphe and Sentence Structure in Selected Phillipine Languages* (vol. I). Santa Ana, Cal., The Summer Institute of Linguistics, 1968.
Mattos, M. A. de. *Dispersão e memória no quodidiano*. São Paulo, Martins Fontes, 1998.
MacCawley, J. D. "Interpretative Semantics Meets Frakenstein", in *Foudations of Languages*, vol. 7, 1971.
Maldidier, D. "Le Discours Politique de la Guerre d'Algérie", in *Langages* 23. Paris, Didier-Larousse, 1971.
_____. "Lecture des Discours de De Gaulle par Six Quotidiens Parisiens: 13 Mai 1968", in *Langue Française* 9. Paris, Larousse, 1971.
Maingueneau, D. *Génèses du Discours*. Bruxelas, Mardaga, 1977.
_____. *Novas tendências em análise do discurso*.. Campinas, Pontes, 1989,
_____. *Approche à la Linguistique de l'Énonciation*. Paris, Hachette, 1979.
Martinez, J. C "Ideología y Linguistica Teórica", in *Gaceta Literaria* 1. Madrid, 1973.
Milner, J. C. *Arguments Linguistiques*. Paris, Mame, 1973.
_____. *O amor da língua*. Porto Alegre, Artes Médicas, 1987.
Moscovici, S. e Plon, M. "Les Situations Colloques: Observations Théoriques et Expérimentales", in *Bulletin de Psychologie* XIX, n.ºs 8-12, 1966.
Orlandi, E. P. *A linguagem e seu funcionamento*. 2ª ed. Campinas, Pontes, 1987.
Pêcheux, M. *Analyse Automatique du Discours*. Paris, Dunod, 1969.
_____. *Les Vérités de la Palice*. Paris, Maspero, 1975.
Pêcheux, M. e Wesselius, J. "À Propos du Mouvement Étudiant et de Luttes des Classes Ouvreières: 3 Organisations Étudiantes en 1968", anexo a Robin, R. *Histoire et Linguistique*. Paris, Armand Colin, 1973.
Perelman, Ch. "Une Théorie Philosophique de l'Argumentation", in *Le Champ de l'Argumentation*. Bruxelas, PUB, 1970.
_____. "Les Notions et l'Argumentation". Idem, ibidem.
_____. "La Temporalité Comme Caractère de l'Argumentation". Idem, ibidem.

Perelman, Ch, e Olbrechts-Tyteca, L. *Traité de l'Argumentation. La Nouvelle Rhétorique*. 2ª ed. Bruxelas, PUB, 1970.
Possenti, Sírio. *Discurso, estilo e subjetividade*. São Paulo, Martins Fontes, 1993.
Provost, G. "Problèmes Théoriques et Méthodologiques en Analyse du Discours", in *Langue Française* 9. Paris, Larousse, 1971.
_____. "Approche du Discours Politique: 'Socialisme' et 'Socialiste' chez Jaurès", in *Langages* 11. Paris, Didier-Larousse, 1969.
_____. "Analyse Linguistique du Discours Jaurésien", in *Langages* 52. Paris, Didier-Larousse, 1978.
Quintiliano. *Institutio Oratio*. Paris, Garnier, 1954.
Rossi-Landi, Ferrucio. *A lingugem como trabalho e como mercado*. São Paulo, Difel, 1985
Robin, R. *Histoire et Linguistique*. Paris, A. Colin, 1973.
_____. Histoire et Linguistique. Premiers Jalons. In *Langue Fraçaise* 9. Paris, Larousse, 1971.
_____. "Le Discours Social et ses Usages", in *Cahiers de Recherches Sociologiques* 1, V. 2. Universidade de Quebec, 1984.
Saussure, F. *Curso de Linguistica Geral*. São Paulo, Cultrix, 1970.
Schmidt, Sigfried J. *Linguistica e teoria do texto*. São Paulo, Pioneira, 1978
Searle, J. "Introdução" a Searle, J. (org.) *The Philosophy of Language*. Oxford University Press, 1971.
_____. "What is a Speech Act". Idem, ibidem.
_____. *Les Actes de Langage*. Paris, Herman, 1972.
Slakta, D. "L'Acte de Demander dans les Cahiers de Doléances", in *Langue Française* 9. Paris, Larousse, 1971..
_____. "Esquisse d'Une Théorie Lexico-Sémantique: pour une Analyse du Texte Politique (Cahiers de Doléances)", in *Langages* 23. Paris, Didier-Larousse, 1971.
Strawson, P. F. "Intention and Convention in the Speech Act", in Searle, J. *The Philosophy of Language*. Oxford University Press, 1971.
Tarizo, Domenico. *Come Scriveva la Resistenza. Filologia della stampa clandestina*. Florença, La Nuova Italia, 1969.
Todorov, Tz. "Problèmes de l'Énonciation", in *Langages* 17. Paris, Didier-Larousse, 1970.
Todorov, Tz. *Théories du Symbole*. Paris, Seuil, 1977.
Varios, *Strategies Discursives*. Atas do Colóquio do Centro de Pesquisas Linguísticas e Semiológicas de Lyon. Lyon, PUL, 1978.
Vários. "Argumentation et Discours Scientifique". In *Langages* 42. Paris, Didier-Larousse, 1976.

Vários. "Typologie du Discours Politique". In *Langages* 41. Paris, Didier-Larousse, 1975.

Vários. "Le Discours Juridique. Analyses et Méthodes", in *Langages* 53. Paris, Didier-Larousse, 1979.

Vigotski, L. S. *Pensamento e linguagem*. São Paulo, Martins Fontes, 1998 (2ª ed.).

Vogt, C. *O intervalo semântico. Contribuição para uma semântica argumentativa*. São Paulo, Ática, 1977.

Wittgenstein, L. *Philosophical Investigations*. 3ª ed. Nova York, Macmillan, 1969.

Impresso nas oficinas da
Gráfica Palas Athena